国家出版基金项目
NATIONAL PUBLICATION FOUNDATION

国家出版基金资助项目

项目编号: 2019I~157

"一带一路"大型系列丛书

总策划 戴佩丽
主 编 孙春光

孟凡号 ◎ 著

新疆是个好地方

有一个地方叫马兰

中央民族大学出版社
China Minzu University Press

图书在版编目（CIP）数据

有一个地方叫马兰 / 孟凡号著 . —北京：中央民族大学出版社，2019.12

（"一带一路"大型系列丛书 . 新疆是个好地方 . 第二辑）
ISBN 978-7-5660-1756-7

Ⅰ.①有… Ⅱ.①孟… Ⅲ.①散文集—中国—当代 Ⅳ.①I267

中国版本图书馆 CIP 数据核字（2019）第 235821 号

有一个地方叫马兰

著　　者	孟凡号	
责任编辑	戴佩丽	
责任校对	杜星宇	
封面设计	舒刚卫	
出 版 者	中央民族大学出版社	
	北京市海淀区中关村南大街 27 号	邮编：100081
	电话：（010）68472815（发行部）	传真：（010）68933757（发行部）
	（010）68932218（总编室）	（010）68932447（办公室）
发 行 者	全国各地新华书店	
印 刷 厂	北京君升印刷有限公司	
开　　本	787×1092　1/16　印张：17.5	
字　　数	220 千字	
版　　次	2019 年 12 月第 1 版　2019 年 12 月第 1 次印刷	
书　　号	ISBN 978-7-5660-1756-7	
定　　价	94.00 元	

前　言

　　"一带一路"倡议中，新疆定位于丝绸之路经济带核心区，并以日益凸显的区位优势和辐射效应，与21世纪海上丝绸之路逐步衔接。

　　在第二次中央新疆工作座谈会上，习近平总书记强调，要在各族群众中牢固树立正确的祖国观、民族观，弘扬社会主义核心价值体系和社会主义核心价值观，增强各族群众对伟大祖国的认同、对中华民族的认同、对中华文化的认同、对中国特色社会主义道路的认同。近年来，在以习近平同志为核心的党中央坚强领导下，新疆文化事业得到长足发展，对经济社会发展的引领作用不断增强，特别是随着稳定红利持续释放，文化创新呈现快速增长。实践充分证明，以习近平同志为核心的党中央治疆方略高瞻远瞩、英明睿智，只要坚定不移地贯彻落实党中央治疆方略，新疆形势就能朝着全面稳定的方向发展、就能实现社会稳定和长治久安，新疆经济就一定能够贯彻好新发展理念、推动高质量的发展。

　　"一带一路"倡议的实施是新疆地区走向现代化、融入现代化潮流、发展现代文化的一次新机遇。在这一背景下，《一带一路大型文化系列丛书——新疆是个好地方》出版项目正式推出，其目的就是要围绕中心、服务大局，弘扬主旋律，传播正能量，为推进新疆稳定发展提供了强有力的文化支撑。

丛书坚持党性与人民性相统一，不断增强中国特色社会主义道路自信、理论自信、制度自信、文化自信；坚持正确文化导向，团结、稳定、鼓劲，弘扬正能量；紧紧围绕社会稳定和长治久安总目标，使文学作品服务大局，形成文化艺术的强大合力。丛书作品内容注重创新意识、创新观念、创新内容、创新形式，切实提高文学作品的传播力、引导力、影响力和公信力；坚持"高举旗帜、引领导向、围绕中心、服务大局、团结人民、鼓舞士气，成风化人、凝心聚力、澄清谬误、明辨是非、联接中外、沟通世界"。

丛书的出版发行，将对发展新疆区域文化产生积极的正面效应。基于此，我们遴选了疆内的数十位知名作家，通过报告文学、散文、诗歌、小说等形式，从不同的角度反映新疆现代文化发展，展示各民族同胞践行社会主义核心价值观以及逐步形成的进步、文明、开放、包容、科学的理念，讴歌各民族同胞团结互助的精神风貌和浓厚氛围，进一步增强各民族同胞之间的认同感，更好地维护新疆地区的长久稳定和繁荣助一臂之力。丛书视角独特、文字量浩繁、信息量巨大，让新疆人民可以真正全面地知道自己，让疆外的读者可以全面地认知新疆，也让世界客观地了解新疆、了解中国。

丛书得到了中共中央宣传部新闻出版署、中共新疆维吾尔自治区党委宣传部审读处、国家出版基金的大力支持，使得这部丛书得以顺利出版。

编者

目　录

"一带一路"大型系列丛书
——新疆是个好地方

第一辑 一幅山水画

在荒芜的戈壁大漠，

在无垠的『死亡之海』，

一群人，一簇花，一棵树，一片草……

组成了一幅美丽的山水画卷。

他（它）们，

以惊天地泣鬼神的豪迈，绽放出骄人的绿，

他（它）们，看似渺小却很伟岸，看似羸弱

却很坚强……

马兰村的前世今生

炎黄子孙知原子弹者众，知马兰者鲜矣！

1964年10月16日15时，随着惊天动地一声巨响，罗布泊这个名字镌刻在了很多人脑海里，尤其是西方列强，觊觎的目光更是一刻也不愿从这里移开。

32年后的7月29日，又一个让国人记忆的日子。我国政府庄严宣告暂停核试验，马兰——这个名不见经传的地方，这个在地图上找不到的地方，开始让华夏儿女在认识了它后，又深深地把它镌刻在了心里。

一

得闲访古迹，聊忆兴亡事。

说到古楼兰，很多人有着很深的印象，会立即想到古楼兰美女，想到丝绸之路，但说到危须，可能很多人不知道。其实，现在的核试验城马兰，就在新疆古丝绸之路的危须小邦国遗址上。当时，危须境内水草丰美、资源丰富，建筑以城池为主，与汉代长安建筑风格相同，宫廷宅院多以飞檐与廊壁为主。如今，危须故地虽然早已消失，然而其遗址还安然存在，这不能不说是个奇迹。在这片孕育了古楼兰文明、曾留下无数历史悬念，至今还披着神秘面纱的地方，不仅演绎了许多故事，也令无数探险家和科技工作者神往。

古罗布泊诞生于第三纪末第四纪初，面积约20000平方千米，距今已有200万年。在新构造运动影响下，湖盆地自南向北倾斜抬升，分割成几块洼地。对于罗布泊，我国历史上早有记载。《山海经》称罗布泊为"渤泽"，《山海经·西山经》云："东望渤泽，河水所潜也，其源浑浑泡泡。"古代人把渤泽视为黄河的源头，用"其源浑浑泡泡"来形容源头水的喷涌之声，这个看法到汉朝时仍然没有改变。西汉时期人们称罗布泊为"盐泽"，而在东汉班固修撰的《汉书》中，则将其称为蒲昌海。到北魏时，郦道元在他所著的《水经注》中，将罗布泊称为"牢兰海"。唐高僧玄奘在自己的记载中称罗布泊为"纳缚波"，而元代则称其为罗布淖尔。据记载，汉代时罗布泊"广袤三百里，其水亭居，冬夏不增减"。罗布泊的丰盈，使人猜测它"潜行地下，南也积石为中国河也"。为揭开其真面目，古往今来，无数探险者舍生忘死深入其中，不乏悲壮的故事，更为罗布泊披上了神秘面纱。新疆电视台《丝路·发现》栏目介绍说：杂草丛生、悄无声息的新塔拉（意为"新开垦的小麦地"）是在和硕发现的距今最久远的遗址。通过对遗址出土的陶器、金器和小麦进行鉴定，新塔拉遗址距今约有3200年的历史。

相传，上古时期，尧帝因儿子丹朱行为不检，将帝位禅让给了舜。当时居住在河南南部、湖南洞庭湖、江西鄱阳湖的三苗部族势力强大，反对禅让。于是，丹朱联合三苗起兵反抗，与舜争夺天下。舜派大禹镇压三苗后，将其迁至西北三危山（今甘肃敦煌一带）。于是，三苗后裔遂以"危"为姓，自称危氏。

西汉时期，危的一支迁到现在的和硕并建立危须，其治所在危须城，属官击胡侯、击胡都尉、左右将、左右都尉、左右骑君、击胡君、译长各一人，去长安7290里；户700，口4900，胜兵2000。从这些数据可以看出，距汉朝都城长安遥远的小国危须，"麻雀虽小，五脏俱全"，有官有民，有兵有将，是一个机构相当完整的王国。

据中国现代考古学家、西北史地学家、被称为"中国西北考古第一人"的黄文弼在《塔里木盆地考古记》中的记载，现在的曲惠古城就是危须遗址。汉代危须遗址位于现在和硕县曲惠乡政府所在地东约300米处，城为长方形，遗址为黄土夯筑。西南角残留土墩，长宽约3.6米，高约2.4米，曾出土过彩陶罐、串球、开元通宝等文物。

公元前90年，汉武帝刘彻命令楼兰、尉犁、危须共围车师。从"尽俘其王民众而还"中，我们不但可以想象到当年的战争场面和激烈程度，还能从中知道，作为汉帝国的附属国，危须曾参与了大汉王朝对匈奴的征讨。

东汉和帝六年（公元94年），班超率兵7万多人平定焉耆、危须等地的叛乱。东汉以后，危须不复存在，成为焉耆的属地。

公元645年，取经返回途中的玄奘路过这里。据他记载，那时这里是茫茫沙漠，荒无人烟。公元684年，大唐在这里设置安西都护府，下辖龟兹、焉耆、于阗、疏勒四镇，原危须国所在地属焉耆管辖，境内有歌舒部。

13世纪，成吉思汗胞弟哈布尔·哈萨尔的后裔生活在这里，后来演变成了卫拉特蒙古，主要包括和硕特、杜尔拉特、土尔扈特和准噶尔4个部落。17世纪初，准噶尔部逐步强大，四处扩张，与卫拉特蒙古部落之间矛盾日益尖锐。公元1628年，卫拉特蒙古部太师脱欢带领土尔扈特和和硕特一部分开始了漫漫西迁路，来到伏尔加河流域，并在那里定居下来。时隔不久，国力不断增强的沙俄开始逼迫他们臣服，强迫他们缴纳大量租税。1771年，在伏尔加流域生活了近一个半世纪的土尔扈特和和硕特人在首领渥巴锡的带领下历经半年多终于回到祖国怀抱。此时，艰苦的跋涉与残酷的战争使原来的17万多人衰减到了7万。

1887年，24岁的英国军人、探险家弗朗西斯·爱德华·扬哈斯本在这年7月23日来到这里。在《从哈密到叶尔羌》文章里，他这样记载："14点30分，我们逗留在乌什塔拉，此处在俄国出版的地图上标名为乌夏克台。村子位于斜坡下的平坦地区，听说这里是一个大村庄，实际不超过50户人家。但是这里可以买到食品，用五两钱可以买到13个鸡蛋，村子西面有一个碉堡似的营房。"

扬哈斯本一行是当天傍晚8时15分离开这里的，但从他的记载中我们可以发现，在那个年代，这里已叫作乌什塔拉了。

1900年10月，英国籍匈牙利考古学家奥雷尔·斯坦因带着英国政府向中国西部扩张的目的第一次来到新疆，对尼雅遗址进行了挖掘，带走了大量木简、木牍。1906年12月，斯坦因从塔里木河畔向东出发，来到了罗布淖尔。中途，他们遇到一个淡水湖（这个淡水湖就是现在的博斯腾湖），湖中有很厚的冰块。时隔6年，当这位"东方语言学家"再次站在昔日走过的古城上时，太多无人问津的古迹文物让他高兴至极。1913年，斯坦因第三次来到新疆危须。这位老谋深算的"中国通"摸透了昏庸无能又对文化一窍不通的清朝官吏，把自己装扮成玄奘的继承者，在敦煌对道士王圆箓大讲特讲当年玄奘西天取经的故事。这次，他踏遍了罗布泊的沟沟坎坎、佛堂古庙，几乎带走了所有能带的东西……

1928年4月，黄文弼从吐鲁番出发前往焉耆，短暂的行程竟走了15

天。在曲惠，黄文弼对曲惠故城进行考察，认为此地为古代危须国的遗址。1934年，黄文弼第二次来到罗布泊，仍从吐鲁番出发的他循老路来到了孔雀河，并发现了土垠遗址。

1939年4月，盛世才以改土归流名义撤销蒙古盟长公署，在塔温决肯（今博湖县塔温决肯乡）以和硕特部落名称设和硕设治局，隶属焉耆行政区。1940年12月18日，设治局迁至乌什塔拉。1946年4月10日，和硕设治局升格为五等县，1950年3月28日，县党政机关由乌什塔拉迁至清水河（现特吾里克镇），同年4月成立和硕县人民政府。1954年6月13日，巴音郭楞蒙古自治州成立，和硕县隶属巴音郭楞蒙古自治州。

和硕，蒙古和硕特部落名，意为"先遣部队"，又名特吾里克（蒙古语，意为兔尔条，一种灌木）。

曾几何时，繁华兴盛的危须无声无息地退出了历史舞台；盛极一时的丝绸之路也变成了一片干涸的盐泽。为了追溯历史，目前，当地有关部门在乡政府斜对面建立"危须宾馆"，以纪念那段特殊的岁月。

二

时间老人推着手中的魔车，飞速地向世人驶来，日子定格在了1958年8月10日。这天，伴随着一列混合小型专列向西驶去，满载商丘步校的150名干部、部分战士及简单的生活、工作用品的火车过开封，走西安，经兰州，一路西进，拉开了向马兰进军的序幕。经过5天的长途旅行，他们到达了敦煌。8月17日，他们组建了勘察大队；20日，勘察工作全面展开。

"我们这叫打的什么仗，一天到晚蒙在鼓里，晕头转向的。"一名干部发牢骚说。

"上刀山下火海我们都不怕，但死要死个明白。"尽管工作没有停，但在工作途中或短暂的休息中，这句话无疑成了众人说得最多的一句话。

一时间，众口纷纭，军心大动。

8月底，在敦煌一座刚落成的电影院里，首任副司令员张志善语重心长地对全体人员说："我们的任务是建一个原子弹、氢弹试验靶场……"神秘面纱揭开后，同志们工作热情空前高涨，干劲比起原先更足了。

经过3个月的艰苦奋战，确定把敦煌作为试验场区的布局基本定了下来。然而，时隔不久，他们却发现这个地方严重缺水，且部分区域还是飞沙区，不能满足生活需要不说，而且也不适合做试验场区。

1958年12月22日，一行20余人乘坐4台小车、2台运输车的精干勘察小分队又出发了，他们这次的勘察目标是罗布泊。经过10余天的辛苦奔波，当勘察小分队在1959年元月初到达吐鲁番时，他们初步完成了勘察任务。

1959年3月，测量队和水文地质勘察队再次进入罗布泊进行综合勘察。这次勘察，是一次具有历史意义的勘察。因为，这次勘察不仅确定了核试验任务的场区中心，还为生活区的位置提供了依据。

经过两次勘察，勘察队对罗布泊有了更大的信心和把握。1959年冬天第三次勘察任务，他们终于在这块土地上确定了我国第一颗原子弹的试验爆心。

第三次勘察时，从乌什塔拉进去后，勘察队很快就发现这片土地不像周围的土地那样贫瘠，这里土地肥沃，水源也相当丰富，周围不但靠近村庄，而且还有个没建成的农场，加上这里又紧靠南疆公路，交通顺畅，出入十分方便，大家一致认为这里适合做生活区。

看到这里有成片成片的马兰花，部队首任司令员张蕴钰就给这块土地起了个富有诗意的名字——马兰。一时间，这个名字在官兵中间传诵开来，大家都开始亲切地称呼这里为马兰村。

于是，千军万马就在马兰村安营扎寨了。

尽管那时候的条件比起现在差得太远，但那时候基地官兵对马兰村的喜爱一点都不比现在差；其实，我知道首长的本意不是给这个地方起个诗意的名字，而是要用扎根戈壁、不屈不挠的马兰花象征官兵用顽强的生命力在戈壁滩上艰苦奋斗、无私奉献，实现国富民强的壮志豪情。

马兰村，成为官兵生活区的中心，来之不易。这里面蕴含了勘察队多少个日日夜夜的艰辛勘察和不停奔波。在这个方寸之地，中华民族拥有了保卫祖国疆土、保护人民生活的坚强后盾，使坚强的柱石中又有了一块磐石。

三

对于马兰，起初我没有一点印象。因为她不仅在地图上找不到，而且我根本没有听说过。

1995年底，我当兵来到马兰。那时，从小学到高中，上了10余年学的我手不能拿、肩不能挑，在众乡亲的眼里还不如小我几岁的邻家小妹。因为弟弟妹妹多的缘故，邻家小妹整日里帮父母做事，家里家外都是一把好手，在众乡邻的眼里俨然是一个大人。而我，因为长年在外求学，地里的农活一点不懂，家里的活更是帮不上忙。那年7月，名落孙山让我惶惶不可终日，无所事事，备感压抑与彷徨。尽管父母希望我回到学校复读，可厌倦了校园生活的我任凭父母磨破了嘴皮子，始终不肯妥协。于是，在一次争吵与"拉锯式"的战争后，父母最终同意了我的想法。

那是一个阳光明媚的上午，接兵连长在村长（现存主任）的陪同下来到我家。在一问一答的谈话中，他的一个问题引起了我的思考。就是对这个问题的回答，让接兵连长露出了惊喜的目光与诧异的神情，使他在一刹那间决定带我走。

那天中午，接兵连长问我："据我所知，今年在你们县城接的多批兵中，有很多都比我们那里的条件好，其中到南海舰队的就更不用说了，你为什么选择去马兰？"我说："虽然我不知道你们那里条件如何，但马兰这个名字听起来很诗意，很惬意，我愿意到这个地方去……"其实，表面上话虽然这样回答，可在内心深处就是要求自己到最艰苦的地方去锻炼，去打磨。

于是，通过了挑选后，我最终来到了一望无垠的戈壁滩上，来到了一个整齐划一的特殊的绿色方阵中。

四

马兰，是一个军城；核试验，是一项伟大的工程。这里，有太多的情，太多的事；这里，有数不完的第一，有讲不完的故事；这里，是人才辈出的地方，是科技创新的摇篮。但是，不管她怎样，地球第一村，是我对她的称谓。因为在我的记忆里，我是一直这样称呼马兰村的。

时光如白驹过隙。在过去的半个世纪里，马兰村取得了许许多多的辉煌成就。其中有着众多的"最"。这些"最"，让每个炎黄子孙为之骄傲，为之自豪。

地域最广。来过马兰的人都知道，作为生活区的马兰村实际面积很小，但就罗布泊的地域而言，马兰村所涵盖的地理面积比一个浙江省的行政区域还要大。在这块土地上，虽说人口稀少，但这块土地上却爆发出了惊天地、泣鬼神的呐喊。一声声呐喊，足以使每个"心怀鬼胎"、破坏和平的人胆战心惊、噩梦连生。

人口最多。因为保密的缘故，我不便直接说出马兰生活区到底有多少人。但是，可以毫无遮掩地说，没有一个称得上村的地方会有如此之多的人，而且每年都在不断地更换着。一批批老同志回到当初离开的家乡，一批批新鲜的血液又源源不断地输送进来。铁打的营盘流水的兵。在这块土地上的这些人，大多年轻力壮，且很多人有较高的学历，已经创造出或正在创造着不可估量的价值。

事业最辉煌。一代又一代马兰人不辱使命，在环境条件异常艰难的情况下成功进行了多次不同方式、不同型号、不同当量、不同威力的核试验，用世界上次数最少的试验和最高的成功率、最低的费效比建起了中国精干有效的核自卫力量，挺起了中华民族的脊梁，为实现国防现代化、赢得国际大国地位与维护世界和平立下了不朽的历史功勋。邓小平说："如果六十年代以来中国没有原子弹、氢弹，没有发射卫星，中国就不叫有重要影响的大国，就没有现在这样的国际地位……"伟人振聋发聩的声音还在耳边不时地响起，这声音，无疑就是对"事业最辉煌"的最好诠释。

行政级别最高。说马兰村的行政级别最高，是因为这里最高级别的首长是将军。私下里，官兵们常开玩笑说："马兰村的村长书记那可是世界上最牛的村长书记，能够生活在马兰村，那是件幸福的事。别说当这个村的村长书记不容易，就是在这个村做个村民也不是件简单的事……"

有了这么多"最"，马兰村又有什么理由不能当之无愧地荣获"地球第一村"的荣誉称号呢！

晚饭过后，携妻儿走出家门，在灯光的照耀下，马兰的天空已变得朦朦胧胧。马路上、树荫下、公园里，三三两两的官兵或家属正在散步，孩子追逐嬉戏时银铃般的笑声不停地在马兰村上空响起……这里的一切，看上去是那么美好，那么惬意，那么温馨，既像一首撒在路沿上的诗歌，又像一幅美丽的生活画卷，更像一串跳动的音符……

戈壁朝圣者

披千里冷月寒星，望一路鼓角连营。此身已寄关山外，梦里犹伴兵车行。

——题记

据我所知，许多人认为，一些特定的地方有特殊的灵性，在这些有着特殊灵性的地方可能有圣陵，也可能有庙宇。为此，他们会到这些有着特殊灵性的地方去朝圣，去祭拜。在这些地方，他们的心疾或被疗愈，问题或被解答，或者获得一些灵性与益处。

然而，在我看来，朝圣却是一项具有重大的道德意识，或民族概念意义上的一次探寻。

一个问题在我心里盘旋了很久，也让我思考了很久都百思不得其解。在我脚下的这片土地上，一年一场风，从春刮到冬，既没有什么让人津津乐道的圣地，又没有什么名垂千古的伟人，有时候就连灰不溜秋的石子都想借着风的魔力离开这鸟不拉屎、鬼不愿待的地方。是什么原因让一批批的热血青年千里迢迢地来到这里，并在这片荒芜的戈壁滩上一干就是十几年、几十年。难道这里是他们心中的圣地，抑或这里有他们崇拜祭拜的对象？他们，不辞辛苦来到这里，难道是为了朝圣？如果真是这样，他们朝圣的对象又是什么呢？

带着些许疑问，我走访了身边的诸多战友，当和他们谈及这个话题时，众人异口同声的话语让我颇为吃惊。原来，这些远离故土的男男女女，是为了他们心中的圣地——盛开着簇簇马兰花的戈壁小城，是为了心中那份神圣的事业——发展祖国核武器试验而来。他们来到这里，就是为了朝圣。但与那些宗教徒的不同之处在于，他们所朝圣的对象是我国的核试验事业和那个年代所孕育以及形成的伟大的马兰精神。

听他们一个个说出这些内容大同小异的话语，尽管我在心里接受了，可事实上我却更加不理解了。这里，满眼都是一望无垠的戈壁滩，遍地都是低矮匍匐的骆驼刺。在巴掌大的营区外，开车冲上一两个小时，跑上一二百公里，也许连人影都见不到一个。为何竟有着如此大的魅力，让一批批的人前赴后继地奔向这里，在这里扎根、发芽、生长，并绽放出无数无比绚丽、无比芬芳的花朵。

在茫茫的千里戈壁上，沙丘遍布，沟壑纵横，地形地貌几乎都是一样的，到处都是灰褐色的沙石，根本就谈不上有道路可言，野外作业全靠自己掌握方向。稍有不慎，不但随时都有可能迷失道路，而且还会对人身造成巨大的威胁……

八九月的戈壁滩，温度高得吓人，最热时地表温度可达60℃，鸡蛋埋在沙子里都能蒸熟，官兵穿在脚上的胶鞋也会被烫得变了形状，不像个鞋样子。再看眼前的景象，到处都是翻滚的浪花（这不是水，更不是博斯腾湖的浪花在飞舞，这是烈日炙烤下升起的热浪），就连面前的山也出现了倒影（这也不是实景，是在内地城市里难得一见的宏伟景观——海市蜃楼）。可就是这样，参加试验的人们却一个个精神振奋，自觉地早出晚归，同时间老人一起赛跑……

在每年降雨量只有十几毫米的戈壁滩上，上百公里见不到一点水，空气中的含水量更是少之又少，其干燥程度就可想而知了。好不容易弄来一点水，试验场区的官兵们总是先漱口，再洗脸，然后再洗脚，等到这一切都完成后，还要再将洗脚水澄清后用来洗衣服；更有甚者，实在缺水时，还会拿来用它蒸馒头。那时候，在试验场区，大家在无形中达成了这样一种共识：谁要是浪费掉一滴水，谁就是罪人，是不可以饶恕的。

……

带着疑问，在翻阅了曾经在这里工作过和没有在这里工作过的人们写下的大量有关基地官兵工作的文字描述后，一个个感人至深的故事映现在了我的面前，同时也深深地感染和影响了我，让我禁不住多次泪如雨下。也就是那个时候，那一个个感人至深的故事让我明白了一个道理，这就是一代又一代戈壁朝圣者前进的步伐缘何如此坚定。

一晃，参军来到部队20多年了。在过去的8000多个日日夜夜里，我耳闻目睹了许许多多发生在身边的感人至深的故事，面对着一个又一个的戈壁朝圣者，我不禁发出疑问，是什么力量让他们对这片土地顶礼膜拜，又是什么力量让他们如此虔诚、如此忘我？

巴音郭楞蒙古自治州作家秦汉老师在他的《马兰纪行》中这样写道："这是一个产生磁场效应的地方，五湖四海的热血男儿，巾帼英雄，不留恋大都市的繁华，胸怀大志，报效祖国，披千里冷月寒星，望一路鼓角连营。此身已寄关山外，梦里犹伴兵车行，问世间何为时代潮头，建伟业，立奇功……"寂静的夜晚，独坐在书桌前，昏黄的台灯下，读到此处，我终于理解了大批戈壁朝圣者胸怀大志、报效祖国的深深情怀，终于理解了这些戈壁朝圣者扎根戈壁大漠，忠实履行使命的孜孜不倦的无悔追求。

前不久，我看到了基地新闻干事王泽勇撰写的《踏遍荒漠释忠诚》一文，作为1964年大学毕业就来到基地、一直从事地质研究工作、参加了基地历次重大国防工程地质研究和调查任务的褚玉成，我被他高尚的情怀深深震撼了。这个退休后又被返聘的老高工把毕生精力都献给了这片茫茫戈壁。为实现特种混凝土堵塞浇筑质量检测智能化问题，他大胆推行单孔定位法；为了掌握一线资料，他常年奔波在外，多次经历危险；为了能从事国防科研事业，他谢绝地方公司老总高薪邀请，直到牺牲在岗位上……一桩桩，一件件，使褚老的光辉形象完全展现在了我的面前。

"地质工作者要常年奔波于荒漠戈壁、深山峡谷。夏天，戈壁热得像蒸笼，工作服湿了又干，干了又湿。冬天，又冷得像冰窖，穿着皮大衣，还是感到透心凉。野外作业，住帐篷、啃馒头、吃咸菜、喝凉水是家常便饭……"在褚玉成先进事迹座谈会上，研究所原地质水文室首任主任丁浩然有感而发："搞地质工作不容易，像老褚这样，从不将苦和累放在心上，一干就是40多年，直至献出宝贵生命，更不容易。"褚老对事业的执着和不辱使命以及丁主任的娓娓道来，让我再次对"戈壁朝圣者"这几个字的深刻内涵有了新的理解。

一群又一群的热血男儿，他们用大无畏的精神，向艰难险阻挑战，向严寒酷暑和生命极限挑战，在连地图上都没有任何标记的戈壁滩上安营扎寨，这是何等的气魄，又是何等的精神。高僧法显（399年春天，时年65岁、已在佛教界度过了62个春秋的这位老人，同慧景、道整、慧应、慧嵬4人一起，从长安起身，向西进发，前后历经13年，走了30余国。他翻译的《摩诃僧祇律》，为佛教五大戒律之一，对后来的中国佛教产生了深远影响。在抓紧时间译经的同时，他还将自己西行取经的见闻写成了一部不朽的世界名著——全文9500多字的《佛国记》）在《佛国记》中记载：此地"多有恶鬼热风，遭则皆死，无一存者。上无飞鸟，下无走兽，遍望极目，唯有死人枯骨为标志耳"。就连从西方来到这里的近代探险家，他们也在这里留下了这样的悲号："可怕！这里不是生物所能插足的地方，而是死亡的大海，可怕的死亡之海！"可就是在这样的环境里，我们的戈壁朝圣者却创造出了惊天动地的伟业。我知道，知道了这里不是一般的艰苦还毅然决然地来到这里，如果没有对这片土地和这项事业的崇拜，没有一颗坚定执着的心，他们就不可能来到这里。历经了艰难困苦来到这里的人们，虽然他们选择的是肉体上的苦难，但他们所承受的绝不仅仅是肉体上的痛苦，还有生活上的考验与磨炼。只是在考验与磨炼的背后，他们收获的却是心灵上的骄傲与自由。

1910年，日本探险家橘瑞超来到我们脚下的这片土地，在他的《中亚探险》中他这样写道："在芦苇茂密的湖沼中，栖息着很多野鸭和鱼类。经历了漫长而单调的沙漠旅行的我们，第一次来到这个有人家的阿布达尔村，睡在久违了的房子里，做了一夜好梦。"我虽然不知道阿布达尔村是现在的什么地方，但我知道，橘瑞超所提到的湖沼就是现在的博斯腾湖，他所说的阿布达尔村就在我们脚下的这片土地上。橘瑞超来到这里是为探险而来的，不像教徒到圣地进行朝圣那样，是为了洗清自己的罪恶，得到美好的来世。那么，我们一批又一批的官兵们来到这里又是为了什么呢？冥冥之中，我突然想起汉代"弃笔从戎"的故事，还是让我带领大家先来熟悉一下这个典故吧。

"弃笔从戎"讲的是东汉班超的故事。

班超何许人也？

班超，著名的政治家、军事家和外交家。其父班彪系东汉一代儒学大家，曾经续补司马迁《史记》，作《后传》65篇；班超之兄班固是著名的文学家、史学家，曾经编写中国史学《汉书》；班超之妹班昭是一位学识渊博、品格高尚的杰出女性，她的《胡笳十八拍》是脍炙人口的千古绝唱。

由此可见，班氏一门皆为文豪，以仕宦而享誉东汉朝野。

公元73年，匈奴犯乱，大汉在西域设置的都护不复存在，严重影响到了东汉的政治和经济。于是，汉明帝刘庄下令出兵西征。消息传到兰台，整日忙于抄写官报文牍的班超（时年41岁）惊喜不已，感慨万分："大丈夫无他志略，犹当效傅介子、张骞立功异域，以封取侯，安能久事笔砚间乎！"遂将手中笔掷于地上。著名的"弃笔从戎"的典故即出于此。

班超报效祖国，要干一番事业的雄心壮志被汉明帝知道后，汉明帝批准了他的请求，并任命他为代司马。至此，班超开始了他的西域剿乱之行。

第一仗是出击哈密。班超以36骑一举将无任何防范的呼衍王追至巴里坤湖一带，将匈奴军队杀得人仰马翻、死伤惨重，致使呼衍王狼狈而逃。

第二仗是夜袭匈奴使者。这次，班超又带领36骑勇士突然出现在匈奴在鄯善国的使者团驻地处。

天黑风急。班超分兵把住匈奴使者团在鄯善国驻地的营帐，派4名火攻手点燃了营帐，并让10名军鼓手将战鼓敲得震天响。从梦中惊醒的使者团不知发生了什么事，来不及穿衣逃命就被班超所带的勇士挥刀斩杀30多人，余者与营帐一起化为了灰烬。

......

公元91年12月，屡建战功的班超被任命为西域都护。97年，因战功赫赫，班超又被皇帝封为"定远侯"。这一年，班超65岁。

（公元102年）八月，皇帝准许班超告老还乡，由他的第三个儿子班勇子承父业。只可惜，班超在回到洛阳后仅一个多月便因病离开了人世。

为什么要用大量的篇幅来记述班超呢？其实，我想告诉大家的是，一直以来，班超都是我心目中的英雄。作为出身于一个文学世家的男儿，为了心中的那份追求，他毅然放弃了手中的笔墨，拿起了刀戈，站在了与匈奴作战队伍的最前面。在我的心中，他也是一位戈壁朝圣者，他用实际行动完成了自己对"安能久事笔砚间乎"的朝圣。

屈指一算，班超的故事距今有近2000年了。透过一摞摞的史书再次回忆这些往事，我发现，他留给后人的不仅仅是一点记忆，更多的是一种精神，一种奋进，一种激励。了解了这些，让我们为这位昔日"戈壁朝圣者"的"敢于"和"勇于"而鼓掌吧！不要吝啬自己的手，让我们向他致以崇高的军礼吧！

向这位弃笔从戎的英雄致以崇高的军礼后，我还想给大家讲个故事，述说一个人。

由儿子艾米利奥·艾斯特维兹导演并在剧中饰演儿子角色、父亲马丁·辛主演并在剧中饰演父亲角色的《朝圣之路》给我们讲述了这样一个故事：

汤姆是一名在美国工作的医生，儿子不幸在法国遇难后，他动身前往法国取回儿子的遗体和遗物。他最初的目的只是取回孩子的遗体，但到了法国后，汤姆却决定要将儿子已经走过的和没有走完的路走一遍，以更好地体会儿子的生活，更好地理解自己的孩子。走在朝圣路上，汤姆渐渐地了解到自己的儿子对自己说的最后一句话的含义："这就是我们过的生活和选择的生活之间的差异。"

　　看到这里，我想起了一位老人。在品尝着房东老太太给他取名为"奶油棒冰"的绰号中，听到中国共产党炮击了英国的"紫石英"号军舰后，他毅然选择回到了祖国。在天山深处的一座小平房里，一待就是20多年。在这20多年里，他创建了核试验研究所，成功设计和主持了我国首次原子弹、氢弹、导弹核武器等不同的几十次核试验，推动了核武器设计、改进和试验技术的协调发展。

　　这是他自己最初选择要过的生活，也是他至今都对生活无悔的选择。老人在讲到这个故事时曾无限感慨、无限深情地说："如果50年代我不回国，在学术上也可能有更大的成就，但绝不会有现在这样幸福，因为我现在所做的一切都是和祖国紧紧地联系在一起的。"

　　他，就是荣获"两弹一星"功勋奖章、国家最高科学技术奖、"八一"勋章、"改革先锋"称号的中国科学院院士、基地原副司令员程开甲。就是这位核试验总体技术的设计者，不但提出了向地下核试验方式转变的建议，并在较短的时间内组织实现了大气层试验向平洞与竖井试验的转变，创立了我国自己的系统核爆炸及其效应理论，为我军的核武器应用奠定了基础。

　　从老人的言语中，我理解了他一心要报效祖国的忠诚和忘我工作的态度以及那份对科学的痴迷、对事业的执着；然而，更重要的是我读懂了老人到戈壁朝圣的深远影响和重大意义……

　　今天，还有众多的人从祖国的四面八方前赴后继地来到这里。有时候要坐几天的车，有时候要倒车好几次，可就是这样，一茬又一茬的马兰人，依旧没有人发一句牢骚，说一句怨言，他们依旧在"千里无人烟，风吹石头跑"的戈壁滩上埋头苦干，用心血和汗水乃至生命，在荒漠上营造绿洲，在为祖国铸造物质核盾牌的同时，也为炎黄子孙铸造着精神核盾牌。

路漫漫其修远兮！

想象着"大漠孤烟直，长河落日圆"的壮观景象，我又一次陷入沉思：那些无数执着的戈壁朝圣者依然行走在无垠的朝圣路上，无疑是一道壮丽的风景。然而，在历史的长河中，这到底是起点还是归宿？是善意还是罪恶？

啸问苍穹，只有基地广场上高高飘扬的旗帜在猎猎作响……

有一个地方

马兰，一个神圣而伟大的地方，一块贫瘠而富饶的土地。在这块热土上，一代代马兰人用青春和热血、智慧和精神，铸就了一座座文明的精神丰碑。他们，长时间离别亲人故土，豪饮孤独当美酒，远离欢乐不言愁，用手中的画笔在这片广袤的土地上创造了一个又一个不朽的神话，留下了一个又一个动人的故事。

一

"有一种花儿名叫马兰，你要寻找它请西出阳关。伴着那骆驼刺啊，扎根那戈壁滩，摇着那驼铃听着那鹰笛，敲醒了黄沙漫卷灰蒙蒙的天。啊……马兰，啊……马兰。一代代的追寻者，青丝化作西行雪；一辈辈的科技人，深情铸成边关恋。青春无悔，生命无怨，莫忘一朵花儿叫马兰……"

每当听到毛阿敏演唱的这首《马兰谣》，心中涌出无比激动的同时，一种自豪感总会从心底涌起。因为，歌曲中提到的马兰，就是我的第二故乡——一个我当兵待了20多年的地方。

在马兰，到了每年的四五月，在这个绿树掩映的戈壁小城，在小城内整齐宽阔的公路两旁，在公路两旁深浅不一的沟壑和宽宽窄窄的水渠里，总有紫色或淡蓝色的小花，它散发着一股淡淡的芳香，这就是马兰花。查阅资料后我才知道，马兰花耐盐碱，耐践踏，根系发达，多生长在荒地路旁、山坡草丛和盐碱草甸中，是鸢尾科多年生宿根草本植物，原产于我国，在中亚细亚、朝鲜有野生分布。马兰花可入药，有清热、止血、解毒之功效；其别名有马莲、旱蒲、蠡实、荔草、剧草、豕首、三坚、马韭等数十种之多。

提到张蕴钰的名字，我很难一下子就把他与惊天动地、震惊寰宇的响声联系在一起。可他，一个身经百战的将军，为了祖国的强大，为了祖国的核试验事业，不但把半生的精力奉献给了这里，最让我们意想不到的是，在他百年之后又回到了这片曾经战斗工作了多年的土地上。

2008年8月29日，张蕴钰司令员逝世，享年91岁，他的骨灰安葬在了马兰烈士陵园里。

如今，每次站在烈士陵园他的墓碑前，我总会感觉到自己是那样渺小；每次与他近距离接触，我就会越发感觉到自己如同站在了一座巍峨的高山下，需要用高山仰止的姿态才能仰望他。

在共和国的将帅名单中，将军的军衔算不上最高，他的名字也称不上特别响亮，但是，如果提起他的名字，就像在基地提起"张一号"这个称谓一样，是很多人都要竖起大拇指的。从国防部到戈壁大漠，老首长用他坚定的步伐激励了一代又一代的马兰官兵，让我们在无形中感受到了他的精神力量，感悟着他的人格魅力，感喟着他的高瞻远瞩……

老首长曾在一封信中这样写道："1945年美国空军将原子弹投到日本的广岛、长崎两个城市，即刻造成了几十万人的死伤惨状。这消息传到中国人民的耳朵里，是一条战争的特大新闻，是人类洗劫的一条特大新闻，是一条科学技术的特大新闻。"也就是从那一刻起，老首长就开始了时时刻刻关注原子弹发展的各种消息。终于，当毛泽东主席在军委扩大会议上发出号召时，当中华民族又一次被迫发出怒吼时，面对光荣的使命，心急如焚的老首长心驰神往了，心潮澎湃了，心情激动了："上几代的爱国者已经捐躯、代谢，处于当代的我们能为祖国的现代化效力该是多么幸福啊！""将鲜红的热血涂在印版上，印出光灿的国史，有此际遇何志不酬呢?!"

老首长的话语在基地掀起了一阵狂风，大家都说这风刮得好，刮得来劲。

二

来过马兰的人们，在走过这里大大小小的角角落落，看到处处都生长着的簇簇葱绿的马兰草和盛开的马兰花后，是很难把这个娇嫩的名字与雷火轰鸣的核爆炸联系在一起的。也许正是因为这个原因，马兰的名字才被赋予了更多的猜想和传说。关于马兰名字的由来，曾经有着一段神奇的故事！这个故事就和基地首任司令员张蕴钰将军有着莫大的关联。

《魏书·西域传》记载："且末西北方流沙数百里，夏日有热风为行旅之患。风之所至，唯老驼豫知之，即鸣而聚立，埋其口鼻于沙中，人每以为候，亦即将毡拥蔽鼻口。其风迅驶，斯须过尽，若不防者，必至危毙。"这是马兰这个地方以前的有关记载，我们可以想象到这里的条件是如何的艰苦。然而，20世纪50年代末，一支大军经过艰苦跋涉和3次为期一年多的勘察，终于在罗布泊腹地确定了核试验基地的生活和试验场地。当年，在如今生活区的南边，曾经有一大片的草滩，一到暖春时节，随处可见的马兰花竞相绽放，散发出浓郁的芳香，给生活在周围的人们带来了莫大的愉悦。因为这片盛开的马兰花，基地首任司令员张蕴钰就给这里起了个很好听的名字 —— 马兰。

然而，这里还流传着另外一种说法：部队在选择生活区时，一条从天山深处涌出的溪流滋润了这里的大片绿洲，高高低低的马兰花开放在小溪旁，开放在沟壑里，也绽放在了勘察队的车辙里，骆驼踏过的蹄印里，为马兰花陶醉的将军就提议把这里叫作"马兰"。当然，将军还是老首长张蕴钰司令员。

关于马兰名字的由来，基地官兵有着浓厚的兴趣。但不管哪种说法，如今的马兰在一茬又一茬的官兵眼里，早变成了一道亮丽的风景。马兰这个地方，在他们心里，也多了几分柔情。在马兰建成后的61个春夏秋冬里，基地的广大官兵撰写了大量反映马兰的文章，讴歌盛开的马兰花，赞美如同盛开的马兰花的官兵……

> 马兰确实是一朵花的名字
>
> 花开时节一簇簇 一丛丛 一片片
>
> 在亘古荒原上
>
> 肆意怒放 尽情烂漫
>
> 就是她 映衬着壮丽的蘑菇云
>
> 将军把她的名字写进了军事大典
>
> 多少人的汗水 泪水 心血与生命
>
> 铸造成那团圣火烈焰

我不知道这是哪位战友写下的文字，但我知道，像这样的文字，在基地官兵的笔记本上、办公桌内，比比皆是，不胜枚举。

我当新兵时的老领导在他的文章里写道：世上有许多美丽的花，如牡丹的富贵、月季的典雅、芙蓉的艳丽、君子兰的淡雅，令人赞叹，令人陶醉。然而，我对马兰花的钟情胜过世上所有名贵的花。在我的生命中，马兰花被赋予了不同寻常的内涵和意义，给我的人生不断增添奔向前方的勇气和力量。因为，我曾经是马兰的一员，马兰情结将伴随我度过一生……

老领导的一番深情言语，强烈地击中了我的心扉。因为，对于在这片土地上生活了20多年的我来说，不仅深有体会，更是深有感触。

三

无论是将军还是士兵，无论是职工还是家属，凡是来到马兰安家落户后，他们就立即在这片火热的土地上开始了辛勤耕耘。他们自觉把火热的青春融入祖国的核试验事业中，自觉把辛勤的汗水洒在这片贫瘠的土地上，有的甚至把生命镌刻在这里化作瞬间的永恒，就像常年傲立在戈壁滩上盛开着的马兰花。

"举杯邀月，恕儿郎无情无义无孝；献身科研，为祖国尽职尽责尽忠。横批：忠孝难两全。"这是在核试验场区流传多年的一副对联。

主人公是1998年6月被中央军委授予"核试验工程模范团"荣誉称号的某团专业军士涂庆荣。每每想起这副对联，涂庆荣总是感慨万千。直到有一天，他把这副对联贴在了老家的大门上！

开始听说这个故事时，我还不大相信。因为，这样的文字一般人是不会把它当作对联贴在自家门上的，可涂庆荣为什么这样做呢？

故事的经过是这样的：

一天，正在场区工地上忙碌的涂庆荣突然收到一张"父肝癌晚期，生命垂危，盼速回"的电报。看到电报的一瞬间，涂庆荣愣住了。然而，权衡再三后，在亲情与事业的天平上，涂庆荣最终选择了后者。在随后的日子里，涂庆荣把全部的时间都用在了工作上。他不敢停下来，因为一停下来，父亲的身影就会映现在自己的脑海里，就会在自己的眼前闪耀。

半个月过去了，工程任务终于完成了。涂庆荣这才急急忙忙请假踏上回家的列车。到家后，眼前的一幕让涂庆荣惊呆了。病床上，被病魔折磨成皮包骨头的老父亲面色蜡黄，俨然已到了风烛残年。

作为家中独子，看到这一幕，心如刀绞的涂庆荣再也抑制不住自己的情感，男儿有泪不轻弹的他跪在父亲床前禁不住失声痛哭起来。

涂庆荣有一个姐姐和两个妹妹。姐姐是教师，整天忙于教学的她一点都脱不开身，大妹刚刚生完孩子还未满月，小妹正身怀六甲；而妻子，夜晚既要照顾两岁的孩子，白天又要上班。看到这种情况，涂庆荣知道谁都指望不上。怀着愧疚的心，涂庆荣每天奔波于相距100多公里的家和医院……

看着老伴的病情在一天天加重，看在眼里、急在心里且患肺气肿多年的涂庆荣的老母亲也倒在了床上。然而，祸不单行，就在此时，急火攻心的涂庆荣也因劳累过度得了胃出血。

就在此时，感觉还像刚刚到家的涂庆荣突然接到部队发来的电报，说任务紧张催他归队。

看着奄奄一息的父亲，再看看以泪洗面的母亲，假期眼看就要到的涂庆荣张了几次口，又把要说的话咽回到了肚子里。收到电报的那天夜里，涂庆荣翻来覆去，夜不能寐。走吧，实在对不住父母；不走吧，核试验场又确实需要自己。

第2天，涂庆荣把"举杯邀月，恕儿郎无情无义无孝；献身科研，为祖国尽职尽责尽忠。横批：忠孝难两全"的对联写出来后，含泪贴在了老家的大门上。而后，他又把"无情无义无孝"6个字贴在了妻子床头，并到妻子单位为她请了假。

车票买好了。涂庆荣有生以来第1次在父母面前撒了谎。可有谁知道，对他来说，这是一个永远无法补救的弥天大谎。他对父亲说：要回家看母亲，让妻子先照看两天；回到家后，他又对母亲说：要去医院照顾父亲几天……

怀着十分沉重的心情，涂庆荣按时返回了部队。然而，就在归队后的第13天，在罗布泊的核试验场区工地上，涂庆荣又接到家中发来的电报。当教导员默默地递给他已经打开的电报时，他看到的几个字竟然是："父故已葬，保重勿念。"涂庆荣再也忍受不住内心的巨大悲痛，朝着家乡的方向，"咚"的一声跪在地上，失声痛哭起来……

从此，每次回家探亲，涂庆荣都要把场区营门上的那副对联写上一遍，放在父亲灵位的两侧，然后恭恭敬敬地跪倒在地，久久不起。

在核试验场上为祖国尽职尽责的涂庆荣，想用这种方式祈求九泉之下的父亲原谅自己，原谅他这个"无情无义无孝"的儿子。

这是一个真实的故事。

每每读来，我总是禁不住潸然泪下，黯然神伤。也许涂庆荣不是一个称职的儿子，但他绝对是一个忠诚的战士。

像涂庆荣这样的人，在基地不同的岗位上还有许许多多。他们在平凡的岗位上做出了不平凡的业绩，为祖国的核试验事业谱写了光辉篇章。

很多年过去了，如今的生活和工作条件已发生了翻天覆地的变化，但涂庆荣的故事却激励和影响着一代又一代的马兰人，至今还在基地官兵之间广为传诵。

四

如今，核试验基地——马兰，已成为世人瞩目的原子城，成为几代创业者共同的故乡，成为他们永远的精神家园。

"有一个地方名叫马兰，你要寻找它请西出阳关。丹心照大漠，血汗写艰难；放出那银星舞起那长剑，擎起了艳阳高照晴朗朗的天。啊……马兰，啊……马兰。一代代的追寻者，青丝化作西行雪；一辈辈的科技人，深情铸成边关恋。青春无悔，生命无怨，莫忘一朵花儿叫马兰。"

今天，当我用浓浓的家乡口音，再次深情地唱起这首老歌，当我再次聆听毛阿敏演唱这首歌时，我已不想再用过多的文字抒发我对马兰这片土地的挚爱和对马兰花的无比崇敬了，就让我借用一位诗人对马兰的赞美来结束这篇文字，借以表达我对这片土地的深深眷恋。

与青天接吻

> 我时常在想，一棵树，抑或一棵小草，无论生长在什么地方，它们都会用自己独特的方式来歌唱身边美好的世界。
>
> ——题记

问马兰营区内最多的树是哪一种，我想，每个来过这里的人都会毫不犹豫地告诉你，白杨树当之无愧。

走进营区，首先映入眼帘的是无数钻天的白杨树。在很多条笔直又宽阔的柏油马路两侧，挺拔而高大的参天白杨好像要参加比赛——看谁最先能与湛蓝的天空接吻一样，把"吃奶"的劲头都使了出来，争着挤着朝高处长。从棵棵伟岸的白杨树身上，我看到了一种朝气，一种活力，一种精神。看到它们，我时常在想，一棵树，抑或一棵小草，无论生长在什么地方，它们都会用自己独特的方式歌唱身边美好的世界。

一

杨树，既没有松柏四季常绿的枝叶，也没有柳榆婀娜多姿的枝条；既没有牡丹绚丽怒放的色彩，也没有海棠风流妩媚的姿态。作为在中原地带出生并生活多年的人，我对白杨树一点都不陌生，而且打心眼里特别喜欢它。因为白杨树在家乡是最常见的树木，房前屋后，沟旁河畔，到处都能看到它的身影。每次看到一排排、一行行挺拔的白杨树，都会给我莫大的力量。只是，家乡的白杨树与马兰的白杨树有着明显的差别，既不像这里的白杨树那样高大挺拔，也不像这里的白杨树那样伟岸魁梧。在我的记忆里，家乡的白杨树大都没有这样的姿态，更多的是在笔直或稍弯曲的枝干上生长着一蓬蓬、一簇簇的，看上去乱糟糟的枝条。与新疆的白杨树比起来，既没有姣好的容颜，又没有伟岸的身躯，更像是新疆白杨树营养不良的小兄弟。

虽然如此，然而，在我的家乡，每每谈起白杨树，人们总是津津乐道，喜悦之情溢于言表。从他们的话语中，我总能听到很多关于杨树的谚语或故事。像"前不栽桑，后不栽柳，门前不栽杨树鬼拍手"，意思是告诉人们最好不要在家门口栽杨树。因为杨树经风一吹，尤其是在深夜，叶子发出的哗啦哗啦的响声犹如鬼拍手的声音，不但吓人，而且在夜深人静的时候特别瘆人，让人从此不敢在夜间行走。还有"九九杨落地，十九杏花开"这句谚语，则告诉我们这样一个事实，到了每年的"九九"和"十九"季节，杨穗开始落地了，杏花也开了。每年的这个时候，漫天飞舞的杨絮总会让很多人感到特别不舒服，甚至因过敏而导致发生疾病。在马兰，近几年这种现象尤为突出。尽管如此，但漫天的杨絮却预示了春的到来。当然，这些话也只是对中原地带的万物说的，在新疆这块地方上并不适合，因为这里的气候与中原地带有着极大的差别。就拿收麦子来说，在家乡一般是芒种季节就开始收麦子了。老家有谚语道：忙不忙，三两场。意思是说，不管忙还是不忙，到了芒种时节，总有一些早熟的麦子是可以收割的，可到了新疆，却要推迟一个多月甚至两个月才收割麦子。再者，像"杨叶钱大，快种甜瓜；杨叶哗啦，快种西瓜"一句就更明了了，从字面上一眼就能看出是什么意思。

在我的家乡——中原大地上，白杨树随处可见，似乎人们并不是特别重视它们。然而，到了新疆荒凉广袤的戈壁滩上，一排排、一行行的白杨树却显得那么渺小，那么孤单，给人感觉就好像是戈壁滩上微不足道的点缀。即使这样，但我却时常在想，如果一个人在戈壁上行走，在看不到绿色、瞧不见植物的时候突然看到这样一排排、一行行的白杨树，那是多么令人振奋的事啊。

春天来了，一棵棵白杨树早早地抽出新芽，开始装扮枯萎了一冬的大地，及时给大地换上美丽的新装；夏天来临了，长得茂盛的白杨树唱着欢快的歌，献出浓浓绿荫，及时为人们提供乘凉、避暑的场所；秋天到了，白杨树又把自己涂成金黄的颜色，并脱下美丽的外衣像天女散花般将金黄的树叶洒向人间，化作来年生长的积肥。每次置身其中，踩在松软的树叶上，看着满天的金黄，聆听着它们相互击打发出的欢快笑声，我都会有着一种别样的感受……然而，每当冬季夜幕降临的时候，它却在寂寞、黑暗、孤独里忍受着煎熬，每每想起这些，我都为白杨树深感不平。

二

"独向沧浪亭外路，六曲栏杆，曲曲垂杨树。展尽鹅黄千万缕，月中并作蒙蒙雾……"

月光下，沧浪亭曲折的回廊包裹在层层的杨柳之中，千万枝条正鹅黄嫩绿地展现开来，在微微的月光笼罩下，形成一片朦胧的雾气……

在描绘优美夜色的同时，我们可以感觉到大师不但将自己的感悟蕴涵在了其中，也赋予了杨树很高的评价，越发地让人感觉到白杨树的美丽。为此，我也更爱这无私奉献不求回报的白杨树。

"高高的白杨树呦排成行，美丽的白云在飞翔……"每每唱起这首歌，我总感觉到这首歌好像是专门为基地的白杨树所写。因为在经济高速发展的现在，那种湛蓝色的天空和洁白的云朵不是在每个地方都能够随意看到的。在我的印象中，仅在新疆和西藏看到过这种蓝天白云。然而在新疆，尤其是在绿化绝对称得上一流的戈壁江南——马兰这片土地上，就更不一样了。因为雨水少的缘故，在这里几乎每天都能看到蓝天白云。有时，即使天空中突然暴雨倾盆，但也只是一瞬的工夫。等到雨过天晴后，太阳又在空中高高挂起时，天不但会变得比原来蓝上许多，就连云朵也变得比原来白了些许，让人看了总会产生无边的遐想，有种看后就想住下来，住下来就再也不想走的感觉。

一晃，当兵就20多个年头了。然而，在每年春天到来的时候，我都会参加基地组织的大型植树活动。当春姑娘迈着轻盈的步伐来到这里时，在内地早已是百花齐放的季节了，可在脚下的这片土地上，在营区的东门或西门外，甚至是新开辟的南门外，基地首长和广大官兵、职工却刚刚开始摩拳擦掌，准备大干一场，让禁锢了一冬的筋骨舒展开来。当然，每年的这个时候，官兵们栽下最多的还是白杨树。记得有一年，就在一车车树苗被战士们卸到路旁，大家兴高采烈忙着栽树的工夫，一位同事突然提出一个问题。他问大家，世上的很多事物都有阴阳之说，不知道在白杨树中有没有。听同事这样讲，一时间众人七嘴八舌地议论开来。有人说，既然人和动物都有阴阳之说，那植物也肯定是有的，尤其是在基地生长的这些白杨树，都疯了似的朝上长，好像要与天空接吻似的，肯定是阳性的。也有的人说，虽然植物也有生命，但毕竟和人，和动物不一样，应该是没有阴阳的……听着同事的争论，我想我是赞同第一种观点的，马兰的白杨树应该是阳性的。虽然有如此想法，但我最终还是没有说出口。沉默了许久，我最后只是给同事们说："大家有时间去看看《红楼梦》吧，在这本中国最著名的古典名著里，曹老先生有一段话，那就是史湘云和丫头翠缕在去大观园的路上讨论有关阴阳的话题，我想大家看后会有答案的……"我不知道同事们植树回去后是否真的读了《红楼梦》，但我知道，从那以后，再也没有听到同事们就杨树的问题谈论阴阳的话题了。我想，大抵同事们或是读了《红楼梦》，或是通过其他渠道找到了问题的答案，明白了有关阴阳之说的诸多问题，心中没有疑虑了吧。

三

"一棵呀小白杨，长在哨所旁。根儿深，干儿壮，守望着北疆。微风吹，吹得绿叶沙沙响啰喂。太阳照得绿叶闪银光，来……小白杨小白杨，它长我也长，同我一起守边防。"

这首歌曲在基地广播中播放过很多次，每当听到这首歌，我都会有很深的感触。基地有很多像歌曲中所提到的哨所，然而，到基地哨所转了一遍后我才发现，和歌曲中所唱不同的是几乎每个哨所的周围都没有白杨树，这让我颇感遗憾。2012年4月中旬，总政话剧团一行30人带着军委首长和总部的关心与厚爱来到基地慰问官兵。在只有几名警卫官兵驻扎的辛格尔哨所，面对恶劣的环境，原济南军区前卫文工团演员邵峰现场改编了歌曲《小白杨》。在聆听了哨所官兵讲述哨所旁一棵有着近200年历史的沙枣王树后，邵峰演唱道："一棵呀沙枣王，长在哨所旁。根儿深，干儿壮……"邵峰一遍又一遍地清唱，越发地让在场的官兵感到有种思念萦绕在心头。作为保障人员，那一刻，我的情感，我的目光，我的思绪，全都聚焦在了哨所官兵身上。也就是在那一刻，我突然想起了发生在这些警卫兵身上的故事。

这个故事已在基地流传了半个世纪。

1964年4月，为确保我国首次核试验顺利成功，基地决定抽调部分力量，组成精干巡逻小分队进场担负安全巡逻任务。某团警卫四连党支部接到命令后，决定抽调副连长何仕武，排长王万喜，战士王俊杰、司喜忠、丁铁汉、潘友功、王国珍7人组成巡逻小分队，由副连长何仕武任队长，排长王万喜任副队长，王国珍为随队卫生员。出发前，基地副司令员张志善指着地图对他们说：在不带任何交通工具和通信器材、衣食住行全部自理的情况下，用半年时间徒步完成8300里的场区巡逻任务……

1964年4月13日，小分队到达了位于铁板河边的出发点。两天后，在每人平均负重74斤、没有向导、只有一张军用地图和一个指南针的情况下，他们出发了。这次巡逻，在我看来，是中国历史上的又一次长征，而不同的是这次长征的主角是7名警卫兵。队伍在行进过程中遭遇到了无数蚊虫的叮咬。为了驱赶蚊虫，他们有的折红柳不停地拍打，有的索性点燃干草熏赶。然而，蚊虫没熏走几个，他们自己却被熏得眼泪直流。最后，他们只好6人共睡一顶蚊帐（另外一人负责站岗），左面3人，右面3人，在把脑袋放进蚊帐的同时，把露在外部的身子用被子盖好。

7月的一天，他们巡逻到了楼兰遗址，可是在返回的途中却迷失了方向。就在此时，他们随身携带的淡水用完了。在万般无奈的情况下，他们突然想起基地首长说过的"困难了要学毛主席著作"的指示。于是，他们拿出了书本。然而，却没有一人读出声来。只是他们谁也没有想到，老兵潘友功活学活用毛主席思想的光荣事迹分别以《巡逻八千里　全靠老三篇》和《心里想着毛主席　八千里路何足惧》为题，在《人民日报》和《解放军报》头版头条刊登。见实在走不动了，队长何仕武决定轻装上阵。于是，他们扔掉了挎包，扔掉了水壶。然而，就在卫生员王国珍要解下卫生箱时，却突然发现了三支令人振奋的东西：里面还有3支葡萄糖！

3支葡萄糖在7个人的手里传来传去，谁也舍不得喝。队长的眼睛湿润了，同志们的眼睛湿润了……最后，队长何仕武说："别再推让了。这样吧，4个团员每两人一支，3个党员分一支。"就这样，靠着对党和人民的忠诚，靠着3支葡萄糖的支撑，他们终于在第2天天亮时走出了困境，回到了生活点。上甘岭战役中"一个苹果"的经典故事在这里再次被演绎。故事背后，看到的不仅仅是战友情、同志爱，更多的是心中的责任和对祖国的忠诚。

巡逻小分队在楼兰遇险的消息传到了试验指挥部，张爱萍将军立即去看望他们。在生活点的一座小沙丘上，将军席地而坐，和小分队的同志们拉起了家常。在一个罐头箱前，将军即兴挥毫为巡逻小分队写了一首诗：

人民战士不怕难，巡逻戈壁保江山。

沙岭连绵腾细浪，罗布湖洼满跨间。

饥餐野肉饮苦水，风雹露宿促膝谈。

八千里路再艰险，主席思想是源泉。

半个世纪，弹指一挥间；50个春秋，往事如云烟。然而，作为对7

位勇士当年的最高奖赏，1964年10月15日，中国首次核试验爆炸前夜，试验指挥部安排7位勇士为原子弹站了一夜的岗。7副挺拔的身躯，7个威武的勇士，像傲然屹立的7棵白杨树，静静地守卫着即将爆炸的我国第1颗原子弹。

四

有着"南余北周"之称的著名作家、新疆军区创作室主任周涛老师，在他的文章《大树和我们的生活》中这样写道："如果你的生活中周围没有伟人、高贵的人和有智慧的人怎么办？请不要变得麻木，不要随波逐流，不要放弃向生活学习的机会。因为至少在你生活的周围还有树——特别是大树，它会教会你许多东西。一棵大树，那就是人的亲人和老师，而且也可以毫不夸张地说，它就是伟大、高贵和智慧。"

我觉得白杨树就是这样的一种树。

我多次读过茅盾先生写的《白杨礼赞》，对他的那段有关白杨树的经典文字也能熟烂于心。"那是力争上游的一种树，笔直的干，笔直的枝。它的干通常是丈把高，像加过人工似的，一丈以内，绝无旁枝。它所有的丫枝一律向上，而且紧紧靠拢，也像加过人工似的，成为一束，绝不旁逸斜出。"

多少次朗诵这段文字，我总能感觉到老先生对整个中华民族紧密团结、力求上进、坚强不屈的革命精神和斗争意志的一番深情的描写，也能感觉到不枝不蔓、扎根贫瘠土壤中的白杨树在他的笔下富有了诗意，富有了人性。然而，在新疆，尤其是在马兰，这里的白杨树和先生笔下的白杨树看上去是没有什么区别的，它们也有笔直的干，笔直的枝，也通常是丈把高，一丈以内，绝无旁枝。

其实，在这里生活过的人都知道，白杨树能有这样的状态，与基地官兵每年的辛苦是分不开的。每年春天来临时，基地官兵都要架起高高的梯子，举起长长的铲子、砍刀，对白杨树上伸出来的枝条进行一番整修。随着一支支、一根根的枝条落下，经过整修后的棵棵白杨树，精神不但显得越发抖擞了，身材也显得越发魁梧了。远远望去，既像是横看成排、纵看成线的士兵，不但英俊潇洒，而且身材伟岸；又像即将出征的勇士，腰杆挺直，且整齐有序。

每次看到这一幕，我都禁不住在想，在20世纪五六十年代那个特殊的岁月里，一代代的马兰官兵，不就像扎根戈壁大漠的棵棵白杨树一样吗！在茫茫戈壁上，他们艰苦奋斗、无私奉献，为中国的核武器试验事业浴血奋战，献了青春献终身，献了终身献子孙，才使中国有了现在的大国地位！现在，我们写点文字来讴歌他们，难道不应该吗?！

我不知道用白杨树这样来比喻基地官兵是否恰当，但在我了解了茅盾先生创作《白杨礼赞》这篇文字的背景后，我感觉这样写是可以的。《白杨礼赞》是先生根据自己1940年从新疆赴延安途中的见闻和感受写的一篇散文。当时，抗日战争正处于艰苦的相持阶段，日本帝国主义正加紧对国民党的诱降。国民党反动政府阴谋制造"皖南事变"后，又进犯抗日根据地。因此，日寇肆无忌惮地向我敌后抗日根据地进行疯狂扫荡。面对这种严酷的现实，全国人民，特别是抗日根据地的军民，在共产党、毛主席的领导下，毫不妥协，坚持抗战 …… 这篇散文就是作者以昂扬的革命激情，通过对白杨树的赞美，歌颂在中国共产党领导下坚持抗战的北方农民，及其所代表的民族的质朴、坚强、力求上进的精神。作者用柔软的笔表达了他对共产党、对根据地军民的由衷赞美，写下了

《白杨礼赞》这篇热情洋溢的赞歌。而我，现在也这样写，把白杨树拿来比喻基地的广大官兵，是因为我不但对白杨树有着深厚的感情，同样也对基地官兵有着深厚的感情。先生用它来讴歌在中国共产党领导下坚持抗战的北方农民，及其所代表的我们民族的质朴、坚强、力求上进的精神，我则用它来比喻长期坚持在一线工作，为祖国核武器试验事业的兴旺发达而默默无闻、艰苦奋斗、无私奉献的基地广大官兵，我不但觉得他们受之无愧，而且觉得这样写一点都不过分……

周涛老师还说过一句话："我甚至觉得没有什么比一棵不朽的千年老树给人的启示和教益更多。同样是生命，树以静而不言其寿，它让自己根扎大地并伸出枝叶去拥抱天空，尽得天地风云之气。"

漫步于浓密的树荫下，望着正与青天在不停接吻的棵棵白杨树，我陷入了沉思。然而，不知何时起，风儿又开始了不停的舞蹈，天空中也开始下起蒙蒙的细雨。风雨中，我感受到只有高高的白杨树在静静地追忆着我远去的足音。看着风雨中生机盎然的它们——这种在中原大地上最为常见的树，那一刻，我的内心深处突然泛起一阵涟漪，特别想向代表基地官兵艰苦奋斗、无私奉献，依旧保持了笔直的干、笔直的枝的白杨树致敬；特别想向长期奋斗在戈壁滩上，一直保持着艰苦奋斗、无私奉献的基地广大官兵致敬。

榆树的故事

　　现在的你我无论走进哪个城市，都已很难看到有大片大片的榆树了。因为，在诸多人的印象中，榆树既不成材，也不好看。说它不成材，是因为榆树砍倒后除了"皮"就没有什么"货"了，就是做柴烧，不但要费力地劈上一通，而且燃起来也是不起焰的。大概就是因为榆木结实的缘故吧，生活中也就有了用榆木疙瘩不开窍来比喻人的思想比较顽固守旧，没有创新这一说。再说不好看，我们都知道，榆树的皮肤真是粗糙得像那个啥，让人咋看咋丑，咋看咋感觉不舒服。可就是这样，在祖国的西北部广袤的罗布泊戈壁滩上，却生长着一片茂密的榆树。这里的榆树既没有松柏的终年翠绿，也没有杨树的伟岸挺拔，可是，这片榆树，却让很多人对它们有着深厚的感情。写到这里，我禁不住要问，朋友，您见过榆树吗，尤其是戈壁滩上的榆树？

　　也许，很多人对我的问题会发出笑声，耻笑我的浅薄。但尽管如此，我还是要问，因为我知道这些发笑的人们肯定没有见过戈壁滩上的榆树，尤其是没有见过生长在罗布泊这片土地上的诸多榆树。因为，在罗布泊这片广袤的土地上，榆树的个子大都长得不高，而且枝条还大都弯弯曲曲，不像"口里"的榆树那样有着"挺拔"的身姿和"姣好"的面容。这里的榆树，既没有修长的枝条，又没有笔直的树干，密密麻麻、坑坑洼洼的树皮犹如饱经沧桑的老人脸，褶褶皱皱的很是特别，不但让人看起来很不舒服，而且也很让人过目不忘。

在很多人的眼里，榆树虽然有着诸多不是。然而，在基地作家刘彩虹的散文集《问樵问渔》中却有一篇名叫《又见榆钱儿串上梢》的文章。在这篇文章中，女作家这样写道："在戈壁滩，随处可见的除了杨树便是榆树了。在马兰营区内，路的两侧栽种了许多的垂榆。阳光下，一串串墨黑的小绒球在榆树上悄然萌发。风一吹，小绒球摇摇摆摆晃动起来，仿佛水墨画里游动的蝌蚪，马兰也随之悠悠地晃动起来，摇响了整个春天的神话……"读完这篇文章，我特地留意了一下，情景还真如女作家所写的那样。在每年春姑娘悄然而至的时候，一棵棵垂榆上悄然萌发的小绒球不但摇响了整个春天的神话，还带给了人们诸多遐想。细细品读作者的言语，我知道，这不仅是作者对儿时美好的回忆，也是她对这片土地充满了深厚感情的阐释（刘彩虹是马兰二代，出生在这片热土上的她对这里有着深厚的感情）。

每年的这个季节，虽然我总能感受到作者带给我的美好意境的享受，但我还是对榆树没有太多太深的记忆。然而，真正让我对榆树有了深刻印象，是在聆听了很多人讲述曾经发生在基地"功勋榆"和"夫妻树"的故事后。

出了营区东门往试验场区的路上，有一片连连绵绵、海拔称不上高的山，山质是石头的。只要走过这条路的人都知道，在山下紧靠公路的旁边，有一条长10余公里、被雨水冲得凹凸不平的沙沟。沙沟里，三五成群地生长着一些低矮的榆树。它们，或勾肩搭背，或卿卿我我，将夸张的姿态与过分的柔情尽情地呈现在过往的行人面前。不知道他们历史的人也许经过这里很多次也对它们没有一点印象，然而，只要是稍微知道一点基地历史或故事的人们都知道，就是这些不起眼的榆树，曾经为中华人民共和国立下了不朽功勋。提起那段历史，回忆起那段岁月，在基地工作过的很多人感慨万千，热血沸腾，热泪盈眶。

当年，基地刚刚组建不久，部队在榆树沟一带修筑公路，因为缺少工具，官兵曾经用这些树条编成了箩筐，用树干做成了扁担和工具；让现在的人更为称赞的是，当年的汽车分队还用榆木做成了挡板，解决了资源短缺和运输的燃眉之急。为了找到可用的榆木，战士们经常来到榆树沟，在这里砍下能用的枝条和枝干。然而，也发生过令人痛心的事情，一位战士为打枝条而迷失方向，最终被戈壁夺去了年轻的生命。

基地组建之初，正赶上三年困难时期，由于物资极度缺乏，官兵们因为吃不上新鲜蔬菜，很多人患上了贫血和夜盲症。加上部队粮食供应不足，基地指挥部只好号召大家挖野菜。一时间，蒸榆钱、拌榆叶以及榆树沟里的野灰灰菜、扫帚苗做成的饭菜，都成了官兵口中的美味佳肴。更有甚者，有人连榆树皮也扯下来吃进了嘴里。当年，基地司令员张蕴钰看到那些秃顶断臂的榆树，竟难过地流下了眼泪。他感慨地对身边的人员说："这些都是'功勋树'，以后谁也不能砍，谁砍老子枪毙他！"然而，又有谁知道，就是这些榆叶、榆钱、榆皮，不但使很多人的夜盲症和贫血症很快得到好转，还暂时解决了他们的饥饿问题。为纪念这段岁月，基地官兵填词以记之：

采桑子·功勋榆树沟

一沟榆树春风绿，枝叶初清。榆串芳馨，采撷充饥结友情。

当年救命慈恩在，雨洗身轻。漫说雷霆，沙海根深老寿星。

也许就是因为这个缘故，灾难过后，那些其貌不扬、低矮弯曲的榆树被基地官兵亲切地冠以"功勋树"的荣誉称号，就连那条生长着形态各异的榆树的沟也因为榆树的功劳被大家亲切地称为"功勋沟"（这样的沟在山里随处可见，如果不是因为这些榆树，可能走上十次八次也没有一点印象）。然而，每次提起"功勋榆"和"功勋沟"，又都不能不提到一棵老榆树。因为在这条生长着数以千计的参天古榆的沟里，这棵老榆树是极其不一般的，不但一直被人们津津乐道，还给基地官兵留下了一个感人的故事。

故事发生在公元1963年，时任工程兵科研3所副所长的王茹芝突然接到上级组织通知，调她到核武器试验基地研究所1室任主任，专门负责一个项目的科学研究工作。组织赋予这么重要的任务，对一名知识分子来说，这在当时是最光荣的事情。考虑到当时的社会环境及工作性质，组织上要求参加这项工作的所有人对谁都不能说。面对组织提出的要求，王茹芝想都没想就爽快地答应了。出发前，兴奋不已的王茹芝想了很久，只对丈夫张相麟说了一句话："我到外地出趟差。"面对"突如其来"的消息，张相麟平静地说了一句："好啊！"，就没有了下文。

一个月后，穿着军装、背着背包的王茹芝和一批批从全国各地前来为祖国铸造核盾牌的人来到了戈壁滩，来到了榆树沟。那个时候，罗布泊试验场还是一派"一川碎石大如斗，随风满地石乱走"的荒凉景象，既没有一栋像样的房子，也谈不上有现在如别墅般的营区了。

一天清晨，吃过饭的王茹芝在一棵榆树下等待开往场区的车时，突然看到远处一名男军人正扛着一个大大的箱子朝榆树这边走来。尽管老远的距离让王茹芝越看越觉得这个男军人特别像自己的丈夫，但她却怎么也不相信会发生这样的事情。等男军人一步一步地走到跟前，和王茹芝四目相对时，她才发现男军人真是自己的丈夫张相麟。那一刻，两人虽然心里都猛地一惊，但很快就又都平静了下来，只是彼此心照不宣地相视一笑。

原来，王茹芝的丈夫张相麟也跟随参试单位为执行试验任务一起来到了罗布泊核试验场……

在场区组织指挥我国首次核试验的张爱萍将军听到这个故事后，称赞王茹芝夫妻是祖国的好儿女，并给这棵老榆树起了个名字，叫作"夫妻树"。2008年，为更好地继承优良传统，发扬光大马兰精神，在庆祝纪念基地组建50周年的日子里，基地选定了20个传统核试验旧址作为马兰精神历史传承永久保留，"夫妻树"位列第一位。

在那个特殊的年代里，随着祖国的一声召唤，一批批科研人员遵守"上不告父母，下不示妻儿"的保密要求，在人们的视线中悄然消失。为了祖国的强大，为了铸造祖国的核盾牌，为了核武器的早日研制成功，他们从祖国的四面八方聚集在罗布泊，把青春和热血都献给了祖国的核试验事业。夫妻树，见证了当年基地科技工作者对祖国的无比热爱和对党的无限忠诚。

这个故事发生后，我又听到了另外一则故事。虽然这个故事有着迷信色彩，但我还是宁可信其有的。

当我一次又一次跟随出发的车辆经过这条功勋卓著的榆树沟时，每次都听到一棵棵在微风中摇曳着的老榆树向我低声诉说当年创业者的艰辛时，我还感受到了来自榆树沟里诸多老榆树的不停询问："还记得我们吗？最牵挂你们的人是我……"

就在昨天，我又一次乘坐汽车团的司训车来到榆树沟，寻找富有传奇色彩的老榆树。从看到沟里的第一棵榆树起，我就知道已走进了曾经功勋卓著的榆树沟，也开始仔细打量眼前的每一棵榆树。在我的眼里，这里的每棵榆树都不尽相同，它们或仰天长啸，或伏地低吟；或窃窃私语，或拊掌大笑；或三五个相互拥抱，或两两耳鬓厮磨。在绵延了10多公里的沟里，它们有的被雨水冲刷得以至于整个根部都裸露在外，虽然如此但却毫无羞涩之心，依旧"笑不绝口"；有的两三棵缠绕在一起，彼此你中有我、我中有你地亲昵着、依偎着，一点都不顾忌路人的感受……车子在缓慢地行走，我的脖子都扭疼了，可还是没有看到"夫妻树"，就在我们走了十几公里路，依旧没有发现想调转车头、放弃继续寻找的时候，我却突然看到前面隐隐约约立有一块石碑。急忙招呼驾驶员向前开车，在距离56公里路标不远的地方，我终于看到了2008年基地50周年大庆时立的那块石碑。

来到历经沧桑和充满了传奇色彩的"夫妻树"前，我首先对树的碑文进行了研读抄写。碑文写道：

1963年，工程兵科研3所副所长王茹芝调到研究所1室任主任，其丈夫张相麟也奉命随其他参试单位到基地执行任务。他们遵守"上不告父母，下不示妻儿"的保密要求，各自隐情出发慷慨西行。在赴核试验场区执行首次核试验任务途中，他们在这棵老榆树下乘车时，偶然相遇，方知两人是为了同一项任务而来。张爱萍上将听了这个故事，称赞王茹芝夫妻是祖国的好儿女，并将这棵榆树命名为"夫妻树"。

简短的碑文，让我再次回到了那个年代，也引起了我思想上的共鸣。仔细打量"夫妻树"许久：许是因为被用石灰垒起的圆台子包围着的缘故，"夫妻树"的"海拔"看起来要比周围高上一些。在圆台子的中央，一棵老榆树显得十分苍老，整个树的根部需要七八个人才能合抱。树的上部，很多已经干枯的枝条在不停地随风舞蹈，就连几枝正在"茁壮"成长的枝条，也因雨水供应不足而显得羸弱了许多。还有许多隆起的树皮，就像年轻时出了大力的老人的腿部暴露的"青筋"，让人看着看着就有了一种辛酸在内心深处涌起。在地面上约两尺^①高的距离处，老榆树分叉长成了三枝，其中东面的两枝较粗，每枝都需要用三四米的绳索才能捆上，西面的一枝相对细上一些，一个人也就合抱了。看到这一幕，我和驾驶员都感慨万千，好奇的驾驶员禁不住问我："这里离路还有一段距离，当年坐车怎么会在这里等车呀？"面对驾驶员的疑问，同样有着众多疑虑的我说："也许当年路就从树边穿过，也许当年这里就有一个台子、几把凳子或几块石板也说不定啊……"

静静地站在"夫妻树"前，我突然就想起昔日的一幕幕场景："九、八、七……三、二、一，起爆！"当湛蓝湛蓝的天空中突然闪出几道耀眼的强光时，当一股灼人的热浪直扑现场每个人的脸庞时，当天上两个"太阳"同时呈现在人们面前时，当美国总统约翰逊先是发表声明说："中国的原子弹意义不大，不应过高估计这次爆炸的军事意义"，而两天后却又惊呼"不应该把这件事等闲视之"时，基地官兵一次又一次沸腾了，中国人民一次又一次沸腾了，全世界的炎黄子孙一次又一次沸腾了，甚至就连这条沟里的榆树们也一次又一次高兴地拍起了巴掌。

随着基地官兵的努力和时间的推进，一幅幅波澜壮阔、激动人心的场面一次又一次在我们面前展现：1964年10月16日，当中国的第1颗原子弹在罗布泊核试验场爆炸成功的时候，仰望着那朵顶天立地的蘑菇云，参试官兵有的扔掉了帽子，有的跑掉了鞋子，有的欢呼雀跃，有的相拥而泣；1967年6月17日，当我国第1颗氢弹爆炸成功时，在感受到脸颊被近在眼前的火焰炙烤得发烫的同时，参试官兵兴奋地把军帽抛向了空中，高呼"成功了！毛主席万岁！"；1980年10月16日，在中国第1颗原子弹成功爆炸16年后，中国最后一朵壮丽的蘑菇云在戈壁滩上空飞舞

① 1尺约33.33厘米。

时，官兵们再次跳出了前所未有的高度。时至今日，发生在老榆树身边的一幕幕辉煌场景，基地官兵至今还记忆犹新；时至今日，当年参试官兵发自内心的喜悦之情至今还让人记忆犹新；时至今日，当年那些发出欢快笑声、而今已近耄耋之年的功勋榆树们对昔日的一幕幕还记忆犹新。

在基地生活区内休闲广场里，我看到了一棵编号为"21005"的古榆树。在榆树的北侧立有一块上面镌刻着寥寥数语并用红漆涂染的石头，石头上这样写道："树高15米，树围3.6米，约97年树龄。榆科落叶乔木植物，喜光、耐旱，生长于北方，属基地保护树木。二〇〇九年三月十二日"第1次仔细打量这棵百岁古树，我发现它竟然和"夫妻树"有着惊人的相似之处：用台子围着，需要几个人合抱，有许多隆起的树皮，在地表上都分叉长成了三枝。然而，它们的不同之处也是有的：这棵古树东面的两枝较细，西面的一枝很粗，而且三枝都长得还算是茂盛，已被人基本测算出了它的年龄。望着有着和我祖父一般年纪的古榆树，那一刻我不得不肃然起敬。

我不知道这棵古榆树与夫妻树又有着多少的渊源和关联?!

无论是称塞外还是关外，现在的马兰在以前都应当在这个范畴之中。大片的榆树能够在塞外或关外的不毛之地顽强地生长，我想，这不仅和它喜光、根深、耐干冷的生活条件分不开，也和榆叶能吃，官兵没有粮食就可以拿榆叶充饥有着莫大的关系。大概就是因为这个缘故吧，史料记载，很久以前在北方的边塞上就开始种植榆树了，因此边塞也被人称为"榆塞"。据说，种植榆树的习俗和边塞叫作榆塞的做法从始皇帝的大将蒙恬筑长城就开始了。在被称为二十四史之一、由东汉历史学家班固编撰的我国第一部纪传体断代史《汉书》中，就有"累石为城，树榆为塞，匈奴不敢饮马于河"的记载，就连7岁时写下"白毛浮绿水，红掌拨清波"著名诗句的初唐四杰之一的骆宾王，也在《送郑少府入辽共赋侠客远从戎》中留下了"边烽警榆塞，侠客度桑干"的字样。

那天，和司训队一个来自东北的四级军士长漫步在榆树沟里，在和他共同探讨了榆树在戈壁滩生长的情况后，老兵给我讲述了他们那个地方关于榆树的美丽传说。

相传，很久以前，在东北松花江畔的一个小村子里，住着一对善良的农民，老两口仅靠种几亩薄田维持生计，日子过得很苦。尽管如此，但老两口却非常乐善好施。有一天，农夫在外出打柴的路上看到地上躺着一位衣衫褴褛、饿得奄奄一息的老者。动了恻隐之心的农夫就把老者背回了家，看到老者快要饿死了，农夫的老伴就赶紧把家里仅有的一碗米煮成稀饭给老者吃。吃饱了饭的老者有了精神，但看到农夫贫穷的家后，他叹了口气说："你们日子过得这么苦，还把仅有的一点米给我吃，真不知该怎样感谢你们才好。"可农妇却说："快别说感谢，天下穷人是一家嘛。"听了农妇的话，老者很是感动，就从怀里掏出一粒种子递给了农妇，说："这是一颗榆树种子，把它种到院子里，等到长成大树时，如果遇到困难需要钱时晃一下树，就会有钱落下来。切记不可贪心。"说完，老者就走了。

老者走后，农夫就把这粒种子种到了院子里。不长时间，果然长出了一棵树苗。老两口精心侍候着，浇水、除草、施肥，几年下来，当初的小种子早已长成了一株枝繁叶茂的参天大树，更奇怪的是树上竟结出了一串串的铜钱。

虽然有了棵结钱的榆树，但老两口还是靠种地维持生活，只是在遇到非常困难或有人需要帮助时，才肯到树下晃几个铜钱。老夫妇有棵可以晃下铜钱的榆树的消息很快传了出去，并被村里的一个恶霸地主知道了。于是，这个恶霸地主就带上了打手，气势汹汹地来到农夫家，不但把这对老夫妇赶了出去，还霸占了这棵树。得到榆树的老地主来到树下，看到树上结出的一串串铜钱，便和打手抱住树就晃了起来，树上的铜钱像雨点一样哗哗地落了下来。老地主一边摇晃着榆树，一边大声地喊道："我发财了，我发大财了……"老地主一直从早晨晃到了中午，铜钱越落越多，堆满了地。最后，老地主和他的打手都被铜钱埋在下面压死了。从此以后，这棵树就再也不落钱了。

那年，天气大旱，地里寸草不生，村民们眼看都要饿死了。村里几个淘气的孩子来到榆树下玩，看到树上结出了一串串绿乎乎的东西，孩子们感到好奇，就爬到了树上，看到一串串像铜钱一样的绿东西，忍不住的孩子们就摘下几片放进了嘴里。微微的甜味很好吃……一时间，饥饿的村民都来到了树下，开始吃榆树上结出的绿色东西，奇怪的是人们吃了以后，不但没有感到饿，浑身还充满了劲。那年，全村人就靠这棵榆树度过了荒年。后来，村民们为了纪念这棵曾经救活了全村人性命的榆树，都开始把树上结了很多像一串串铜钱一样的绿色东西称为榆钱。

随风飘落的"榆钱"落到哪里，就在哪里生根、开花结果。多年以后，这个村子周围就长出了大片大片的榆树。从那时起，一遇到荒年，人们就吃榆钱充饥。因为村子里有可以充饥的榆钱，远近的村民都搬到了这里，以至于人越来越多，最后竟变成了一个很大的村子。随着人口不断增多，村子规模也在不断扩大，慢慢地由原来的榆树村变成了榆树县，直到现在的榆树市。

听完老兵给我讲述的美丽传说，在回味儿时母亲给做的很多种榆钱馍馍、榆钱汤、榆钱菜的同时，我禁不住在想，可见榆树是爱憎分明的，不但曾经是老百姓的救命树，也是基地当年广大官兵的救命树。

　　"长长的榆树沟，我是那棵老榆树，见证夫妻相聚有典故，有典故，且听我对你来倾诉，来倾诉。那是火红的年代，那是激情燃烧的岁月，为了罗布泊的春雷爆响，为了保守神圣事业的秘密。有一位风华正茂的女军官，上不告父母，下不告家人，身着戎装踏上西行路。那时的榆树沟呀，人来车往好热闹……"听着基地副政委侯力军将军作词、宣传处左文先大校作曲的《夫妻树》，我突然想起当年基地官兵在榆树沟里战天斗地的场景，我的眼睛顿时就模糊了。恍惚间，我依稀看到了在风的作用下，笨重的沙丘旋转了起来，似乎在舞蹈，似乎在欢唱。在旋转的沙丘旁边，一棵棵瘦弱的榆树依旧毫无惧色，巍然屹立……

寂寞并快乐着

很长时间没有静下心来写点东西了，现在突然有了想坐下来练练笔的冲动，可坐下来后却发现大脑一片空白，似乎什么记忆都没有了。于是，又只好起身走出房间，走出营区，并在不知不觉中来到了一望无际的戈壁滩。

戈壁滩上，满眼都是杂乱无章的骆驼刺。它们，既没有马兰花的娇艳，又没有钻天杨的挺拔。想想20多年来一直陪我成长、伴我进步的大片大片的绿色，刹那间我就有了一种负罪感。因为整日与它们为伍，却没有认认真真研读过它们、琢磨过它们，也从来不知道它们在想什么，过着怎样的一种生活。那一刻，知道了自己要写点什么的我禁不住向遍地的骆驼刺发出询问："你们寂寞吗？"

空旷的戈壁滩上，我依稀听到一声响彻云霄的呐喊："我们，寂寞并快乐着！"

一

静静地伫立在一望无垠的戈壁滩上，既没有一只鸟兽出没，也见不到一点水的痕迹，只有一扑棱一扑棱的骆驼刺肆无忌惮地充斥着我的双眼。虽然曾多次"瞻仰"过它们的容颜，但在我的脑海里，它们却没有留给我太多的印象。因为，除了以骆驼刺为食物的沙漠之舟——骆驼外，是没有什么人和动物会关心这种生长在戈壁大漠的植物的。说实在话，从认识它的时候我就开始讨厌它了。那时候，我还是一个没有授衔的新兵，在练习匍匐前进时，那似锯齿般的骆驼刺毫不客气地用它锋利的"牙齿"撕破了我的手，以至于我在那时——第1次接触它时就开始讨厌它。然而，这种极其普通的野生灌木，却用它矮小的身躯和些许的绿色给了我一点浅浅的印痕。面对灰色的天空和苍凉的戈壁，在零距离与它们长时间接触后我才发现，对于像我这样在戈壁滩上一待就是十几年，甚至比我待的时间还长的人——在戈壁滩上生活了几十年、甚至把一生都献给了戈壁滩的老兵来说，那一团团、一簇簇长得茂盛的，大的直径大约有直径两米的圆那么大，小的也就像个新疆油馕大的骆驼刺和它尽情绽放出的绿，才是我心中最期盼的东西。那一刻我突然想到，这大概是戈壁人的一种通病吧。因为，大凡在戈壁滩上待得长久一些，人们就会在心底产生一种对绿的渴望。

望着匍匐在地的大片大片的骆驼刺，在开始眷恋和钦佩它的同时，我突然想知道它们缘何能够在如此恶劣的条件下茁壮地生长。打开网络，输入"骆驼刺"词条，屏幕上一下子就冒出来了许多内容：

骆驼刺，戈壁大漠"三宝"之一（其余两宝是胡杨和红柳），被誉为沙漠勇士，因为浑身长满长长的硬刺而被人们称呼为骆驼刺，又因是戈壁沙漠中骆驼唯一能吃的赖以生存的草，又被人们称为骆驼草。

骆驼刺，属落叶灌木，叶长圆形，多呈半球状，大的直径一般有一两米，小的直径一般有半米左右，再小一些则星星点点不计其数，生长于海拔150—1500米的沙荒地和盐渍化低湿地；花粉红色，6月开花，8

月最盛，结荚果，总状花序，根系一般长达20米，是一种自然生长的低矮耐旱的地表植物，新疆各地均有分布。在每年春天多雨的季节，骆驼刺从沙漠和戈壁深处吸取地下水分和营养，吸足水分后可供一年的生命之需，所以能在恶劣干旱的条件下茁壮生长。

读完这些文字，骆驼刺的伟大形象顿时就弥漫在了我身体的每一个细胞。然而，纵观现实生活中的骆驼刺，它给人的感觉却太平凡、太普通，以至于很多人都不知道它（我是来到新疆后才知道有这种植物的）。因为它既没有美丽的身姿和绚丽的色彩，而且还浑身长满了刺，骆驼刺一点也不招人喜欢也就在所难免了。可是，又有谁知道，骆驼刺却以它瘦弱的躯体释放出了无穷的力量，它的存在与生长对维护其生长地脆弱的生态环境起到了极其重要的作用。在风沙肆虐的日子里，在白杨树都不能生存的环境中，它与胡杨、红柳等一起，不但担负了阻挡风沙前行的重任，而且还给荒芜的沙漠戈壁带来了一点点绿色。就是这一点点绿色，让人的视野不再因满眼的沙砾而显得尽是荒凉；还是这一点点绿色，让人的感觉不再因满目的黑色而显得尽是单调。看着它们身处恶劣环境却充满乐观自信而顽强地生长着，它们突然在我的视线里变得高大起来。在被它们精神感动的同时，我突然想起了曾经奋斗在这块土地上和正在这块土地上奋斗的战友们。

二

当年，朝鲜战场上的硝烟尚未散尽，毛泽东主席就为刚刚成立的中华人民共和国绘制了国防现代化建设的宏伟蓝图。他在《论十大关系》中指出："我们不但要有更多的飞机和大炮，而且还要有原子弹。在今天的世界上，我们要不受人家欺负，就不能没有这个东西（《毛泽东选集》第5卷第271页）。"

主席的伟大号召，揭开了向国防尖端技术进军的序幕。一时间，汇集的人流从祖国的四面八方来到了被西方科学家称为"死亡之海"的罗布泊。茫茫戈壁，沟壑纵横；千里大漠，沙丘遍布。面对缺衣少食、风沙弥漫的恶劣环境，不少同志病了，有很多同志患上了夜盲症。可就是这样，他们却没有一个人叫苦叫累。在知道是为祖国铸造核盾牌后，他们的情绪反而空前高涨起来，不少人病了不愿吭声，害怕说出来后组织不让参加工作；还有人把亲人患重病或去世后要求回去的来信也藏了起来……在异常艰苦的条件下，他们坚持带病工作毫无怨言，加班加点毫无怨言，吃不饱穿不暖也毫无怨言。在那个精神十分富有的岁月里，不少战士豪迈地说："为了革命拼命干，为了社会主义把沙咽。"还有的战士风趣地说："旧社会吃糠咽菜心里苦，戈壁滩吃饭咽沙也快乐……"

"一天多吃一把沙，一周多食一块砖"的恶劣环境，没有摧毁基地广大官兵心中那份坚定的信仰和对美好生活的追求。面对严寒酷暑的自然环境，面对食不果腹的工作条件，基地官兵依旧笑对生活，依旧每天在这片土地上尽情地挥洒着青春和汗水！

1964年10月16日15时，罗布泊试验场的一声核爆炸，迅速传遍了中国的每一个角落，传遍了世界的每一个角落。当天晚上，当周恩来总理在人民大会堂接见大型音乐舞蹈史诗《东方红》全体演出人员时，他向与会人员庄严地宣布了这一震惊世界的消息："我国在西部地区爆炸了一颗原子弹，成功地进行了一次核试验。"大会堂内顿时沸腾了，演出人员都高兴地跳了起来，相互拥抱了起来。看到欢呼的人群，周恩来总理连声说道："同志们，大家可以欢呼，可以鼓掌，你们要小心，可不要把地板跳塌了哟……"2010年，著名物理学家、诺贝尔奖获得者杨振宁教授赞道：这一天是"中华民族五千年历史上最重要的日子，是中华民族完全摆脱任人宰割时代的新生日子"，它是一座丰碑，永载史册，永放光芒。

半个多世纪过去了，时代发展到现在，中国早已以崭新的面孔屹立在了世界的东方。时至今日，很多人已不知道当时华夏儿女的喜悦心情，也无法理解当时炎黄子孙扬眉吐气的那种激动。为了写这篇稿件，我找到当年参加了我国首次核试验的一些老同志聊天，聆听他们给我讲述当时的情况。据老同志回忆，试验当天，在核试验场区，从将军到士兵，从科技人员到军工，所有人都长时间持续在一种高度的亢奋和激动之中，还有很多人抑制不住自己激动的情怀，挥毫泼墨，写下了众多诗行。其中，基地首任司令员张蕴钰将军的《长相思·首次核试验当日夜》最为著名，也最被人经久传诵。

"光巨明，声巨隆，无垠戈壁腾立龙。飞笑触山崩。 呼成功，欢成功，一剂量知数年功。敲响五更钟。"

每次读到这首词，基地官兵都会感慨万千，当年参加试验的官兵都会感慨万千。因为他们知道，虽然试验成功了，但却很少有人知道我们是被迫而为的。曾几何时，有着四大发明的古老中国落伍了，不但被帝国主义的坚船利炮打开了大门，还被迫签订了一连串的耻辱条约，割地、赔款、开放港口，在自己的土地上被"华人与狗不得入内"的牌子拒之门外……

面对飘扬在上空的五星红旗，不甘心失败的西方列强们又屡屡挑起事端，并多次威胁要对中国使用核武器，妄图使中国再次沦为他们的"附庸"。面对赤裸裸的核讹诈，作为从硝烟战火中走出来的将军，作为上甘岭战役的指挥员，张蕴钰将军更是愤怒不已，感慨万千。当接到要他负责组建原子弹基地时的命令时，身经百战的将军激动万分，夜不能寐，以至于在试验成功的当夜写下了这首脍炙人口的《长相思》，借以表达内心的激动。

当年，为了这瞬间看不见的辉煌，无数的前辈和战友抛妻弃子，从沿海、从内陆，从城市、从乡村，心甘情愿地来到戈壁大漠，在荒凉的大漠中默默无闻地生活着、奋斗着，一年又一年，一代又一代。他们，献了青春献终身，无怨无悔；献了终身献子孙，依旧无怨无悔……

三

有了上次对美的发现后，利用周末的闲暇时光，我携妻儿再次来到了戈壁滩，寻找让我感动不已的骆驼刺，探寻发生在它身上点点滴滴的故事。这次，我特意来到营区东门外，一个有着茫茫戈壁和生长着数不尽的骆驼刺的地方。

驱车走出5公里开外，停稳车子，走下公路，置身于骆驼刺的包围中，我发现，一簇簇的骆驼刺散布于荒滩上、扎根于沙堆边，远看连成一片，就像铺在地上的绿色地毯；近看星星点点，就像夜空中排布的不规则的繁星。就在我诧异于它们缘何会有这种分布方式、疑惑它们为何不像草丛那样相连成片时，妻子告诉我，这就是骆驼刺的生存方式。因为骆驼刺的根系较庞大，散布开来有数倍于自己身体的宽度，也正是因为这样的情况，它们才能在干旱的沙漠里，一次吸收充足的水分后长久地存活下来……

一边听妻子的解说，我一边蹲下身子仔细打量骆驼刺：它纤细瘦弱的身体顽强地扎根在石缝里、沙砾中，嫩绿色的枝干上长满了细小的绿叶和坚硬的刺，在风的吹拂下在不停地摇曳着，仿佛在向我们一家三口欢快地打招呼。作为一个久居荒漠戈壁的人，我知道我对绿色的情有独钟很多人不理解，但我知道，与我有着同样情结的人，特别是在戈壁滩上生活了很长时间的人，他们是能够读懂我的心的。虽然他们也时常出差在外，或漫步过"风吹草低见牛羊"的大草原，或游览过"烟笼寒水月笼沙"的江南，或亲历过"轻舟已过万重山"的巴蜀大地，但我知道，当他们来到这里，当满眼的戈壁绿映入他们的眼帘时，他们的心里就会有着不一样的感觉……然而，还没等妻子把话说完，儿子的小手已经有鲜血在流了。原来，下车后的儿子早已耐不住"寂寞"，趁妻稍不留神，就开始与骆驼刺"接吻"了。不想，桀骜不驯的骆驼刺又像当年用它锋利的"牙齿"撕破我的手那样撕破了儿子稚嫩的小手……禁不住疼痛的小儿一边哭叫，一边用手中的玩具枪朝骆驼刺狂打不止，大有不解心中之气不罢休之势。

再次近距离目睹荒凉的戈壁滩和星罗棋布点缀其上的一簇簇、一丛丛的骆驼刺，我禁不住自言自语：又有谁会想到，就是这名不见经传、让人感觉到又丑又怕的"小东西"，却不乏有人为它歌唱，为它写下赞美的诗。

骆驼刺/坚守戈壁的一队勇士/在风之巅沙之顶/蓝天最温柔的一面/把深处的欲望燃烧/焚成一抹坚硬的绿/青春的浓翠/挥动一片白云/经由枝叶/光芒四射/逼迫我感恩的灵魂

骆驼刺/直击长空的一只苍鹰/爱恋上你的姿态/飞临你的上方/连同烈日的疯狂/流出了血/滴落你的心脏/即便是选择了死亡/它的激情依然为你开放/只是它/始终不明白/你的娇艳/来自何方

这是基地一名爱好写诗的干部在业余时间为骆驼刺写下的诗行，字里行间表达了对骆驼刺的挚爱，表达了对骆驼刺默默奉献的首肯以及对骆驼刺的顶礼膜拜。

骆驼刺/我们叫你贝博米/你细细的叶子化成刺/在没有生命迹象的寸草不生的大漠/闪着绿绿的光/是黄色中点缀着星星点点的绿/色彩并不纯正/不是江南的令人叹为观止的水灵/是沙粒般的土黄中带着青绿/可你在大片的沙海和龟裂的土地上抬头问/春天的水淌到哪里去了

狂风席卷着漫天的黄沙要覆盖你，你却挣扎着将瘦小的身躯顽强地伸出了沙丘；炎炎烈日用自己的魔力想烤焦你、燃烧你，你却昂首挺胸不屈不挠地向烈日挥手，尽情绽放着自己的绿。尽管低矮丑陋，屈膝地匍匐在地面上，但你不肯低下高贵的头颅，依旧每枝每叶都坚挺地刺向天空……

我不知道这是谁写给骆驼刺的感情抒怀，但每次读到这些文字，一棵棵鲜活的骆驼刺就呈现在我的眼前，似乎它已不再丑陋，不再可怕。烈日无情地暴晒着大地，就在这样恶劣艰苦的环境里，骆驼刺依然顽强地生存着，用自身的赢弱与魅力、豁达与无私，征服了诗人，征服了读者，也征服了我，让我在不知不觉间也开始为它歌唱，为它鼓掌。

四

2012年4月19日，总政话剧团带着军委首长的关心和爱护来到基地慰问演出。在辛格尔哨所，演员与官兵又演绎了一段关于骆驼刺的美丽佳话。

那天，当原济南军区前进文工团的演员邵峰一开始为哨所官兵表演时。哨所班长王亮就从"观众席"上（就是哨所战士围成的半圆状的现场）悄悄开溜了。在哨所旁边的戈壁滩上，王亮费力地拔下了一簇干瘪瘪的骆驼刺。为了防止扎伤手，王亮又仔细地将骆驼刺根部的刺一点一点地除去，然后才回到了座位上。一曲终了，就在大家都鼓掌欢呼的时候，将骆驼刺从背后拿出的王亮疾步来到了邵峰老师面前，满含深情地把亲手摘下的骆驼刺送到了邵峰老师手中，并对他说："骆驼刺不吐鲜蕊只结苦涩的果实，但它把根深扎在大漠，再肆虐的风沙也别想吞噬。因为，它有一颗士兵的心。"战士如诗般的语言，深深震撼了为哨所官兵演出的邵峰老师。接过骆驼刺的他凝视了许久，才饱含深情地对王亮说，对哨所的官兵们说："你们，一点也不比那些挺拔的钻天杨、娇艳的马兰花逊色，相反，你们用自己的无畏给大家做出了榜样，干成了惊天动地的事，赢得了众人的赞许。骆驼刺是我的榜样，你们也是我学习的榜样。我一定要把这棵骆驼刺带回北京，把它的故事讲给身边的战友听。"

回到基地营区招待所时，我真的发现那棵骆驼刺躺在小车的后备厢里。那一刻，我的眼睛湿润了……

以前，我从来没有认真地了解过骆驼刺，更谈不上把骆驼刺与基地官兵联系到一起，可经历那天那个特殊的场合，尤其是听了邵峰老师的话语后，我在一刹那间有了诸多感受。是啊，在基地组建的半个多世纪里，一批批热血青年从祖国的四面八方来到这片广袤的戈壁滩，他们干惊天动地事，做隐姓埋名人，就像一棵棵骆驼刺一样，一直在用不屈的意志、无悔的人生默默地奉献着自己的青春和年华，用忠诚和智慧为祖国铺就了一条尊严之路，也用无私和奉献为祖国母亲铸造出了坚实的臂膀。我们，有什么理由不向他（它）们致敬呢？！

那天，回到家中天色已是很晚。躺在床上的我在随意翻看一本《读者文摘》时，一首美丽的小诗突然映入眼帘并深深打动了我。大概是因为与骆驼刺有关，不仅使我很容易地记住了这首小诗，还让我在内心深处产生了强烈的共鸣。小诗是这样写的：

不！／不只是狂风与旋转的沙丘／不只是燥热的太阳／还有我多姿的遐想和梦幻／还有我的爱，对那些岁月的爱

我的爱／是聚合成火焰的一簇小红花／燃烧在沙砾举着的骆驼刺上／哦！／我的戈壁／我放牧过骆驼与青春的戈壁

读完这首短短的小诗，在恶劣环境下与烈日搏斗、与风沙抗争的骆驼刺又清晰地展现在我的面前。一个个洋溢着青春活泼的绿色身影，一棵棵展示着自己生命色彩的骆驼刺，让我突然间想起了昔日的一幕幕场景：在那个让人热血沸腾的年代里，为了让春雷能够早日震惊寰宇，基地的无数官兵在广袤的戈壁滩上忘我地战天斗地，或在风沙肆虐，或在烈日当头的日子里，一棵棵羸弱的骆驼刺正在悄然绽放，脸上浮现出了灿烂笑容的粉红色小花正妩媚地向我们挥手示意……

经历·见证

在地处西北戈壁大漠深处神秘的罗布泊核试验场区，有许多连绵起伏的山。然而，在众多大大小小的山中，却有一座非常特殊的山。说它特殊，是因为它酷似伟人毛泽东的卧像。也正是因为这个原因，一代又一代的官兵都亲切地称呼它为"伟人山"。

在这座山下，我国成功进行了第1次地下核试验。作为一次试验的参与者，伟人山，不仅经历了我国核武器试验那段艰难的岁月，还见证了我国核武器试验的历史与辉煌。

初识伟人山

"都说这里生命苍凉，茫茫戈壁难寻春意。都说荒寂与你难离，哦，白杨红柳与你相依。啊，伟人山下的士兵；啊，伟人山下的士兵，是你把青春献给戈壁，写下人生不朽的壮丽……"

初识伟人山，就是因为由基地官兵作词作曲的《伟人山下的士兵》这首曲子。然而，那时的我对伟人山的认识，也仅局限于这首官兵耳熟能详的曲子里。

在新兵连的日子里，在接触的众多激情澎湃、斗志昂扬的歌曲中，我很早就学会了唱这首歌。尽管这首曲子唱了很久，大家也都很喜欢唱，可我们却大都一直无缘与歌曲中的伟人山进行面对面的交流，自然也就不知道它是什么样子。直到军校毕业那年，我又一次回到曾经生活了几年的这片土地上，在跟随汽车兵一次又一次地踏上那条通往试验场区的路时，在戈壁大漠的深处，我才真正见到了伟人山的真面目，并开始与它进行零距离的接触与交流。

那天，从车子驶出营区的那一刻起，我的视野里就充满了苍凉与荒芜。一望无垠的茫茫戈壁，匍匐在地面上的无精打采的骆驼刺与三三两两已干枯的红柳枝叶把整个天空映得黄澄澄的。在与战友有一搭没一搭的谈话中，我坐着拉运物资的卡车在不经意间就来到了伟人山的脚下。

过了大漠第一哨往前走不远，身边开车的战友问我："你看前面这座仰望苍天、背俯大地、横亘在罗布泊腹地的山像不像一个人，如果像，像谁？"仔细端详了很久，我也没有看出一点眉目（第1次见到伟人山时，大家一般不会用躺卧的姿势去看，当然也就很难发现其中的端倪）。最后，还是战友对我说："你看像不像躺卧的伟人毛泽东主席！"听他这么一说，再仔细去看我才发现，不是简单的像，尤其是那气势如流的头发、饱满的前额、高高隆起的鼻梁和坚毅的嘴唇及下巴，真是像得有点出奇。难道说这就是官兵口中常说的伟人山？！刚才还睡意蒙眬的我，犹如被电流击中一样，顿时变得亢奋起来。

"是谁最先发现这种情况的？"望着"沉睡"的伟人，我不禁问战友。

"具体谁先发现的现在也不好说，但听老同志讲最初是张蕴钰老将军将这座山命名为伟人山的。"战友一边开车，一边回答着我的问题。

据说，老将军有次出差到北京，先去毛主席纪念堂瞻仰了老人家的遗容。回到基地后，站在正在掘进的山体坑道口，眺望远处连绵起伏的大山，他突然惊喜地发现这座山特别像在北京看到过的毛泽东主席安详平和的形象。于是，伟人山的名字就在官兵中流传开了……

坐在车里，我一边贪婪地看着伟人山，一边问战友，"能找个适当位置停下来，让我仔细看一看伟人山吗？"

战友没有吭声。但车往前驶出不远，他却把车稳稳地停在了路边。就在车即将站稳的一刹那，战友告诉我说："这里，是看伟人山的最佳位置……"

站在原地连续转了好几个360度后我发现，在我的周围，连绵起伏的山脉中不乏乱石嶙峋，怪石狰狞。在诸多的石块中，有的像展翅翱翔的雄鹰，有的像疾驰而去的野兔，有的像正在捕食的猛兽，有的像酣睡的黄羊……可换个角度看上去，它们却又都变成了不同的图案。

一时间，眼前的景观让一直生长在平原上的我有点眼花缭乱，众山的"变化"也让我有点目不暇接。在反反复复地看了一段时间后，我不但感受到了"横看成岭侧成峰，远近高低各不同"的壮观，也体会到了古人写这句诗时的心情。

再次审视伟人山，看着那壮实的肩膀、雄劲的胸脯以及那凸起的腹部和平放的手臂，我一连串发出了好几声"真像，真是太像了"的呼喊。

在我的眼中，不远处的伟人山虽然没有东岳泰山的雄伟旖旎，没有西岳华山的险峻陡峭，没有南岳衡山的隽永秀丽，也谈不上北岳恒山的挺拔伟岸以及中岳嵩山的巍峨耸立，但伟人山却焕发出了独特的魅力。时至今日，第1次看到伟人山的感觉还留在我的记忆里。那天，我禁不住发出了"天外有天，山外有山"的感叹！

多年以后，当我又一次来到伟人山下，又一次远眺安详的伟人山时，那一刻，我突然就有了"伟人山就是饱经风霜的毛泽东主席他老人家的化身"的感受；也是在那一刻，看到了伟人山的我就有了见到毛主席的感觉。

伟人与核

法国19世纪伟大的批判现实主义作家、其作品被誉为"法国社会的一面镜子"的巴尔扎克有一句这样的名言："一个能思想的人，才真正是一个力量无边的人。"

伟大的马克思主义者，无产阶级革命家、战略家和理论家，我党、我军和我国的主要缔造者和领导人毛泽东主席，就是一个这样的人。关于核的问题，老人家曾在不同的场合谈了很多很多。有关这个话题的精辟论述，主席也多次谈到。

当美国用原子裂变将人类带入核时代，并在广岛、长崎分别投下"小男孩"和"胖子"两颗原子弹时，在黄土高原上，中国共产党的领导人——毛泽东也开始关注这个令世人瞠目结舌的东西了。他对欢庆抗战胜利的人们说："原子弹能不能解决战争？不能！原子弹虽然很厉害，但并不能使日本帝国主义投降。只有原子弹而没有人民的战争，原子弹是空的。"

一年后，毛泽东又以他特有的气魄和幽默，给让人谈之色变的原子弹取了个有趣的名字——纸老虎。在杨家岭的一棵苹果树下，主席用带有浓重湖南口音的英语说，"拍拍——太根儿（Paper—Tiger）"。然而，当他说完"纸老虎"的英语读音"拍拍——太根儿"时，连他自己都笑了。是为自己的特殊方言，还是为自己不标准的英语发音，还是两者兼而有之，我们不得而知。

鉴于当时美国大量试验核武器和国民党叫嚣要发起全面进攻的实际，1946年8月6日，毛泽东在同美国作家安娜·路易斯·斯特朗的一次谈话中，就原子弹的问题发表了"一切反动派都是纸老虎""原子弹是纸老虎"的著名论断。他指出："原子弹是美国反动派用来吓唬人的一只纸老虎。纸老虎看样子可怕，实际上并不可怕……"从那时起，主席更是时刻关注核的问题了。

1950年10月，迫于美国军队攻入朝鲜民主主义人民共和国、威胁中国东北部的形势，毛主席决定抗美援朝。面对美国可能放原子弹的威胁和杜鲁门要放原子弹的叫嚣，毛泽东根本不予理睬，并在离开战还有50天的9月5日的中央人民政府第九次会议上豪迈地说："你打原子弹，我打手榴弹"，表现了一代伟人不畏强权的风范。

1954年秋天，当时任地质部副部长的刘杰带着含有铀的矿石标本来到中南海时，在听取了汇报后，毛泽东主席亲自用探测器测量矿石，高兴地站起来与汇报人员握手，并握着刘杰副部长的手说："这是决定命运的呦！"

1955年1月15日，毛泽东召开了由刘少奇、周恩来、朱德等党和国家领导人参加的、专门研究中国原子能事业的中央书记处扩大会议。会议一开始，主席就开宗明义地对钱三强、李四光等专家学者说："今天，我们这些人当小学生，就原子能有关问题，请你们来上一课……"

还是在这次会议上，毛泽东主席对与会人员说："出兵朝鲜我想了三天，要不要搞原子弹，我想了三年，结论就两句话：一，原子弹一定要搞；二，既然要搞，那就早搞……"这次会议一直开到了晚上七点多，会后，毛泽东主席留大家吃饭。餐桌上，本来不喝酒的主席端起了酒杯，大声说道："为中国原子弹事业，干杯！"

1956年4月25日，在政治局扩大会议上，毛泽东主席铿锵有力的话语不但给国人注入了一支强心剂，也让中华民族孕育的千年梦想即将变为现实。

1958年6月21日，毛泽东主席在中央军委扩大会议上讲道："原子弹就是那么大一个东西，没有那个东西，人家就说你不算数。那么好吧，我们就搞一点吧。搞一点原子弹、氢弹、洲际导弹，我看有十年工夫完全可能。"许多年后，人们才越来越对伟人的精辟论述发出由衷的赞叹。因为很多人可能不知道，就是老人家的"一点"，在核军备竞赛的道路上让中国人民甩掉了沉重的包袱。

1960年，苏联核专家全部撤走后，毛泽东主席强调指出，要下决心搞尖端技术，赫鲁晓夫不给我们尖端技术，很好，如果给了，这个账是很难还的。后来，我国原子弹爆炸成功后，老人家又风趣地说："应该给赫鲁晓夫先生发一个一吨重的大勋章！"

1962年10月30日，在第1颗原子弹爆炸前两年的时候，罗瑞卿大将向党中央写建议成立15人中央专门委员会的报告，11月3日，毛泽东主席批准了这个报告，并写下了振奋人心的伟大号召："很好，照办。要大力协同，做好这件工作。"主席的批示，给参与这项伟大工作的人们吃了一颗定心丸，一时间，同志们的热情空前高涨了起来。

1965年元旦，在首都军民联欢会上，毛泽东对陈士榘说："祝贺你啊，你们工程兵立了功，他们（指张爱萍和国防科委）出了名，你们做窝（指建成两弹基地），他们下蛋（两弹爆炸成功），我们中国人现在开始说话管用了。你们都立了大功。"

1967年7月7日，毛泽东主席又幽默地说："我们发展核武器的速度超过了美国、英国和苏联，现在在世界上是第4位""这是赫鲁晓夫帮忙的结果，逼我们走自己的路，要发给他一个一吨重的勋章。"

　　……

　　毛泽东不仅是中国的，也是世界的，他是属于全人类的。关于核的一系列论断，他的言语不仅是精辟的，还是铿锵的。没有魄力，是说不出"原子弹就是纸老虎"言语的；没有气魄，更不可能有"十年工夫完全可能"的断定……

　　时至今日，在我的心中，老人家就是国家和民族的象征，就是那面永远高高飘扬的旗帜。

　　时任总书记的胡锦涛曾在一次重要讲话中指出：毛泽东作为中国革命领袖的地位，作为中华人民共和国缔造者的地位，以及作为中国现代化建设奠基人的地位，都是名垂千古、当之无愧的。

　　这样的言语，对已逝去的伟人来说，言如其实，当之无愧！

山如其人

　　灰褐色的皮肤光秃秃的寸草不生，裸露在人们面前的是无垠的粗犷与坚硬，让人随处可见。然而，当"霞光喷射云空，卷起万丈长龙"的那一瞬间，人们却惊奇地发现，伟人山也突然变得神韵起来，就像伟人毛泽东主席在遭遇到赫鲁晓夫的恐吓时依旧在指点江山激扬文字一样，就像面对帝国主义的核威胁与核讹诈时谈笑间依旧从容淡定一样。每每想起当时的情景，我都禁不住在想，这是何等的气魄与胸襟，又是何等的肚量与豪迈……

　　毛泽东主席一生没有来过核试验场区，但是，在官兵的心中，主席又时时刻刻都在核试验场区，就像这座巍然屹立在大漠深处的伟人山一样，时刻关怀着这里的每一名官兵，时刻注视着这里的一草一木。

20世纪50年代，就在积贫积弱的中华人民共和国刚刚站立起来不久，中国人民就遭受到了西方帝国主义列强的封锁、威胁和核讹诈。面对严峻的国际形势，为了国家的独立和民族的尊严，一代伟人毛泽东就指出："我们不但要有更多的飞机和大炮，而且还要有原子弹。在今天的世界上，我们要不受人家欺负，就不能没有这个东西⋯⋯"

伟人的一声呐喊，激发了中国人民的壮志豪情。随着祖国母亲的一声召唤，大批的科技工作者、官兵和不同岗位上的职工主动放弃内地舒适的环境、优厚的待遇，历经千难万险来到了戈壁大漠，来到了伟人山下，开始用青春和热血、忠诚和汗水在共和国的历史画卷上书写辉煌的篇章。

那时候，为了尽快完成工作，工作人员都是三班倒。不管上什么班，大都穿一件工作服棉袄，腰扎一根稻草绳就进山洞了。上一班下班时的爆破声一响，下一班就马上进洞作业了。因为爆破时间不长，大量一氧化碳和氮氧化合物还没有散去，以至于大家在"顶着烟上"的过程中总被呛得咳个不止。终于，在进行了一系列的化爆模拟和对设计进行多次认真修改后，本着"保响保测保安全"的要求，第1次地下核试验终于被提上了日程。1969年9月23日，又一声晴天霹雳在罗布泊上空响起，又一声响彻云霄的呐喊在核试验场区的上空响起——我国在莫合尔山下（伟人山是莫合尔山的一支）成功进行了第1次地下核试验。这次试验的成功，标志着我们在核试验道路上又迈出了一大步。

刘亚洲在他的《军旗飘扬》中这样写道："为了避开世界，我们筑起了墙；而为了接近世界，我们又在这墙上开了窗。为了和平，我们宣称要消灭战争；而为了最后消灭战争，我们又不得不拿起枪。"

墙，窗？

战争，和平？

怎么看都是两对矛盾体，可矛盾的背后，却有着千丝万缕的联系。

是呀，为了不让具有大规模杀伤力的核武器残害人类，我们不得不拥有核武器；为了人类的永久和平，我们必定最终要消灭核武器。

正是基于这样的认识，伟人毛泽东才在1958年6月21日中央军委扩大会议上发出了惊天动地的呐喊。然而，在随后世界各国核竞赛的曲线上，我国政府既没有使自己背上沉重不堪的包袱，又以实际行动用必要而有限制的试验次数捍卫了祖国母亲的尊严。时至今日，我们依旧为伟人昨日惊天动地的呐喊而骄傲不已；时至今日，我们依旧为老人家当时的高瞻远瞩而激动不已。

从用带着浓重湖南腔调的英语说出"拍拍——太根儿"到一颗又一颗春雷在罗布泊上空炸响，伟人的审时度势，伟人的果断决策，不但再一次让炎黄子孙挺起脊梁，也让华夏儿女站得更直了。如今，老人家离开我们已将近40个年头，可作为老人家的化身和"代言人"，曾经经历和参与了昔日核武器试验、今朝仍神采奕奕的伟人山依旧关注着这里的一草一木。看到它，我们又怎么不肃然起敬呢?!

如此奇特，如此逼真，是山如其人，还是人如其山。

是鬼斧神工的造化，还是大自然的杰作！

是巧合，还是缘分！

我不停地问自己！

尾声

许是这片土地上曾经发生了惊天动地的事，许是因为在这座山下曾响起过震惊寰宇的春雷，许是它的"相貌"的确与伟人神似得让人惊讶，以至于伟人山这个名字时至今日依旧被很多人传诵着，而且还在不同的地方有不同的山被人们称呼为伟人山。

在一次上网浏览资料时，我才发现，在我国的新疆塔城和湖南张家界，也分别有座名叫"伟人山"的山。

新疆塔城的伟人山（又叫巴克图山）在塔城西约10公里处，横亘于中哈边境上，山体延绵20公里。每当人们经过长途跋涉，在夕阳西下时进入塔城，霞光下的伟人山总能让人们为之精神大振。曾几何时，这座山已成为塔城人引以为自豪的奇观。湖南张家界的伟人山位于慈利县零阳镇饭甑山对面，坐车经306国道就可以一目了然，它因其鼻、眉、眼、唇部皆似主席真人，形象逼真而被人们称为伟人山。

也许这两座伟人山的风景都比核试验场区的这座伟人山美丽很多，然而，在我的心里，我却对眼前的这座山情有独钟……不管春风怎么吹打他魁梧的身躯，夏阳怎么暴晒他干涩的脸庞，秋雨怎么浇灌他刚毅的脖颈，冬雪怎么印染他宽阔的双鬓，核试验场区的伟人山，他始终是我心中神圣的山。

当我再次来到这座伟人山下，寒冷的天空中不时地飘舞着零星的雪花。再次凝望我心目中的神山、圣山，我又一次举起了右手——向它致以崇高的军礼。

这片热土

这是一片沉睡了千年的国土，又是一片挺起祖国母亲脊梁的热土。

自一九五八年组建核试验基地以来，我国在这里成功地进行了一次次原子弹、氢弹、导弹核武器试验。瞬间的辉煌铸造了共和国的和平盾牌，也为社会主义中国成为有重要影响的大国争得了地位，更激起了饱受外国列强屈辱的炎黄子孙的自尊与骄傲！

安葬在这里的人们，就是为创造这种惊天动地业绩而献身的一群中华民族的优秀儿女。他们来自大江南北、长城内外，靠着对国防科技事业的一片赤诚之心，有的在试验现场壮烈牺牲，有的在建设基地中以身殉职，有的在抢救国家和人民生命财产中英勇捐躯，有的在平凡的岗位上积劳成疾悄然逝世，还有的则是为支持这项事业而栖息在这里的父老妻儿……

他们的生命已经逝去！但后来者懂得，正是这种苍凉与悲壮才使"和平"二字显得更加珍贵。安息吧！前人所钟爱的事业将继续下去，直到世界宁静之日；他们曾参与创造的"艰苦奋斗、无私奉献"的马兰精神，已为后来者继承和发扬；他们的英名将彪炳史册，久仰后人！

让我们记住那个年代，记住长眠在这里的人们！

为中国核试验事业而献身的英烈们永垂不朽！

以上文字，是矗立在烈士陵园这片热土上的马兰革命烈士纪念碑的碑文。

一

从基地营区的西门向外走大约100米远，在公路的北侧，有条笔直的大道指向北方。顺着这条路走下去，在500米开外，有一片让人肃然起敬的地方。距离大门还有一段距离，远远地就看到在园子中央耸立着一座高约20米（仔细阅读有关资料后才知道是21米。这个数字有着深刻的含义，来过基地或在基地工作过的同志都很清楚是什么意思），红白相间，造型如一个大写的英文字母"H"的纪念碑（"H"是汉语拼音"核"字的第一个字母，象征着中国核试验基地，代表着中国核试验事业；也是汉语拼音"和"字的第1个字母，象征着一代代基地官兵始终把追求祖国和平、世界和平作为终极目标，不懈奋斗）。不用走太近，由全国政协原副主席、中国工程院原院长、原总装备部科技委原主任朱光亚题写的、在阳光下熠熠生辉的"马兰革命烈士纪念碑"9个红色的大字就赫然映入眼帘了。

马兰烈士陵园修建于1998年。自修建之日起就成了光荣传统和爱国主义的教育基地。陵园背靠天山山脉，南与博斯腾湖遥相辉应，东西长330米，南北宽300米，总面积99000平方米，陵园大门为古式牌楼，园内松柏葱郁。

在400多座寂静的坟茔里，有抢救失火汽车光荣牺牲、被部队追记一等功并被国防科委授予"雷锋式好战士"荣誉称号的易建国（1981年8月8日，探亲归队的易建国坐车走到梧桐岭时，突然发现前方公路上有一辆汽车失火。他毫不畏惧，奋力上前抢救，就在油桶将要放倒的一瞬间，底部被冲开，易建国顿时被烈火吞没。价值79000多元的进口汽车保住了，可易建国却因严重烧伤，最终因抢救无效而光荣牺牲），有被部队追记一等功、批准为革命烈士的医院原外二科护士武桂芬（1970年6月30日，一辆从核试验场区向生活区运送患病战士的救护车途中发生车祸，负责转运病员的武桂芬身负重伤，忍着剧痛抢救伤员。伤病员得救了，武桂芬却因劳累过度而光荣牺牲），有一等功臣王书培、马玉先、张奉海、蒋成来，有基地原高级工程师褚玉成大校，有基地原副司令员张英和李光启，有基地原政治委员胡若嘏，有国防科工委原主任陈彬，有工程兵原司令员陈士榘，有全国政协原副主席、中国工程院原院长、原总装备部科技委主任朱光亚……

作为直接组织指挥我国首次原子弹、"两弹结合"和氢弹等重大国防科研试验，我国核试验事业的奠基人和开拓者之一，基地首任司令员、国防科委原副主任张蕴钰将军（1961年晋升为少将军衔，参加过抗日战争、解放战争、抗美援朝，被授予二级独立自由勋章、中国人民解放军独立功勋荣誉奖章，曾任游击大队长，北平军事调处执行部中共第25小组组长，军、兵团参谋长等职）也安息在这里。

还未走近张蕴钰的墓碑，他的《首次核试验当日夜·长相思》就在我的耳边响起。"光巨明，声巨隆，无垠戈壁腾立龙。飞笑触山崩。 呼成功，欢成功，一剂量知数年功。敲响五更钟。"短短36个字，朴实中透着清新，厚重中显出自然。既描写了马兰人为祖国的强大、为中华的振兴，艰苦卓绝、不屈不挠、默默奉献的真实场景，又刻画了基地官兵奋发图强、创造伟业的生活场面。读完全词，给我的感觉是，面对第1颗原子弹爆炸的情景，老司令员很从容。可在《中国核武器试验纪实》一书中，作家彭继超却这样描述原子弹爆炸："'比一千个太阳还亮'——这世界上最壮观也最可怕、最美丽也是最残酷的景象就在你的眼前，不管你喜欢不喜欢，都不能不看。"我想，这大概也是将军经历的壮阔人生旅程的真实写照吧。

在这些人当中，有的是在基地工作了几十年的老首长，有的是长期奔波在科技战线上的精英，有的是在本职工作岗位上默默无闻、无私奉献的战士，还有的是在基地工作了一辈子却不曾佩戴过军衔的老军工，更有甚者，这里还安息了很多位没有姓名的人们，在他们的墓碑后面，仅留下了这样的文字：由于历史原因，逝者资料失却。我们永远怀念为中国核试验事业做出贡献的人们。

长眠在这里的366人中，正如碑文上写的那样，他们有的是在试验现场壮烈牺牲的，有的是在基地的建设中以身殉职的，有的是在抢救国家和人民的生命财产中英勇捐躯的，有的是在平凡的岗位上积劳成疾、悄然逝世的，还有的是为了这项事业而栖息在这里的父老妻儿……安息在这里的人们，或因为这样的原因，或因为那样的理由，最终走到了这里。但是，不管是什么样的原因，也不管是什么样的理由，他们都是值得我们尊敬的人。因为，他们曾经为中国的核试验事业贡献了毕生的精力和心血。

瞬间的辉煌铸造了共和国的和平盾牌。他们的生命虽已逝去，但正是他们的苍凉与悲壮使"和平"两字显得弥足珍贵，也正是他们创造的"艰苦奋斗干惊天动地事，无私奉献做隐姓埋名人"的马兰精神，激励了一代又一代官兵。他们的故事虽已久远，但他们用智慧和生命换来了国家的尊严和强大，换来了人民的幸福和安康。在他们身上，所彰显出的崇高的奉献精神、顽强的战斗意志、无畏的英雄气概和可贵的革命气节，让感慨万千的我将思念的泪水化作了一幕幕湿漉漉的回忆。

在基地流传着这样一句话："献了青春献终身，献了终身献子孙。"在这些人中间，有很多人就是这样做的。他们不但把自己的青春和终身奉献给了这里，还让子孙也来到了这里。他们的精神，理应受到我们的尊敬；他们的魂灵，理应得到我们的祭拜。

让我们向安息在这里的35名烈士致以崇高的军礼！

让我们向长眠在这里的75名因公牺牲人员敬礼！！

让我们向沉睡在这里的406人默哀！！！

二

作为我国历法中的二十四节气之一，清明节是个特殊的日子。《岁时百问》记载："万物生长此时，皆清洁而明净。故谓之清明。"作为传统节日，清明节又是人们或缅怀先辈，或上坟祭祖的日子。关于对清明节的描述，历代文人墨客有很多的诗词佳句。要说别具一格或出类拔萃，我想杜牧的《清明》应是首屈一指了。每当吟诵起"清明时节雨纷纷，路上行人欲断魂。借问酒家何处有，牧童遥指杏花村"的诗句，一种风萧萧、雨绵绵的意境就会展现在我的眼前，而且在我的内心深处也会生出一种莫名其妙的凄惶与黯然。此情此景，一种说不出的感觉总会在心底弥漫……

暖春四月的内地，一片欣欣向荣，鲜花遍地开，人们早已成群结队外出踏青郊游。可在马兰，却还春寒料峭。许是知道官兵要来陵园祭奠先烈，苍天都为之动容，特意将这个日子变得阴沉沉的，让人感到惶惶凄凄——清明节的头天晚上，雪花全然不顾人们的一点感受，早早地飘飘洒洒起来。到天大亮时，厚厚的积雪将整个大地掩盖。洁白的世界，勾起了人们对清明无尽的回忆与遐思。

为配合主题教育活动，那年清明节前夕，基地组织官兵到马兰烈士陵园开展祭奠英烈活动。遵照团首长指示，我到烈士陵园和上级组织部门查找汽车团在这片热土上安息的烈士名单。

从团机关到基地机关，再到烈士陵园，经过如此三番五次、长达近半个月的来回奔波，在一页一页地仔细查询后，我终于查找到烈士的名单并如实地记录下了汽车团在陵园里长眠的英烈的名字，他们是：王西恒、郑万、乔志强、秦汝明、刘小柱、赵金龙、董良福、孙厚军……

让我们走进他们，感受他们的伟大，感悟他们的精神，感叹他们的光荣。

郑万，男，河北省大城县大童子公社刘里北村人。1952年出生，1966年11月25日入团，1970年1月入伍，1972年7月22日在执行任务途中，因车祸光荣牺牲，年仅20岁。1972年8月3日被追认为中共党员。

刘小柱，男，山西省洪洞赵城公社永乐大队人。1947年出生，1965年4月入团，1966年3月入伍，1966年6月18日因触电在西村机场光荣牺牲，年仅19岁。

赵金龙，男，山西省洪洞赵城公社永乐大队人。1946年出生，1966年3月入伍，1967年9月因公受伤，于9月6日在托克逊医院抢救无效，光荣牺牲，年仅21岁。

……

我只列举了3名烈士的简要生平，然而，通过对8名烈士生平的仔细查阅，我发现，这8名烈士牺牲时年龄大都在20岁上下，只有秦汝明的生命之花稍微开放得长久一些，但也仅仅绽放了26个春秋。

"春风十里扬州路，卷上珠帘总不如。"在这片热土上，虽然一年一场风，从春刮到冬，既没有扬州的繁华喧嚣，也没有扬州的烟花三月好时光。虽然条件如此艰苦，然而，我们对这里的留恋之情还是非常浓厚的，因为我们在这里生活了许久。可我们的那些战友们呢，他们却不能享受到这难得的片刻时光。岁月的无情，让他们的生命在短时间内疾驰而去，带着"出师未捷身先死"的感叹，带着"长使英雄泪满襟"的遗憾，过早地远离了这片热土，远离了他们挚爱的事业。

2012年清明节，天一亮我就驱车来到了烈士陵园。园内庄严肃穆，在大片长得笔直、高大、挺拔的松柏旁边，只有寥寥几个战士在忙碌，和他们搭讪后知道是某团要来瞻仰烈士陵园的先锋队——他们在布置会场。没有和他们过多交流，我疾步向烈士纪念碑走去。围绕纪念碑转了一圈，在仔细"阅读"了碑四周的文字和图案后，我来到了烈士墓区。在这里，我亦步亦趋地走过每一座墓碑，并在每一方墓区前深深三鞠躬。

就在我仔细阅读部分烈士的碑文时，我听到不远处话筒里传来的声音："同志们，今天，我们在这里组织开展瞻仰烈士陵园活动，深情缅怀为了国防科技事业和基地建设与发展献出生命的先烈们，这既是爱国主义教育和光荣传统教育的重要内容，也是我们接受心灵洗礼的实践活动……"某团瞻仰革命烈士纪念活动按照程序在有条不紊地进行着。

虽然天有点凉，风也有点大，可那天，伫立在墓前的我却思绪万千，以至于我在陵园里徘徊了良久，也有了颇多感触。我想，作为核试验基地的一分子，我应该有责任把他们的事迹告诉世人，让他们享受世人对他们的敬意和赞扬。除去坟头上零星的杂草，覆上一抔软软的沙土，点上一炷浓浓的檀香，放上几支燃着的香烟，我将四月的芳菲化作绵绵不尽的追思与怀念，将满腔的敬重和哀思尽情地撒在座座静静的墓碑前。

"年年祭扫先人墓，人人堪为我榜样！"以往，我是没有这种感觉的。因为在多次来陵园的过程中，我都是以新闻报道者的身份参加。因忙于摄像照相，不曾有时间缅怀先人，祭奠逝者。2012年清明，我第一次以拜谒者的身份来到陵园，也第1次细细打量眼前这片官兵、职工、学生和地方政府人员在此多次进行光荣传统和爱国主义教育的基地。洁白一片的马兰烈士陵园，松柏肃立，微风悲鸣。

三

"忘记过去，就意味着背叛。"一个民族要想进步，就应了解历史、回顾历史、铭记历史。为了使祖国母亲挺直脊梁，为了打破帝国主义的核讹诈，为了成为有重要影响的大国，一群群中华民族的优秀儿女，在党的号召下，凭着对祖国的热爱，从大江南北，从长城内外，前仆后继来到"千里无人烟，风吹石头跑"的戈壁滩……在几十年的风风雨雨中，一代又一代的马兰人，献了青春献终身，献了终身献子孙，用他们的心血和汗水保卫了中华民族的神圣尊严，用他们坚实的身躯托起了灿烂的蘑菇云，给祖国母亲的肌体上种下一颗颗保障安全的"牛痘"，使中华民族有了抵御外侮的强大"免疫力"。

在苍松翠柏掩映的坟茔中，我在找寻一个熟悉而又陌生的身影。说他熟悉，是因为我们都在汽车团待了好几年；说他陌生，是因为在汽车团的几年里，我们一句话都没有说过。

来来回回找了许久，我仍是一无所获。打电话询问当年处理这件事的人员，才知道我熟悉而又陌生的那个人并没有来到这片热土上。尽管如此，我还是久久不愿离去。因为我知道，尽管在这片热土上找不到他，但我还是愿意来到这片热土，在这里把埋藏在心底的悄悄话说给大家听。

他，是一个从四川成都入伍的安徽籍青年小伙。为了抢救身边的战友，英勇地献出了自己的生命。一个鲜活的生命在瞬间消逝，留给我们的是无尽的哀思与怀念……

他叫王德虎，安徽省泗县草沟镇杨合村人。1982年10月6日出生，1999年12月由四川省成都市龙驿区应征入伍，2003年7月加入中国共产党，汽车团修理勤务连一级士官。2004年4月2日，在抢救本连战友时因有害气体中毒导致溺水，经抢救无效不幸牺牲，年仅22岁。

看似偶然，其实偶然中蕴含着必然。那天，在执行成片林浇灌任务的王德虎看到本连战友正在疏通下水道，便主动过去帮忙。当听到有人喊“赶快救人”时，情急之下的王德虎顾不上个人安危，迅速顺着井壁扶梯下到了井内。污水迅速上涨到了腰部，忙于施救的王德虎在短时间内出现了中毒症状。然而，就是这个时候，他依旧没有考虑自己的安危，继续忙着对身边的战友进行施救。战友被拉了出去，可昏迷的他却一头栽倒在污水里。战士们抓住扶梯手忙脚乱地在水里摸索了好久，却怎么也找不到王德虎的影子……

抽取上游检查井里的污水，用车棚杆弯成6米长的铁钩，一刻也不间断地组织人员轮番打捞……21时5分左右，王德虎终于被打捞上来。气管插管、胸外按压、输入液体、静脉切开……一系列措施实施完毕，王德虎还是没有睁开眼睛。当医生宣布不幸的消息时，时针刚好指向了2004年4月2日22时30分。

王德虎就这样离开了与他朝夕相处的战友，离开了生活了不到5年的营区，离开了这个他永远都不想离开的世界。

发生这件事的时候，我刚刚调到机关并被派往北京学习。从电话里得知这一消息后，诧异的同时我禁不住热泪盈眶，泪水像肆虐的河流任意流淌。无怨无悔从军路，可歌可泣大漠情。那一刻，我为失去了一位优秀的战友而泪流不止；那一刻，我为身边有这样伟大的战友而骄傲不已……

那天，在电话里，我详细询问了事情发生的来龙去脉：事故发生后，汽车团于当晚召开紧急会议，成立善后事宜工作小组。在遗体告别仪式上，在花团簇拥的玻璃棺内，王德虎身着戎装，身上覆盖着鲜艳的党旗。在沉重低回的哀乐声中，王德虎就这样安详地睡着了。

弹指一挥间，几千个日日夜夜悄然溜走……

夕阳西下，又一个黄昏再次悄然来临。苍凉的阳光里，轻风悲鸣，松柏肃立。一个个墓茔的影子悠远地斜挂在寂寥的陵园内，不但给人一种"茕茕孑立，形影相吊"的孤独与凄凉，也越发地让人感觉到一种凄惶和苍凉。微风中，在空旷无垠的戈壁滩上稍微静站，潸然泪下，思绪纷飞。

默默地来到这片热土，又悄悄地远离这片热土，虽然早已物是人非，但王德虎的事迹早已融入我们伟大的核试验事业，融入马兰这片热土，融入汽车团辉煌的团史里……我想，若干年后，认识王德虎的战友都走后，也许就没有人知道当年发生在他身上的可歌可泣的故事了。所以，我愿把我所知道的一切用文字记述下来，让我们记住那个年代和那个年代值得让我们永远铭记的名字。

四

扫去墓上的尘土，给先烈们修复永世的家园；献上芬芳的鲜花，送出我对先烈们的深深祝福；点上价格不菲的香烟，让袅袅升起的烟雾捎去我的哀悼……在半个多小时的祭奠中，我始终怀着一颗感恩和崇敬的心，一次又一次向他们致以最崇高的军礼。又是清明节，就让这份哀思化作点点笔墨，以此来悼念先烈，表达我的深深怀念和无限哀悼！

逝者已矣，生者犹生！让我们记住那个年代，记住长眠在这里的人们！

依然挺立的墓碑，依旧挺拔的身躯。现在，我又来到这片热土，在这里，我又一次将光荣与梦想凝聚在这块方寸之地。这一刻，我的思绪再也难以抚平，心潮再也难以平静；这一刻，心中似有千言万语要说，但却一句话也说不出。我想，就把基地战士诗人郝雁飞的诗句送给身边这些沉睡的人们：

一方被世俗遗忘的土地

一方红尘难以侵袭的圣域

一扇枪炮无法攻破的大门

一首心灵深处的高歌

谁在轻声嘘叹

因为有所禁忌才能保持纯净

因为有所舍弃才能心胸透明

因为静才净

因为锋芒内敛才气质高迥

我是一名军人

在被人遗忘的荒原

独饮你的纯净

又到清明，烈士陵园依然庄严肃穆，株株松柏依旧翠绿苍劲，随着祭奠的人群再次来到这片热土，把一束马兰花轻轻地放在你的面前，将满腔的崇敬之情尽情抛洒。抚今追昔，虽然陵园内的风不是很大，但熊熊燃烧的火焰还是蹿起了一米多高，就让随风在空中不停飞舞的纸钱为我捎去真挚的祝福，轻轻地告诉身边安息着的战友，告诉远在千里之外的王德虎，我又来看你们了……

第二辑 动与静的和谐

倚仗柴门外，临风听暮蝉。蝉噪林愈静，鸟鸣山更幽。

春山无伴独相求，伐木丁丁山更幽。

无常是动，动是一种美；恒有是静，静是一种意。

劳动创造了人，生命在于运动，动是一种激情；千年的王八万年的龟，生命在于静止，静是一种恬淡。

动中有静，静中有动；动静融合，谓之和谐。

灰白与光鲜的背后

前段时间，再次观看基地拍摄的《罗布泊的功臣院士 —— 记核试验基地研究员林俊德》电视短片，一幕幕画面在我眼前闪现时，有特殊的一幕给我留下了深刻印象。因为多次观看的缘故，虽说每次观看都有不同的感触，但这次留给我印象最深的却是那一身身色彩单调的服装。

纵观20世纪六七十年代的中国，无论是颜色还是款式，服装都是那个年代留给人们的特殊记忆。特别是在看了描述基地历史和祖国科研事业的两部片子——《五星红旗迎风飘扬》和《国家命运》后，感触更深一层。片子中的人们，无论是高科技知识分子，还是组织科研的国家高级将领，黑色、蓝色、灰色、白色，似乎永远都是他们衣服的主色调，就连诸多女同志亦是如此。在广大官兵身上，虽然他们都身着一身军装，但昔日的那些军装也无法和现在的军装相媲美。有很深的一幕相信大家都还记得，作为国家科技事业的领导者 —— 聂荣臻元帅，他一身蓝色的棉衣给我们留下了深刻印象，也更让人感受到那个特殊年代里服装色彩的单调。然而，现在的你我，看看身边的战友，常服、礼服、作训服，棉衣、秋衣、单衣，围巾、手套、皮鞋 …… 可谓是款式多样，花样翻新。

面对过去的灰白单调和现在的光鲜多彩，我感慨许多。可是没有几个人知道，有关对衣服，在我的内心深处，是隐藏了一些故事的。我想讲述出来，与大家共同分享。

一

我出生在20世纪70年代，因为兄弟姐妹较多的缘故，作为家中最小的孩子，穿哥哥姐姐穿过的衣服是再自然不过的事了。大概是因为小时候比较淘气的缘故吧，通常一件衣服穿到我身上不到一周，也就出现了很多问题，不是这儿脏了，就是那儿破了，更有甚者能挂上十几公分长的大口子。为此，爱干净的母亲几乎每天都要为我洗上一遍。时间一长，即使衣服没有穿破也常常洗旧了。

记得有一次，雨过天晴后，我嚷嚷着要和小朋友出去玩。那时候，家里还没有雨伞，我和小朋友一人顶了一块塑料布就出去了。出门时，母亲再三叮嘱，不要到池塘边玩耍，不要玩水。可是，走出家门的我们禁不住池塘边嬉闹声的诱惑，还是循着声音走了过去。刚刚下过雨的池塘边很滑，一不小心我就滑倒了。顿时，身上的衣服脏了、湿了不说，就连一双刚刚上脚的鞋子也浸在了水里。那次，我在外边徘徊了许久都不敢回家，可是，知道事情的真相后，迎接我的却是母亲的一顿"扫帚打"。那次，母亲在村子里足足追了我好几圈……现在想来，母亲之所以如此做，原因是众多的，也是可以理解的。

因为诸多的缘故吧，一件"新"衣我往往穿不上几天就再也看不出一点新的痕迹了。在我的记忆中，有多少个夜晚，一觉醒来，母亲还在昏暗的煤油灯下给我缝补衣服。这温暖的一幕，以至到了现在还让我念念不忘。前不久观看电视剧《老有所依》，眼睛不好的江开国缝补衣服的镜头让我一下子就想到了灯光下母亲为我缝补衣服的场景。那一刻，我禁不住潸然泪下，任两行热泪悄然滑落。

  对于孩子来说，一年中最开心的事情莫过于过年了。在爆竹声声辞旧岁的时刻，不仅能吃到许多好吃的，还能穿上父母亲手做的或买的新衣服；更有甚者，还会收到许多好玩的玩具、好吃的食物和压岁钱。然而，在我的记忆里，似乎上高中前我从没穿过一件为我专门制作的新衣。虽然如此，但有一件礼物却让我至今记忆犹新。有关这件礼物的故事，发生在我9岁那年的春节，是关于母亲用8块布制作的、并还美其名曰是用8块钱买的"新"衣服的故事。时至今日，这个故事还给我留着刻骨铭心的记忆。

  那年年底，上小学二年级的我又像往年一样，取得了期末考试第1名的好成绩。按照和父母达成的"协议"，父母又要给我做件"新"衣服了。就在我一边憧憬着新衣服，一边准备把成绩单和奖状拿回家给父母看时，在回家的路上，邻居的小男孩带着几个孩子拦住了我。尽管我比他们大两岁，可经过一番舌战和奋力厮打后，这群小男孩不但撕破了我的成绩单，还抢走了我刚刚拿到手里的奖状。最后，他们还恶狠狠地说："考100分有啥用，就是不让你拿回家……"在一阵阵的哄笑声中，我一溜儿小跑回到了家，抱住母亲大哭起来。

  明白事情的原委后，母亲告诉我："不哭，没有奖状，妈也给你买新衣服。"听到母亲答应过年一定让我穿上新衣服后，刚才还愁眉苦脸的我顿时高兴地笑了，急忙跑回屋里做起了作业。接下来的日子，我总盼着新年快点到来。可等到除夕晚上，我还是没有见到母亲给我买的新衣服。拉着母亲的衣角，我不安地问："妈，明天我能穿上新衣服吗？"

"妈花8块钱给你买了件新衣服，咱们明天早上穿，好不好？"

听母亲这样说，再看说话时颇为自豪的母亲，我放心地早早上了床。因为我知道，母亲是不会骗我的。

清晨，一阵噼里啪啦的鞭炮声将我从睡梦中惊醒。揉着惺忪的双眼，我在枕头边发现了一套蓝色衣裤，在上衣的好几处，母亲还缀上了红五星。看到漂亮的衣服，我急忙穿上试了试，不大不小正合身。顾不上吃母亲刚刚端上桌的饺子，我便急急忙忙地冲到门外向小伙伴们炫耀。

当知道是母亲花8块钱给我买的"新"衣服时，小伙伴们都张大了嘴巴。看着他们羡慕的眼神，那时的我比多次考了第1名还要高兴。

多年以后，走上工作岗位的我才知道了8块钱的"新"衣背后的故事。

那是一次回去探亲离开家的头天晚上，拉着就要回单位的我的手，母亲对我说："你还记得那身'8块钱'的新衣服吗？其实那不是妈给你买的新衣服，是妈用4块蓝布、4块红布拼成的。别怪娘，谁让咱家那时候家里穷呢……"听着母亲满怀歉意的解释，我满是笑容地说："妈，我怎么会怪你呢。在我心里，那就是一身新衣服，那身衣服当年可是让我享受到了浓浓的亲情……"

如今，那身8块钱的"新"衣服早已不存在了，但母亲熬夜缝制衣服的情景却一直镶嵌在我的脑海里。每次想起这段往事，想起母亲对我说的话，我都会感觉到母亲浓浓的爱。然而，感受到母亲浓浓的爱之余，看着衣柜里挂着的一件件整齐的衣服，我总会感慨万千：既为以前衣着穿戴的简单和单调以及现在衣服的多彩和光鲜；也为以前生活艰辛在衣着方面带来的困顿和现在物质富裕带来的享受。

二

改革开放后，随着国家大形势的发展变化，人民的生活水平日益提高，生活迅速发生了巨大变化。在人们的口中，大家谈论的多是今年流行什么款式，什么颜色……每到夏季到来时，人们，尤其是女性公民，更是早早地换上了形态各异的服装，似乎一夜间要将人们的视线弄得眼花缭乱才心安理得。可是，面对世界的多姿多彩，我依旧难从往日的衣着穿戴中走出来。

因为兄弟姐妹多的缘故，在穿衣方面我是有着许多伤感的。时至今日，我仍能清楚地记得，我都上了初中还穿着打补丁的裤子。

那是一个淫雨霏霏的季节，一场淅淅沥沥的小雨下个不停，虽然是春雨贵如油的季节，但由于它的肆虐，却让人早已心生怨恨，没有了一点感激的情分。那是一周的刚刚开始，我踏着积水，迎着雨霾，早早地来到校园。虽然天气还有些寒冷，但毕竟还是没有挡住春姑娘的脚步。在一节连着一节的课堂上，我多次祈祷小雨早点停歇。对于我的祈祷，淅淅沥沥的小雨没有一点怜悯之意，反而张牙舞爪起来，大有不依不饶之势。下课了，放学了，看着身边的同学一个个离开，望着他们的身影，我不得不拿起书本顶在头上，奋不顾身地冲出教室。雨水很快打湿了我的头发、衣服，不大会儿我就变成了"落汤鸡"。看到我的狼狈样，同班同学阿曾向我发出了热情邀请。"到我家去吧，换换湿衣服，明天一早我们一起来上学……"犹豫了片刻后，我答应了阿曾。在阿曾的家里，他给我拿出了一条浅灰色的裤子。打开裤子的一刹那，一股淡淡的香味向我的鼻孔袭来。原来，阿曾的衣服都是他的妈妈用香皂洗过的。

穿在我身上的裤子，不长不短，不胖不瘦，正合身，仿佛它原本就是我的一样。第2天，天放晴了，走在上学的路上，我感觉自己发生了很多变化，有一种说不清道不明的感觉洋溢在心头。穿着阿曾衣服的那一段时间，我觉得自己的心情都是畅快的，笑声也是惬意的，甚至感觉就连每天的太阳都是温煦的。许是因为心里的舒适，许是自我感觉的良好，那次，阿曾的衣服被我穿在身上好久。直到连自己都感觉到不好意思时，才把衣服还给了他。

也许现在的许多人们，尤其是现在的年轻男女，看到这样的文字很不以为然，只是我知道，他们是很难体会到我昔日的那种心情的。一个上了初中的男孩子，穿着屁股上打了巴掌大补丁的裤子，现在想来，那该是一种何等的心情——郁闷还是沮丧，还是两者兼有?!

然而，国家实行改革开放后，短短十几年里，社会上发生了天翻地覆的变化，大有"赤橙黄绿青蓝紫，谁持彩练当空舞"之势。在不到20年的时间里，单一的灰白与多彩的光鲜形成了鲜明的对比，似乎一夜之间，人们的思维与观念不但在穿衣戴帽上发生了很大变化，就连休闲娱乐也有了很大不同。

看看现在的衣柜里，不知道躺着、挂着多少套衣服。更有甚者，不知道有多少衣服，冬天来了拿出来，夏天来了再收到衣柜里、箱子里。经年累月地不穿一次、不摸一下。每每经历这些，或者为此听着妻子的唠叨，我都感觉让人颇为不可思议。只是在认真思考后才知道，在灰白和光鲜的背后，映射出的是国家的强盛，是经济的发展，是人民的富裕。

三

嘹亮的歌声早已在内心深处生根发芽，经典的军旅歌曲也早已熟烂

　　于心。只是不经意间，入伍就20多年了。

　　记不得是在哪里看到的文字了。

　　1931年中央苏区的红军增加到6万余人，但是红军的服装厂只有10名缝纫工和二三十台缝纫机，规模太小，做不了太多军服。于是便将每人3角5分的服装费发了下去，由个人自制。然而，瑞金城里光买做一套军服的灰布就要4角1分。许多人不免因此泄气："这几个钱做什么衣服！买些花生塞塞牙缝，改善改善生活吧！"时任红一方面军司令部副官长兼总经理处处长的杨立三听闻，专门从叶坪赶到瑞金打听行情。当了解到制作军服的灰布的确买不起后，他就准备用白布染色代替。可一核计，白布一套最低要2角8分，染色5分钱，价钱是3角3分，但再算上裁剪缝制费用5分，加起来就是3角8分，钱还是不够。杨处长算了算，最后决定要战士们买布自己染、自己缝，光花裁剪的钱。核算的结果是白布每套2角8分，染料每套3分，裁工每套2分，线钱每套2分，共计每套3角5分。他高兴地说："就这样定了，自己缝，总共3角5分，不多不少，刚刚好！"

　　虽然说那个年代的货币比起现在要"值钱"一些，但是要说一套军装只要3角5分，估计这样的事说出来，很多的人都不相信这是事实，或者说不可思议。可是，这样的事情的的确确在我军军服的历史上发生过。

　　中华人民共和国成立前，我军的军服基本上是以灰蓝为主。中华人民共和国成立后，军绿色成了大家最为熟悉的颜色。但由于中华人民共和国成立之初，国家"一穷二白"，而后不久又经历了十年"文化大革命"，一时间中国的经济反成倒退之势，人民的温饱问题都解决不了，自然也就无暇顾及穿衣戴帽了。但是，那时人们普遍追求绿色，尤其是"文化大革命"开始后，军大衣、军便帽的盛行，甚至哄抢，成了那个时代街头上最为常见的一道景观。多少次观看影片、资料，上至国家领导人，下至普通青年，一身绿军装风靡全国。尤其是到了"大串连"时，年轻气盛的红卫兵更是以一身绿军装"走"遍全国，"吃"遍中国。只是这样的事情现在已经看不到了。

在部队的诸多个日日夜夜里，军装的变化我也经历了多次。清楚地记得，当年一入伍时，我穿在身上的还是那种绿涤卡，不但厚重，还一点都不暖和，和干部的马裤呢相比，简直是天壤之别。说起马裤呢，现在都记不得当时配发了几套，只是知道还有很多干部穿着"四个兜"的绿涤卡。那时，有不少人习惯于用"四个兜"和"两个兜"来区别干部和战士的身份。

殊不知，考上军校的我，也穿上夹克式短袖。军校毕业后，我也穿上了马裤呢。那一刻，那种发自内心的自豪感油然而生。时至今日，我还记得毕业第1年在新兵连训兵的情景。

当时，我只有一套马裤呢。新兵来队之前集训时，我的马裤呢已被弄得脏兮兮的。由于时间紧迫，在集训期间我一直没有顾得上洗。新兵都来了一个多月了，春节也即将到来，马裤呢脏得实在让人看不下去了。没有办法，我只好把它扔进了桶里。那时，我是新兵连排长，每天都要陪新战士在操场上训练。训练时战士不能穿大衣，我自然也就不好意思穿。然而，穿"四个兜"的绿涤卡又实在太冷。面对凛冽的寒风，真是冻死人了。不记得那次是不是新战士帮我洗的，只清楚地记得在周五的时间把马裤呢洗掉，到了周日下午都还没有干。没有办法，只好把马裤呢放在暖气片上烤。一会儿看一下，一会儿翻一下，烤干的马裤呢上，一道道锈痕清晰可见的情景至今难以忘怀……

这，都是历史了；或者说，可以当故事来讲了。

如今，打开家中的衣柜，部队配发的军服早就挂满了。冬礼服、夏礼服，冬常服、夏常服，长袖衬衣、短袖衬衣，冬作训服、夏作训服，呢子大衣、棉大衣、作训大衣，毛衣、毛裤，秋衣、秋裤；还有围巾、手套，以及棉皮鞋、单皮鞋、迷彩棉鞋、迷彩单鞋 …… 应有尽有，"衣满为患"。

那年，母亲来部队小住，看到衣柜里挂的各种衣服，母亲感慨地说："这么多衣服，你们怎么能穿完穿烂呢？"

我告诉母亲："按照要求，不同的季节我们要穿不同的衣服。现在国家富裕了，发给我们的衣服大家都穿不完，穿不烂，只是不管穿烂穿不烂都是要上交的。"

听了我的话，母亲连声道："可惜了，可惜了 …… "

四

崭新的军装、优质的布料、多样的款式 …… 让多少人羡慕嫉妒恨。

曾几何时，一件件高档的衣服印证了社会的进步，一件件光鲜的军装验证了时代的发展。只是在光鲜和灰白的背后，我们看到了不同的景色，有着不同的感受。光鲜和灰白的对比，彰显了国家的强盛，军队的强大；灰白和光鲜的背后，昭示了人民的富足，百姓的富庶 ……

食忆

两千多年前的《礼记》中记载："饮食男女，人之大欲存焉。"

之后不久的亚圣孟子又云："冬日则饮汤，夏日则饮水。"

与孟子同时代的告子也说："食色，性也。"

关于饮食的话题，似乎先辈们谈论得已经很多很多了。然而，尽管这些话流传了几千年，也有很多人就"食"坐而论道，可我对他们谈论的所谓"饮食"的话题却没有仔细研究过，哪怕是一丁点。

因为从小到大都对吃饭没有过高的要求，有时只一个馒头，有时仅半碗稀饭也就填饱了肚子，以至于年近不惑还谈不上对饮食有多深的见解。时代发展到现在，让我真正对饮食产生浓厚兴趣，勾起我对吃的无限回忆的，是在经历了参军前渴求温饱的苦和来到部队后享受追求营养的甜。

参军前的日子

我出生在20世纪70年代，那个时候，虽然农村的生活还算不上好，但在我的印象里，似乎肚子基本上已能填饱了，尽管吃到嘴里的还不全是白白的、全部的小麦面。然而，与我印象不同的是，关于填饱肚子这个话题，留给哥哥的印象却不是这个样子。

记得哥哥曾给我讲过一个他亲眼所见的故事：在一个风轻云淡的日子里，在放学的路上，他的两个同学为了抢夺一块在地里挖出来的已经发了芽的红薯而大打出手，个子矮的孩子把个子高的孩子的脸抓得血迹斑斑，而个子高的孩子却把个子矮的孩子打得鼻血流了一地。然而，不幸的是，个子高的孩子因为多吃几口发了芽的红薯竟然导致了食物中毒。最后虽说命保住了，但却着实把双方的家人都吓了个半死……

哥哥第1次讲到这个故事时，流下了两行热泪。在以后的日子里，我总会时不时地想起哥哥讲过的这个故事，每次我都缄默不语。为经历那段岁月如今已过了"知天命"之年的哥哥，也为在那个特殊年代哥哥曾经多次饿瘪了的肚子。

大概是因为在家是老小的缘故，每次到了吃饭时间，比起哥哥姐姐来，我的碗底似乎总要多一些东西，以至于在我长大后，尤其是参军以后，每每与哥哥姐姐以及诸多的孩子们谈起儿时吃饭的情景，我总会"忘记"饥饿是什么样子，更不会有着哥哥在幼年时期曾经抱住母亲的腿大喊"娘，我饿"，以至于到了结婚年龄甚至婚后还被左邻右舍取笑的情景。

记得到了我上小学的时候，家庭联产承包责任制已经在农村广泛推广。那时候，农民被调动的积极性空前高涨起来。几年下来，不但很多家庭温饱问题已基本解决，而且一些稀罕物什也开始走进农家小院。然而，发生在村里很多家庭的这种现象在我们家却不明显。为了供应我们兄妹读书以及给要结婚的哥哥盖房子，父母总在想方设法地积攒钱物。为了能够早日攒够，父母带领我们不但承包了邻居家小刘的果园，还将自家的两亩多土地租给了邻村人老丁开砖厂。可谁知道，小刘与老丁两个人对收入与支出的做法却截然不同：果园主人小刘每年向我们家要1000斤小麦，而砖厂丁老板却每年给我们1000元钱。结果可想而知，我家的粮食每年都与实际需要相差甚远，尤其是小麦。为了解决"口粮"问题，父母不得不每年到集镇上购买粮食。那时候，因为玉米的价格要比小麦低一些的缘故，每次购粮回来，父亲购买的玉米要比小麦多很多。尽管如此，因为人口多的缘故，再加上几个哥哥正是能吃能喝的年龄，以至于我们家的粮食一年四季还是经常入不敷出，更谈不上全部吃白面馍馍了。于是，在我们家里，也就有了农忙时节和过年吃白面馒头（就是收麦与秋收季节以及春节时），农闲时节吃玉米饼子的"苦难"日子。为了调换口味，母亲时不时地给我们变着花样做出各种口味的食物，像蒸榆钱、蒸槐花、包萝卜缨饺子、调色香味俱佳的老虎菜……尽管都是地里顺手拈来的食物，但经母亲的手一侍弄，吃起来却也十分香甜，想起来至今还让人回味无穷。

如今，很多人大鱼大肉都吃腻了，总想想方设法弄点玉米面饼子吃（他们哪里知道，玉米面吃的时间一长，胃里就会像刀子刮的一样难受）。我知道对于现在这些要吃玉米面的人来说那叫改善生活，当然也有人美其名曰是忆苦思甜，只是无论他们怎么吃，已完全没有了以前那种整天吃玉米面饼子或红薯干，吃得叫人难以下咽，吃得叫人嘴里发涩的情景。

关于吃的事情，在我的记忆里，还有一幕场景让我记忆犹新。因为我从小不吃南瓜，而母亲早上又常常熬南瓜稀饭的缘故，老人家只好隔三岔五地给我开个小灶：在贴饼子或煮红薯时给我蒸上一把大米。在那个时候，大米饭可是个稀罕物。因此，每次到了吃饭时间，就会有多双眼睛盯着我。不记得有多少次发生这样的事情：就在我一转脸或弯腰捡起掉在地上的筷子的工夫，我碗里的米饭就少了许多甚至一点都没有了，随之而来的是我号啕的哭声和母亲追着哥哥的责骂声。

我的初高中都是在县里上的，那时候父母每周给我送或我回家拿一次口粮。因为粮食要交到学校食堂里，而学校食堂又不收玉米，比起家中的哥哥姐姐，我自然也就多享受了几年吃白面馍馍的日子。这就是为什么我总感觉到"似乎肚子基本上已能填饱了"。现在每每想起来，总感觉这件事苦了我的家人，挺对不起我的父母和哥哥姐姐的。因为我多上了几年学的缘故，他们多吃了不少的玉米面饼子。

关于副食，少说几句吧。相对于主食来说，那时的副食少得可怜，蔬菜基本上都是自家自留地里种的。到了冬季，新鲜蔬菜基本上与我们无缘，更不要说让孩子嘴馋的鸡鸭鱼肉了。陪伴主食下咽的更多是母亲腌制的一些咸菜或早已做好的豆酱等。在那个年代，如果能够包顿大肉饺子那自然是奢侈的，在很多家庭一年中也难得见到几次。

日子虽然过得清贫了些，但在我的印象里，靠着父母勤劳的双手，尤其是母亲的一双巧手，我们一家人的日子倒也虽苦犹甜，尤其是到了吃饭的时间，气氛还是其乐融融的。

入伍后的生活

到我参军入伍的时候，玉米面饼子的日子已一去不复返了，在部队每天都能吃上大米饭也是很正常的事了。然而，但就菜肴来说，却还很单调，除了白菜土豆，没有一点让人惊喜的地方。就是偶尔有瓶罐头，但也大都是20世纪五六十年代冷冻的，吃起来没有一点味道不说，还总让人担心会不会因为时间太长变质而吃坏肚子。虽然如此，但我感觉部队里比起当兵前在家的日子还是有很大改善。日子虽然不再那么苦，但新兵连的老三样（萝卜、白菜、皮芽子）却没有好到哪里去。相信每个在2000年前入伍来到部队的战友都会对新兵连的日子有着深刻的记忆，尤其是新兵连每次吃饭的情景。

记得当兵来到新兵连的第2天，班长就安排我到炊事班去帮厨。看到老兵们娴熟的动作，对做饭一窍不通的我当时还很羡慕。随着班长的一声呼唤，"你，到菜窖里去拿些皮芽子上来"，我急忙端起盆走进了菜窖。在菜窖里转了好多圈后，我愣是没有找到皮芽子。看着端着空盆回来的我，做饭的老兵都停下了手中的活计，笑得前仰后合起来，而且嘴里还一个劲地喊道："又一个，又一个……"望着他们酣畅淋漓又略显夸张的笑，我当时还以为自己做了什么傻事呢。只是事后才知道，这是几个老兵事先串通好的，就是要看看我们新兵能不能找到皮芽子（洋葱在新疆被叫作皮芽子，初来新疆的人一般是不知道的）。

相对于白菜、土豆来说，从菜窖拿上来的皮芽子是比较好吃的，尤其是加油上锅一炒，那味道在诸多菜中算是让大家有念想的了，自然也就成了新兵最受欢迎的菜。不像白菜，经寒冷的冬天一冻，里面全是冰碴儿，从菜窖里拿上来后，"咔咔"几刀一剁，扔进锅里煮熟后，再一炒就出锅了。大概是因为白菜始终有股让人闻到就想呕吐的味道吧，虽说也是炒，但却见不到一点油星子。我想，恐怕这样做仅为充数而已，因为当时实在没有其他什么菜可端上桌，不像现在这样品种这么全，数量这么多。结果可想而知，白菜不受官兵欢迎，也就在所难免了。

时至今日，我还经常在与战友的聚会上谈论一件事：有一次，一盘皮芽子端上来后，全桌人（新兵连每桌10人）都像发现了新大陆一样，死死地盯住了盘子（因为里面有一块肉）。一时间，大家都忘记了吃饭，只是都紧紧地盯着不动弹。足足过了有一分钟，却又一起伸出了筷子。至今说起来都觉得特别不好意思，因为，那次那块肉最终被一个少数民族兄弟夹了去。瞧着他吃得津津有味的样子，我们其余9个人都傻了眼。傻眼的原因是真的不知道那肉有多香，只看到了他动作过于夸张的吃法。然而，现在日子富裕了，这种情形却再也没有出现在生活中。真的不知道是肉不香了，还是肉吃多了不稀罕了。

比起新兵连的吃，现在真的是好多了。尤其是从2012年夏天开始，马兰城里又多了一道亮丽的风景——军营文化饮食夜市。每到周末，在基地大饭堂前，总有袅袅炊烟升起。霓虹灯下，凉菜区、麻辣区、烧烤区一字排开；小小的餐桌旁，朋友三五成群，情侣卿卿我我，孩子叽叽喳喳；餐饮区旁，或充气蹦蹦床，或"喜羊羊"晃晃车，或卡拉OK音响……在大人的带领下，孩子玩得不亦乐乎，放声歌唱，好一派热闹景象。一时间，文化夜市成了官兵倾心交流、聚会休闲的好去处，成了孩子展示自我、尽情玩耍的好所在。

说到基地的吃，不能不提到结婚这事。记得和一位老同志聊天时，他曾对我意味深长地讲了许多，20个世纪六七十年代，马兰不像现在有很多餐馆，结婚时只需到餐馆包上十几桌、几十桌就行了，既能使客人吃得好，又能让主人很轻松。那时候，营区内像样的饭馆很少，在家里摆上点瓜子、花生什么的，新郎新娘亲自下厨做一桌好饭请战友撮一顿，婚事就算搞定了。查阅基地官兵撰写或撰写基地官兵的一些书籍，在时间老人进入到21世纪前，凡是写到基地官兵结婚吃饭这一事件的，内容还真的都很简单，几乎没有大肆铺张浪费的。

在我的印象中，为了改善官兵的生活条件，逐步实现官兵由温饱型向营养型转变，21世纪之初原总后勤部开始为每个基层团队修建保鲜菜窖。那年，汽车团的保鲜菜窖正好修在我所在的连队。当时我在连队任排长，而保鲜菜窖的管理正好由我们排负责。

近水楼台先得月。日常生活中，我自然比别人多吃到很多新鲜蔬菜，像黄瓜、西红柿等。然而，让我们意想不到的还远远不止这些。因为有了保鲜菜窖，官兵的餐桌上发生了很大变化。尤其是到了冬天，白菜冻的少了，皮芽子发芽的少了，菜运到菜窖里一周后拿出来还如同刚摘的一样。那年的冬天，战友们因为吃得好，心情就好了许多，干起工作来格外卖力，以至于每项工作干起来总要比预定时间提前很多。"伙食好了顶半个指导员呢！"时至今日，当年指导员说得最多的这句话还让我记忆犹新。

在随后的几年里，官兵的生活每年都在发生着变化。鉴于营养考虑，官兵关于一天一个鸡蛋的规定也落实了。

说起鸡蛋，我又想起了发生在哥哥身上的一件事：为了给哥哥过生日，母亲特地给哥哥煮了一个鸡蛋。那次，哥哥把鸡蛋拿在手里"把玩"了好久，才在桌子上轻轻地磕了一下。那劲头好像一用力就会把鸡蛋碰得头破血流一样。轻轻地磕，慢慢地剥，一点一点地咬（与其说是咬，不如说是在舔），一个鸡蛋哥哥竟然吃了半天才最终得以吃完。现在想起来，我怎么也不敢相信发生在昨天的一幕幕场景。然而，它的确真实发生过，也的确真实存在着。

官兵的饮食情况

20世纪60年代以来，我军先后制定了有关伙食管理的各项规定。随着军队的发展以及部队体制编制的调整，总部有关部门在深入调研、充分论证和广泛听取各方面意见的基础上，又制定了新的《军队伙食管理规定》。

然而，从1958年8月从商丘出发到1959年6月原总参谋部正式授予原子靶场核试验基地，从建设初期就遇上三年困难时期到随之发生的"文化大革命"对各种事情的破坏，基地上下遭遇到了各种食品、粮食异常短缺，物资供应相当困难的情况。那时候，运输距离长、路况又差，车辆少、吨位也小，物资供应不上是经常的事。就是能凑到一些粮食，但供应到官兵口中的也多半是玉米面（一星期可以吃上一顿大米饭），不但蔬菜不多，而且肉类极少。

那时候，由于基地刚组建不久，没有多少家底，加上驻地附近居民又少，无处购买副食蔬菜，致使大量官兵吃不上新鲜蔬菜，营养也跟不上；再加上劳动强度大，体力消耗多，以至于很多人缺少维生素，体质不断下降，体力不断减弱。没有保鲜菜窖前，新鲜蔬菜拉到生活点后，大都变成了干菜和烂菜，官兵只好长期吃干菜、海带和咸菜。由于缺少新鲜蔬菜，不少官兵生了病，有的还长时间流鼻血、烂嘴角，甚至患上了夜盲症，以至于只好挖野菜、摘树叶，开荒种粮来补充。

在用水方面，因为场区官兵喝孔雀河里的水总是拉肚子，后来就用汽车从马兰和别的地方给场区官兵拉水吃，造成了车辆运输紧张，以至于出现了水比油贵的情况。但就是这样，官兵的精神状态却非常好，没有一个人叫苦叫累，不少同志还带病坚持工作。日常工作上，官兵经常用调侃的语言唱道："革命战士不简单，艰苦创业搞试验。喝苦水，战风寒，打个兔子会顿餐。"然而，就是在这种填不饱肚子的情况下，考虑到驻地人民的生活还很困难，广大指战员竟然每人每月自愿少吃一二斤粮食用来支援地方，表达出了子弟兵的崇高境界。

而后不久，中央给基地调来了大量的黄豆和白糖，还有黄羊肉，帮助基地渡过难关。事后官兵们才知道，这是聂荣臻元帅以个人的名义向北京、广州、济南和沈阳等军区领导"募捐"的。对这些"募捐"来的粮食，聂帅在分配时专门对当时负责这项工作的一位领导同志强调："这些物资都是专门给科技人员和基地将士的，其他任何人不得动用。连你在内，一两也不能动。"

一位老同志在他写的回忆性文章中这样写道："粮食不够，吃饭时你让给我半个窝头，我倒给你半碗菜汤。一位助理员到哈尔滨去调运奶粉，发现一袋奶粉的包装破了，他用纸包好，沿路饿着肚子没舍得喝一杯。地方领导给基地首长送来了十几个鸡蛋，首长送给了戈壁深处的哨所，哨所战士送给了医院的病号，病号又送给了临产的孕妇……生活中，大家互相关心，互相照顾。"

前不久，在与一位老同志的通话中，已是古稀之年的老人告诉我："场区的水，喝了有点淡淡的咸味。长期不清理水罐，里面就会有厚厚的沉淀物。隔上一阵子就要跳进去清洗一次。刚来的时候，不放茶叶大家都喝不下去，两个月还适应不过来。我们那时候过的是共产主义生活。一个人出差或探家回来带回点东西，那是各家都有份的。一家有肉吃，各家笑开颜……"官兵的行动让我们感动，老同志的言语更让我们心动。

基地组建之初，红山显得尤为突出。那时候，上至程开甲、吕敏，下至一般干部、家属，很多人不但种了土豆、西红柿等，还养起了鸡鸭。一时间，红山里鸡犬之声相闻，到处充满生机，形成了一道亮丽的风景线。有一次，我采访基地"核大姐"之一的胡志丽老人，她对我说："那时候，我们都自己养鸡，而且在这方面是很厉害的。将灯泡调整至恒温后，自己就可以用灯泡孵鸡蛋了。因为那时候买肉需要肉票，而且数量也有限，如果这次买不上，下次就不知道要等到什么时候了。没有办法，大家就只好都养鸡，用灯泡孵小鸡，这样做，就是为了能够给孩子多增加点营养。"

后来，为了能填饱肚子，很多人还在家属区的房前屋后种上了各类蔬菜。

在基地当兵二十四载，曾被授予上校军衔、早已转业到《安徽日报》社的方国礼曾填词一首，以记当时之"盛事"：

念奴娇·漠野垦荒

莽然荒漠，念春花碧草，梦中难觅。怒吼狂风天地暗，似削群峰三尺。篷帐沙侵，泉流苦涩，空有楼兰国。几丛红柳，抗风相伴芦荻。

千古魂梦今宵，开天伟业，播种迎春色。汗雨频浇沉热土，争创当今奇迹。画卷精描，工程细琢，楼阁环沙碛。齐心酣战，健儿神采洋溢。

时间进入到21世纪，随着国家经济实力的增强，军人的物质保障也发生了天翻地覆的变化，逐渐脱离了"忙时吃干，闲时吃稀，干稀搭配"的"瓜菜代"日子，就连场区官兵"一三五洗脸，二四六刷牙，星期天干擦；洗了脸的水要留着洗脚，澄清后再洗衣服"的岁月也一去不复返了。

2002年，为进一步贯彻落实中央军委关于加强基层建设的决策指示，三总部联合颁发《军队伙食管理规定》，以切实有效的措施提高部队官兵的生活质量。2005年底，原总后勤部颁发了《军队伙食单位分餐管理办法》，要求大力推行分餐制，有条件的实行自助餐，并为部分部队配发了不锈钢分餐盘、消毒柜、保温分餐台等，分餐设备逐步完善。2008年初，为让官兵吃饱、吃好，吃得健康、文明，吃出军营文化品位，原总后勤部着眼部队饮食保障现代化、科学化和规范化水平，全面提升官兵生活品质和部队饮食保障能力，提出"现代军营饮食文化"建设构想，使"营养配餐、自助分餐和文明就餐"的新型饮食保障理念成了官兵的共识，使官兵们在潜移默化中自觉养成了科学、营养、文明的就餐习惯。2009年5月，总部又出台新的军人食物定量标准。新标准增加了牛奶和水果的供应标准，提高了动物性食品的供应量，适当调低了粮食定量标准，从而使我军军人食物定量的品种更加丰富、结构更加合理、热量更加充足、热比更趋合理，食物品质得到显著提升。

如今，享受着三类区四类灶每天21元的伙食标准，吃着如同餐馆里大师傅做出的色香味俱佳的饭菜，官兵脸上露出的笑容就如同炸开的石榴一般灿烂。

尾声

谈起"食"，在历史上还真有许多让人难以忘怀的事。其中很多桩至今还被人时常提起。

鸿门宴上，把刘邦看作一个猥琐小人的项羽不顾亚父的再三提醒，最终还是放走了"痞子"刘邦。只是，虎一归山林后就立马呈现出了虎威。于是，时隔不久，就有了乌江自刎的悲壮。于是，"鸿门宴"成了"千古美谈"。

还有那雷声阵阵的某个夜晚，当曹阿瞒说出"当今天下英雄，唯使君与操耳"时，一双筷子惊落在地。虽然他也知道这一情况，但就是被这双筷子蒙蔽的青梅煮酒论英雄的枭雄最终也犯下了错误，只是他所犯下的错一点也不比项大王差。于是，又一个"美谈"出现了，只是这次真的是"千古美谈"。

961年，宋太祖赵匡胤安排了一场豪华酒宴，召集禁军将领石守信、王审琦等饮酒，席间赵皇帝唉声叹气。众人一问才知道是皇帝担心他们造反，于是就纷纷告老还乡。纵观历史，能够在吃饭时很好地解决生存问题，赵皇帝是做得最好的一位。于是乎，"杯酒释兵权"也就成了经典的饭局。

......

于是我想，吃饭和每个人息息相关，人类要生存，饮食恐怕是维持生命系统运行的唯一手段吧。

1919年，时年26岁的毛泽东曾经写过一篇文章，题目是《论民众的大联合》。在这篇文章里，他开篇第1句就写道："世界上什么问题最大？吃饭问题最大。"他这样讲，不像是一位"新时期的大学生"说的话，简直就是一位中国老农的生存体验，更难想到他后来竟成了中华人民共和国的缔造者。

面对沧桑巨变，大洋彼岸的美国国务卿艾奇逊把中国革命巨变的原因归结为"吃饭问题"，他在发表的白皮书中说："中国人口在18、19两个世纪里增加了一倍，因此使土地受到不堪负担的压力。人民的吃饭问题是每个中国政府碰到的第1个问题。一直到现在没有一个政府使这个问题得到解决 …… 国民政府之所以有今天的窘况，很大的一个原因是它没有使中国有足够的东西吃。"虽然毛泽东主席针锋相对地批驳了艾奇逊的唯心主义历史观，而且信心满满地断言："革命能改变一切，一个人口众多、物产丰盛、生活优裕、文化昌盛的新中国，不要很久就可以到来，一切悲观论调是完全没有根据的"，但从两位政治家的辩论中，还是可以看出吃饭问题对于国民的重要性。

　　且不说鲁迅先生对于中医的偏见是由于吃引起，也不说东坡居士在被排斥、被流放的情况下依然兴致勃勃地吃出一道道以他名字命名的菜肴，但就主席与艾奇逊的辩论可以看到：吃，关系到民生，关系到稳定。

　　前不久，中央电视台播出了美食类纪录片《舌尖上的中国》。这部影片，展现了食物给中国人的生活带来的很大影响，折射出很多普通老百姓的平凡生活，激起了很多异乡人内心深处的一抹乡愁。影片开播后，不但在很短时间内成了街头巷尾的热门话题，而且数百家出版机构闻风而动，竞相争抢图书出版权。我想，除了《舌尖上的中国》这部影片本身有着厚重的文化感外，恐怕更多的还是国人对吃有着浓厚的兴趣吧。

　　著名文化学者于丹说："吃饭从某种意义上说就是与天地结缘。"对于这句话，我颇为赞成。然而，时至今日，国民的请吃吃请，却造成了对大自然的严重破坏和对国家资源的极大浪费。君不见，每到周末，餐厅、食府里人满为患；餐桌上，山珍海味、美味佳肴应有尽有……我不想过多地批评这种行为，但从以前的温饱问题都不能解决到现在物质的极大丰富，在很多人的心里，"吃"恐怕早已不再是问题了。如今，每次和身边的同事或朋友谈到吃，我总有种"旧时王谢堂前燕，飞入寻常百姓家"的感觉。那一刻，我总会想到一个故事：有个小和尚请大师教他用功的方法，大师说饿了就吃东西，困了就睡觉。小和尚不解，大师说，人人都吃饭，但多数人都挑肥拣瘦，吃不痛快；人人都睡觉，但多数人都做梦失眠，睡不踏实你能吃好睡好，就是用功了……

　　大师的话，勾起我无限的回忆，让我思索，给我启迪……

从地窝子到别墅区

　　春节长假结束的第2天，按照节前工作安排，我和一位同事来到了场区。利用到场区值班的机会，我到各点号转了一圈。还别说，收获还真不小。从马兰到场区，从地窝子到别墅区，不同的环境，不同的建筑，不仅给了我很大的视觉冲力，也让我在内心深处产生了众多的联想和感慨。

一

　　早饭过后，抱着大衣刚刚坐到车里，还没等说要去哪里，驾驶员就把我带到了场区工兵团的老营区。

　　在老营区内，我第1次走进了一代又一代工兵人居住了几十年的地窝子和他们曾经使用了多年的大礼堂。

　　地窝子，顾名思义就是在地下挖出一片地方，再在上面搭盖上一些东西，里面就可以住人的简易房子。查阅字典，地窝子的解释是地下室；可工兵团的周副总工却给我介绍说："半地下住房俗称地窝子，是场区基层官兵的居住和生活场所，地下约两米，地上约一米半，建成于1989年5月，一半由活动板材搭建而成。房屋低矮、狭小，光线昏暗，冬冷夏热，2003年对屋顶进行了改造，增加了隔热保温层……"看到我这样写，很多人可能感觉更加糊涂了。不过不要紧，相信很多人都看过演员刘佳主演的《戈壁母亲》这部电视连续剧，剧中的月季大妈开始居住的房子就是我所说的地窝子。

给我们做向导的周副总介绍说："部队自2005年8月搬出地窝子后，每年也就是在夏季执行任务时搬回老营区住一段时间，但也不在地窝子里住了。"一边听周副总工介绍，我一边迈步走下了官兵居住几十年的地方（因为今天的工兵人都不再居住的原因，大部分的地窝子都已经封掉了。为了让人能够参观到往日里工兵人居住的地方，工兵团特意留了两间，里面的物什摆设一如官兵当初居住时的样子）。那一刻，我特别想零距离感受地窝子带给我的享受和见识。

我进去的那间地窝子的门向西，一进去，首先映入眼帘的是一面火墙。砖块与砖块之间水泥的颜色明显与众不同，已经看不出原来的颜色了，只是不知是煤灰长期积淀的缘故还是被烟熏的结果。在地窝子里站定，我开始仔细打量起地窝子来。一溜儿四五张床靠着墙壁北侧摆放得很是整齐，在南侧的墙壁处，两张黄色的木桌对放着，上面有书、有本、有笔，桌子上面的墙壁上，还张贴着官兵学习情况的学习园地。桌子的西侧，靠近墙角的地方，有一个不到两米高、直径一米多的红色油桶立在那里，就像一个威武的大力士。周副总工告诉我："这里面装的是水，是官兵平时洗漱用的。"在水桶的旁边，整齐地摆放着扫帚和拖把。整个房间的墙壁上，醒目的绿色墙围子大约有1.5米高，基本与室外的地平线平齐。在绿色的墙围子上面，刷得白白的墙壁距离"屋顶"大约也有着1.5米的高度。

这就是工兵人在场区一线长期居住的地方，可以算得上是他们的卧室了。

环顾一遍，虽然简单的摆设使简陋的屋舍更加简单，但整齐有序的物品摆放还是给地窝子赢得了些许称赞。

沿着火墙旁边的过道往里走上两米，就是官兵的学习室了。一间大约10平方米的房间里，一张学习桌摆放在中间，几乎占据了整个空间，给人一种很拥挤的感觉。几把椅子整齐地摆放在四周，就像是给首长警卫的哨兵，更像是执勤的卫士，笔挺笔挺的。了解后我才知道：除去吃饭睡觉，很多官兵的很多时间，都是在这样的桌子周围度过的。当然，这些摆放在地窝子里的桌子，也造就了不少的人才，成就了不小的功绩。听了介绍后，随行的驾驶员开玩笑说："祖国的强大，我们的骄傲，也有桌子的一份功劳呀……"听着驾驶员不紧不慢的话语，我和周副总工都笑了。

在卧室和学习室之间，有个两平方米左右大的空间。里面放着晚上烧火墙用的煤炭和打扫卫生时的工具。因为空间小，轮到谁负责烧炉子时，一次煤没有加完，整个就变成了黑人。这样的活还不算什么，最苦的是半夜烧着烧着没有煤了。穿上棉衣、提上煤桶到室外捡煤，可不等提煤的桶捡满，浑身就早已被寒风吹得透心凉了。回到"室内"，往往在床上躺半天还暖不过来。

我没有机会住地窝子，自然也没有太多的感触，但我却看到过一个在地窝子里住了好几年的战士写的一段文字，他是这样记述的："地窝子"一半埋在地下，房间低矮狭小，只有一扇透气的窗户，光线昏暗。一阵小风刮过，屋里就会落上一层土。要是赶上阴天下雨，就要赶紧行动起来"抗洪抢险"。那情景很是特别：外面下大雨，屋里下小雨。至今我还记得，1990年夏天的一天，没有任何征兆，老天爷就突然耍了脾气。

豆大的雨点倾盆而下，连领导急忙组织骨干冒雨去房顶铺防雨布。那天，班长手上割了一条6公分长的口子，皮肉外翻，从手背一直翻到手腕处。事后，足足缝了5针，那是房顶的彩钢板刮的。可当我问起他时，他却一连串地说没事，还说，终于留下了一处特别的纪念，总算没在戈壁滩上白待这么多年。比起夏天，冬天有过之而无不及。一到下雪天，因为受潮膨胀，门就会关不上，只好用椅子从后面顶上。那时候，寒风就会顺着门缝呼呼地灌进来。房间里，只露一双眼睛的战友缩在被子里，身子一直在发抖……

刚走出地窝子，我突然摸到包里早已装好但却忘记了的相机。顾不上脚下厚厚的积雪，我急急忙忙返回了地窝子。对着床铺、墙壁、墙角一通狂拍。从里面再走出来时，地窝子已深深地刻在了我的脑海里，挥之不去，驱之不散。

从老营区回到指挥部，望着戈壁滩上排列整齐的一栋栋像别墅一样的红色楼房，两者的对比，让我突然间就有了一种异样的感受。我不禁在想，当20年前、30年前，甚至半个多世纪前曾经在这块土地上工作过的老兵们，现在如果能够站在这片土地上，如果能够近距离看到官兵们现在的住房情景，在他们的内心深处，又会有着一种怎样的感受和感慨呢？

二

来到警卫兵所在的某哨所时，已是午时了。虽然习习的寒风还在不停地刮，但和煦的阳光照在身上却也让人有着暖洋洋的感觉。在这个地理位置比较偏僻的点号上，在建成时间还不长的哨所营房前，我与哨所班长、一个有着8年兵龄的战士聊了很久。他告诉我，现在这里的住房条件已有了很大改观。太阳能热水器安上了、电热水器也有了，夏天冲个凉水澡、冬天洗个热水澡已是很方便的事了。不像以前，洗澡要自己烧水或者坐车到10公里外的连部去洗。那时候，有些战士不想来回跑，在夏季就干脆在哨所用凉水往自己身上浇，时间一久，冰凉的水使许多战士患上了多种疾病。现在不一样了，冬天热水器24小时开着，官兵既可以用来洗澡洗衣服，还可以用来刷洗碗筷，很是方便。

虽然住房洗澡的条件有了很大改观，但是周围的环境却没有发生多大的变化。一到天黑，总有一些野兽来到他们身边，与他们有着近乎零距离的接触。哨所班长告诉我："我们换哨时间不长，但我发现，每周都有四五天能看到有一两只狼在我们营房周围转悠。狼的体毛就和冬天骆驼刺的颜色基本一样，不仔细看很难看清楚，以至于天一黑我们就基本上足不出户了……"

哨所班长还告诉我，有一天中午，他突然听到一阵"吱吱"的响声。透过窗户，他看到一只狼的两只前爪正在抓挠着窗户玻璃，急得他急忙拿起扫帚假装向窗户挥去。就在扫帚碰到玻璃的那一刻，狼才折身离去。

听了班长的言语，起初我还有点不大相信。走到他们居住的营房东侧一看，果不其然，在他们倾倒生活垃圾周围的一大片洁白的雪地上，清一色的全是狼爪子留下的痕迹，没有一个人的脚印或其他任何动物的印痕。

"你们为什么不拿枪打了它们？"见此情景，我带着满脸的疑虑问道。

"不是不想打。一是没有枪，二是怕狼报复。虽然我注意了很多次，也一直都是那两只狼来这里，并没有见到它有什么同伴。"哨所班长无奈地对我说。

围绕着营房转了一圈后我发现，这里的每个房间都安装有窗户，且密封效果也很不错。可听了战士的话后，我却在想，一旦发生了狼群报复的事情，是不是窗户也就成了一种潜在的威胁呢！想到这里，我告诉自己："战士们不打狼，狼也不攻击他们，两者相安无事，也是一件不错的事情，更何况还是对我们人类提倡'人与自然和谐相处'最好的诠释呢。"

从哨所出来，我们又驱车来到了距离伟人山不远的东大山哨所。其实，来这里并不是要看哨所的建筑和居住条件，而是在来这里之前我就有明确的目标——寻找某哨所旧址。

在哨所算不上宽敞的学习室里，我仔细阅读了贴在墙壁上的哨所介绍，随后在一名上等兵的带领下前去寻找哨所旧址。

因为这条路很少有人有车通过，路上的积雪还很多很厚，加上路本来就不好走。本来5分钟左右的路程我们驱车竟走了有10分钟之多。

当车在路右侧缓缓停下时，在路的左侧，大片的散砖碎灰胡乱地躺在地上，早已没有了一点生机和活力。散落的砖块背后的山丘上，一幅中国地图虽然已不能清楚地看到首都和其他省会的名字，但整个地图的轮廓还十分清晰，那特殊的"雄鸡报晓"图案还是让人一眼就能看出来是中国地图。仔细辨认好久，但我却没能看出地图两边的文字。说实在的，当时我都有点怨恨自己知识的浅薄了。

踢开脚下的积雪，用于房子地基的砖块还码得整整齐齐，清晰可见，依旧见证着曾经发生在这里的辉煌。在散落的大片的砖块前，还有两处痕迹清晰可见。仔细查看一番后，我断定，那应该是原哨所的岗亭和旗杆所在的位置。

"你上来了多久，在这期间你见到过多少人，都和他们说了些什么？"

站在有着清晰轮廓的中国地图的山丘上，我一边四处观望着，一边面带微笑地问带我前来的上等兵小吴。

小吴告诉我："我来哨所执勤今天已经75天了，见到的车辆大概不超过20辆。除了登记驾驶员和车辆的相关信息外，我没有和他们说过任何一句其他的话。今天和你来这儿，特别是能说这么多的话，这是第1次。"

我一时无语。

回来的路上，我不停地提问问题，但每个问题都是十分简单，我想把更多的话语权交给小吴。因为那一刻，我特别愿意做、想做他忠实的听众。

下车时，我看到小吴的脸上洋溢着青春的笑意。通过后视镜，我看到了小吴正用标准的军礼向我们的身影致敬！

三

"山不在高，有仙则名；水不在深，有龙则灵。斯是陋室，惟吾德馨……"这是唐朝刘禹锡在参与朝政革新失败遭贬时写下的一篇著名短文。我不欣赏刘老夫子故意标榜自己清高的做法，但我却对他身居陋室依然有着豁达的胸怀赞叹不已。老夫子身居陋室心怀天下的豪情感动并激励着我。

其实，最初要写这篇文字时，我用的既不是《从地窝子到别墅区》这个题目，其内容也不是要写场区的住房情况。我当时的想法就是要把马兰生活区内官兵的居住条件和以前相比起来写一写。不料想，一进到场区，一看到场区官兵的住房情况，我就禁不住想写点东西。

还是先写写马兰的住房吧。

如今，比起部队组建之初，马兰的住房条件发生了天翻地覆的变化！

举几个例子予以佐证。

军校一毕业我首先来到了汽车团。那时候，在汽车团，所有官兵居住的都是"工"字房（所谓的"工"字房，就是房屋的整体建筑形式就像一个"工"字）。中间长长的走廊，一年四季都是暗的，因为没有安装暖气的缘故，一到冬天更是阴冷阴冷的。居住在"工"字房里，无论是距离"工"字中间位置近的还是远的，谁想上厕所，都要跑到"工"字的中间位置去方便，不管是酷暑难耐的夏季，还是寒风阵阵的严冬，他们都一直这样"坚持"着。

汽车团的"工"字房，有着很多大大的房间。房间里，从最初的大通铺到后来的上下铺，每间房子里一般要住10多个人，最多的时候曾经住过20多人。记得我当兵第1年到汽车团学驾驶时，房子里上铺下铺各住了7人，一到晚上休息时，所有人都要把鞋子拿到走廊里。如果不这样做，屋子里的人就会被脚臭味熏得睡不着觉。可即使这样，屋子里的气味也清新不到哪里去，因为总有个别人不洗脚或仅仅把脚蹭两下就上床的。遇到这种情况发生时，班长总会盘查是谁没有洗脚就上床了，轻则要求洗了脚再上床，重则罚做50—100个不等的俯卧撑。现在想来，真不知道那个时候是怎么熬过来的。

看看现在，昔日的光景早已一去不复返了。4栋漂亮的宿舍楼矗立在广场四周，就像4位身材魁梧的壮小伙，浑身上下都散发出青春的气息。如今住进了宽敞明亮楼房的汽车兵们，三四个人一间房，室内温暖如春，有多功能的木制床，有悬挂衣服的衣柜，还有……

当然，不仅汽车兵如此，每个单位官兵的住房也都有了很大改观。现在，无论走进哪个团站，欢声笑语都回荡在营房的角角落落里。不像原来在红山居住时，要按人口多少分配。那时候，有一个孩子的住小间（12平方米），有两个孩子的住大间（13.8平方米），有三个孩子的住套间（21平方米）。现在想一想，根本就不敢想当年是怎样熬过来的。

2011年，干部不限级别、服役期满12年的士官家属可以随军的红头文件下发后，部队一片欢腾。可欢喜的背后，却是几家欢乐几家愁。因为，随军人员范围的增加，住房紧张的问题很快凸显出来。

为解决服役期满12年的士官家属随军住房一事，基地党委迅速召开会议，拿出具体办法，要求每个单位维修一栋营房作为士官公寓，并在年终时对各单位维修的营房进行评比。通知下发后，各单位积极行动，在最短的时间里对营房进行了维修，并让士官搬了进去。再看如今他们居住的房子，太阳能热水器装上了，明亮的地板能够映出人影，成套的新家具摆进了房间，以至于很多士官居住的房子比起干部来一点都不逊色，甚至还有部分比干部住得还要好。

为了躲避蚊子的叮咬，从场区解大便都需要打"游击战""速决战"，到现在场区每个点号的房子里都安装有太阳能热水器，如同别墅的房子，再也不用到室外去大小便；在马兰生活区里，从官兵最初居住的昏暗的"工"字房到如今宽敞明亮的楼房，从家属院最初的30个平方到现在的80平米；无论在场区还是在生活区，无论是质量还是数量，无论是官兵宿舍楼还是家属院，发生的变化都让我们有着不同的感受……

四

一边是现代化的高楼／一边是原始般的地窖／一个不协调的画面／一个画面的不协调／一个这么矮　一个这么高／高的能挽住流动的云丝／矮的还不及最低的沙包／一个这么宽敞　一个这么窄小／窄小的连半句话也盛不下／宽敞的能把整个蓝天怀抱／一个这么坚固　一个这么简陋／简陋的甚至怕一滴雨的袭击　坚固的能抗击十二级雷暴／……

——摘自孙晓杰的《情愫》

这是我在基地刊物1984年10月出版的第6期《春雷文艺》（这是一期专刊，是为了庆祝基地成立25周年和我国第1颗原子弹成功爆炸20周年）中看到的篇章。作者孙晓杰在组诗《创业者之歌》中这样描述创业初期创业者身居帐篷、地窖，却为孩子们建造现代化的幼儿园的情景。

如果像作者写的那样，30年前的孩子们——现在我们的同龄人，他们都已住上了现代化的高楼，那么现在，与作者笔下的那些与我们同龄的孩子们相比，我们现在所居住的就不仅仅是高楼了，可以当之无愧地说一声——我们居住的是"别墅"。

在参观场区营区的地窝子时，我还顺便观看了工兵人的"营区旧址"。一推开破旧的两扇门的一刹那，一份厚重与凝重从房间里向我袭来，我顿时就被击中了。在它宽大的怀抱里，我仔细地品读着它的点点滴滴。

在上面写有"营区旧址简介"的墙壁上，写有很多文字。摘录部分文字如下："营区旧址主要包括指挥所、地下住房和俱乐部三部分，指挥所主要为平房，经过1989年和1993年两次修建而成，是团首长、团机关工作人员的生活场所；地下住房建成于1989年5月，共5幢；俱乐部建成于1989年10月，是官兵集合集会及娱乐的唯一去处，也是全军唯一的一座地下俱乐部，有图书馆、卡拉OK室、综合娱乐室和健身房等设施……

为了让官兵以及前来的参观者能够回忆起那个年代，工兵团还在北山俱乐部中放置了部分以前施工用过的工具（在这里就不一一叙述了）。这些工具，不仅是那个时代的产物，更是那个时代的见证。它们，见证了从地窝子到别墅区的辉煌发展；它们，见证了官兵脸上露出的开心笑容；它们，见证了一代又一代工兵人艰苦奋斗、无私奉献的赤子情怀。

原始 —— 高楼；

现代 —— 地窖。

一个不协调的画面，

却又协调得这么微妙……

疾驰的背影

因为生在平原、长在平原，再加上当兵前一直都在求学，从未离开家乡半步的缘故，年轻时候的我很少看到除却平原以外的像山地、丘陵或戈壁之类的地形地貌，心里自然也就没有道路难走不难走的概念。如果说非要说一说印象中道路如何不好走的话，那恐怕就是家乡乡村间的小路了。因为每到下雨的时候，路上总是泥泞一片，没有一点干净的地方，一脚踏下去总会将鞋子浸没，骑自行车时更是十次会出现八九次"车骑人"的情况，着实难走得很。

2003年10月底，我出了一次历时40天的差——到四川成都接兵。在成都的日子里，开始我并没有尝试到大凡炎黄子孙都知道的一句话："蜀道难，难于上青天"——尽管我早就知道其意。直到有一天，我和战友到四川的另外一座城市办事，我才真正认识到了这句话的含义，也才真实地体会到道路的艰辛。那时候，虽然我还不知道"蜀道难，难于上青天"这句话出自何处，但我却真真切切地感受到了它的意义所在。想说这些只是个引子，其实我想告诉大家的是延伸在我脚下这片土地上的一望无垠、曲曲折折的路。

这里原本没有路

20世纪80年代，著名女歌唱家关牧村曾经演唱过一首《骆驼》的曲子，她在歌曲中这样唱道："茫茫的瀚海，无边的沙漠，行进着倔强的骆驼。任凭狂风在空中怒吼，任凭黄沙在面前飞落。翻过一座座沙丘，越过一道道沟壑。啊，倔强的骆驼……"

第1次听到这首歌时，我被它深深感动。因为我知道，生长在戈壁瀚海上的骆驼，它们真的很可爱。且大凡在新疆待过一段时间的人们，他们都在这里见到过骆驼。试想，这些倔强的骆驼，它们原本并不可爱，甚至还有些丑陋，可当你在沙漠中，在戈壁上看到它们时，你就不得不为它们的倔强和顽强而产生钦佩与崇敬了。

对这些原本并不可爱，甚至有些丑陋的骆驼产生钦佩与崇敬之情，是因为它们在没有路的情况下踏出了一条路，一条属于它们自己的路，一条属于整个人类的文明之路。

这是我之所以对它们产生钦佩与崇敬的重要原因。

当年，一群群骆驼带领着一批批探索之人、经商之人，从长安一路西行，跋千山，涉万水，在通往西域的行程中踏出了一条举世闻名的繁华之路。于是，一条丝绸之路在炎黄子孙的心里也就存活了很多年。然而，在浩瀚的历史岁月中，这条路早已消失得无影无踪了。现在，当人们绘出当年丝绸之路的路线图时，我们才惊讶地发现，当年的丝绸之路就从我们脚下走过。曾4次来到中亚并撰写了《西域考古记》《亚洲腹地考古记》的英国探险家斯坦因在走过这条道路后这样写道："当我步行或者骑行在这条到处都是死牲畜的干瘪的躯壳和白骨累累的路上时，我不禁想到，过去的行旅们也一定是在这条干旱缺水、荒无人烟的路上跋涉前进的。玄奘在归国途中行经此处时，曾对这条路线做过生动的描述。在他之后，到遥远的中国去的马可波罗和中世纪一些不知名的旅行者也都走的是这一条路。实际上，在旅行的方式方法上，至今仍然没有什么改变……"

在看了斯坦因用"到处都是死牲畜的干瘪的躯壳和白骨累累"的描述后，我们不难想象到这条路的状况。这哪里是路，这里分明就没有路。就是有，也分明是一条通往死亡的路。

与斯坦因同时期来到中国的日本探险家渡边哲信，在1903年也从这条路来到了我们脚下的这片土地，他在文章《在中亚古道上》中这样写道："因为焉耆靠近湖水，蚊子特别多，所以睡觉时必须燃起马粪以驱蚊，即使这样，蚊子还是隔着衣服毫不留情地叮我们，马等牲畜则不一会儿就浑身是血点了。这个地名简直不应该叫作'卡拉夏尔'（即焉耆——译注），而应叫'卡拉萨斯'（日语'蚊等刺'的发音——译注）——这不仅仅是俏皮话。从焉耆往前走，路上到处是水，几乎就像在水中行走一样。幸好中国官员借给我们好多马，重要的行李尚未被水打湿。从焉耆到托克逊的途中，因为断了马料，我们只好吃了5天的汤面条。托克逊是一个常刮大风的地方，一旦大风刮起，可以使4匹马拉的车飞起来。"

我想，从焉耆到托克逊，我们脚下的这块土地是必经之地，渡边哲信所描绘的场景就应该是当时的情景吧——到处都是水，没有人居住，自然条件十分恶劣……

除此之外，来到这里的还有俄国探险家尼·米·普尔热瓦尔斯基，他在1870—1886年在这里多次考察；还有瑞典人斯文·赫定，他在1893—1901年也多次来到这里，并在这里因探险发现到古楼兰城而震惊世界；还有1904 — 1907年德国的勒柯克探险队，1905年美国的亨廷顿探险队，1906 — 1907年法国的伯希和探险队，1908 — 1912年日本的大谷光瑞、橘瑞超探险队。这些探险队有的不止一次来到这里，肆意掠夺大量文物，成箱运往国外 …… 尽管如此，但从他们记述的文字里我们可以知道他们对路的描述少之又少，就是有一些，也都是记录了当时的环境和道路是多么恶劣。

……

我相信，这里原本就没有路。

推土机造就的"搓板路"

一望无垠的戈壁，沟壑纵横的沙滩，茫茫无涯的荒野，在我看来，脚下这块土地上自古就没有路。退一步讲，即使真的有路，在千万年岁月的沧桑巨变中，也早已被掩埋得看不到一丝踪迹了。

犹记得在上小学时看到我国新文化运动的旗手 —— 鲁迅先生说过的一句话："世间本没有路，走的人多了，也就成了路。"当时，我还对这句话没有太深的感受，可到了基地当兵后我才知道，这句话真是一句颠扑不破的真理。因为，我多次在戈壁滩上看到在"庞然大物"—— 推土机轻易地走过后，一条简易的大路就出现在了我们的视野里。为之，我时常在想，难道是先生有先见之明吗？只是他何以知道我们戈壁滩上几十年后的情景呢。思考了许久我方才明白，大抵世间万事万物的道理都是这样的吧！

被推土机推出的路被官兵们习惯地称呼为"搓板路"。推土机过后，茫茫戈壁上留下了一条条平整的路。刚开始时，它的确还算好走，可也就是一两天的工夫吧，这些路面上就会出现许多的坑坑洼洼。车在上面行驶，人在车里坐着，很快就会被颠得难受不堪，叫人直想呕吐。在汽车团工作几年的政治处主任、如今是我直接领导的余志庆，在他的《汽车兵被太阳带走了》一文中这样写道："到煤矿拉煤的汽车兵，早已习惯了自己带菜、自己备水、自己做饭。不管刮风下雨，不管天寒地冻，每每都以天为幕、以地为席，尽情地享受着大自然的馈赠。即使如此，可'沙拌饭''煤拌饭'还是不敢吃饱，不然行进在'车在路上跳，人在车里跳，胃在肚里跳，心在胸中跳'的'搓板路'上，会难受至极的……"

余主任的文字十分形象，十分逼真地道出了汽车兵在"搓板路"行走的艰辛与不适。然而，这不仅是对汽车兵而言，相信每个到过场区、在这条路上行走过的人都会有如此的感受。每每读到此，我就会仿佛又坐回到了行驶在"搓板路"的汽车里。

因为我也对此有着切身的感受。

军校毕业之初，我被分到了汽车团，而且在汽车团一待就是10年。开始的几年里，在基层连队任排长的我多次去场区执行拉煤、运送物资的任务，当然也多次体会到在"搓板路"上行走的滋味。

记得第一次去煤矿拉煤，许是很久没有在野外吃饭的原因，许是兄弟们的饭菜的确做得很香，让我感觉到一切食物都是美味佳肴。那次，我不知不觉中就把肚子吃得胀胀的。殊不知，在返回的路上，我就尝到了余主任笔下的滋味："车在路上跳，人在车里跳，胃在肚里跳，心在胸中跳"，然而，比起他们的感受我还多了一层，那就是"饭在胃里跳""饭在喉咙跳"的滋味。那种滋味，让我现在想起来都不想吃饭。我时常在想，应该把那些经常在餐馆大吃大喝的人，或贪官污吏们拉到戈壁滩上体验一把"搓板路"的感觉，估计他们以后就再也不会这样海吃或浪费食物了。

就是这次特殊的经历，驾驶员事后才告诉我："来场区拉煤，饭一定要吃七成饱，不然会把你颠成'胃下垂'的！"

关于对"搓板路"的感受，不同的人也不尽相同。对于生活在新疆的很多人，或者从内地来新疆生活和当兵的人，他们都会对"搓板路"有着非常深刻的印象。记得有位老兵曾写下这样的文字来形容它："大坑小坑连成片，高高低低赛船颠。吃饭不要食太饱，小心途中落埋怨。"

我想，这不是他一个人的感受，很多到过场区一线，在"搓板路"上行驶过的官兵都会有这样的感受吧。

修路

在看了有关基地的许多资料和在基地当过兵的老战友写下的文字后，我对基地创建之初的路有了一点了解。

一天，中国第1任核司令张蕴钰用手指敲着地图上的两个点，对基地某工兵团2营的领导说："以最快的速度，把这两个点给我接起来！"

2营是工兵出身，但在戈壁沙漠里修路却还是第1次。

军人以服从命令为天职！

2营官兵迅速投入了修路的战斗中。

条件实在太简陋了，2营官兵一投入战斗中就遭遇到了许多困难。

首先是风。一望无垠的戈壁滩，几乎看不到一点绿色，更谈不上防风固沙的绿色植被，大风整天刮个没完没了，细沙一个劲地往战士的眼里灌，往官兵的嘴里灌，往官兵的饭菜中跑，往官兵居住的帐篷里钻，以至于官兵有时候就连晚上睡觉都要戴上口罩，蒙住头睡觉。在戈壁滩上生活过的人都知道，戈壁滩一年一场风，从春刮到冬。春天，乍暖还寒，吹来的风不像内地那样春风拂面。一阵风吹来，料峭的风总会让人寒战一番。开始修路不久，不少战士的身上就有了冻疮，有的甚至还结了痂。可就是这样，他们并没有因为条件恶劣而耽误工程进度。

其次是水，驻地孔雀河里的水氯化镁的含量非常高，苦得不能喝，很多人喝了会拉很长时间的肚子。那时候，从生活区运来的一点淡水，官兵总是先淘米洗菜，然后再洗脸洗脚，最后沉淀下来再用来洗衣服。为了省水，有时候官兵们干脆连洗脸刷牙都省掉了。

最后是粮食。基地组建之初，国家"一穷二白"，又赶上三年困难时期，全国人民都在忍饥挨饿，就连毛主席都不吃红烧肉了，断粮也就成了基地不争的事实。当时，官兵吃饭的碗里常常能照出天上飞翔的鸟儿。饿得实在受不了了，官兵们就到山沟里采榆钱吃，捋榆叶吃，挖野菜吃……榆钱没了，挖野菜；野菜没有了，吃榆皮，为克服粮食带来的困难，官兵想出了各种办法。

可是，对于2营官兵而言，让他们头痛的还远不止这些，最头痛的是他们没有筑路修路的工具。当时，几十把镐头，几十把铁锹，就是2营的全部家当。就是在这样艰难的条件下，300多公里的公路，官兵们硬是靠打红柳枝条编筐，砍榆树树枝做抬杠，做扁担，用混凝土浇铸成几吨重的石碾子，一寸寸地拉着石碾子往前碾压。不像现在，几十吨重的轧路机在上面碾压个三五遍一切就都"OK"了。

时至今日，在基地历史展览馆里，当年官兵用来轧路碾路的石碾子还赫然屹立在馆内的一角，向前来参观的人们讲述着基地组建之初官兵曾经创造出的辉煌业绩。可是，在那个特殊的年代里，就是凭着坚定的信念和这样一副副热量不足的身躯，基地广大官兵从打下第1根标桩起，不到3年，就将首长最初标在地图上的两个小点给连接在了一起。

想想连肚子都填不饱，还能干出如此重体力的工作，还能干出如此惊天动地的伟业，这是何等的一种气魄！

在基地党委的正确领导下，在上级及地方政府的大力支援下，经过基地官兵艰苦卓绝的奋战，到1962年底，基地终于建成了马兰到场区、马兰至红山以及营区内的多条公路；架设了酒泉 — 乌鲁木齐 — 马兰 — 场区的通信线路。

道路"四通八达"了，行车也"如履平地"了。至此，基地机关、团队及其他各单位也终于走出了地窝子。

于是，在祖国的西部，在天山的脚下，一个在地图上找不到的戈壁新村 —— 马兰，悄无声息地出现在了人们面前。

疾驰的背影

"搓板路"变成了柏油路，结束了"晴天一路扬尘，雨天一路泥汤"的历史。可用现在的眼光看，当年的柏油路与现在的柏油路相比起来，那也不在一个级别上。听许多老同志讲，那个时候不仅是基地内部的道路难走，就连从乌鲁木齐到基地的路也同样难走，不像现在不是高速公路，就是一级公路。那时候，从乌鲁木齐到基地需要走上一个多星期。为了将物资拉运到基地，不少汽车兵长年奔波在这条道路上，他们风餐露宿，日夜兼程，把大量的时间消耗在这段行程中，甚至还有不少的官兵让生命在这条道路上绽放出了绚丽的花朵。

后来，为了方便官兵行车，部队在沿途设置了许多兵站或转运站，以方便来往的军车和官兵（我当兵的时候还保留着一些，但已经很少了）。只是随着时代的发展和科技的极大进步，这些兵站和转运站基本上已取消了。如今，为了方便基地官兵、职工、家属等出行，基地开通了发往库尔勒、乌鲁木齐的班车。尤其是乌鲁木齐方向，每天对发的班车，极大地方便了官兵、职工和家属的出行。现在，从乌鲁木齐到基地，行程时间也大为缩短，仅需三四个小时的时间。每天对发的班车，道路质量的极大提升，大大节约了人们出行的时间和提高了工作效率。如今，当天从马兰出发，当天就能坐上返乡的火车或飞机，甚至当天就能回到家中，这极大地方便了官兵的出行和生活。

道路四通八达了，人们的生活水平也显著提高了。

就拿基地内部来说，因为诸多缘故，近几年来，私家车数量也急剧增加。几乎在每片家属区周围，在家属楼的房前屋后，都整齐有序地停放着很多辆私家车。它们或宝马，或奥迪，或长城，或北京现代……就是最不济也是一辆"QQ"车，以至于每每到了节假日，在各单位的过节动员会上，领导总要讲私家车外出需要注意的问题，再三提醒大家驾车外出一定要注意安全……

前不久，在收看基地电视台制作的新闻时，播音员的报道让我大吃一惊：从两年前的200余辆到如今的700余辆，基地私家车正以每月20余辆的速度在增长。

从颠簸不停的"搓板路"到笔直的柏油马路，从宽阔的一级公路到全封闭的高速公路；从自行车到摩托车，从电瓶车到私家车，站在宽广的马兰路上，站在笔直的楼兰路上，望着一辆辆小轿车疾驰的背影，我一时陷入了沉思……

两只鸟儿的对话

　　前不久，陪同儿子到马兰公园玩耍，将儿子放下后，我便挑个地方坐了下来。一边玩弄手机，一边隔三五分钟瞧一眼玩耍中的儿子。

　　突然，两只鸟儿落在我的面前。见它们在我面前蹦来蹦去，没有一点羞涩的神态，没有一丝怕人的意思，我就故意扬了扬手。只是还没等我将手高高扬起，它们就已扑扑棱棱地飞上了树梢。

一

　　不知过了多久，儿子突然向我跑来，嚷道："爸爸，我饿了。"我急忙从包中拿出面包、水杯，一边将面包递给儿子，一边给他倒水。然而，面包没有被儿子吃到嘴里多少，反被他揉得碎碎的，撒得地面上到处都是。

　　儿子跑走了，我又沉浸在手机游戏中。不知不觉中，刚才的两只鸟儿又飞了回来，一边啄食，一边叽叽喳喳。

　　叽叽喳喳的鸟叫声，让我停下了手中的游戏，开始聆听来自鸟类的声音。

　　那一刻，我仿佛听懂了它们叽叽喳喳的叫声。

灰鸟说："这里不但环境好，空气也好，就连人们的工作学习环境也不错，真是太羡慕人类了。"

花鸟说："是呀，你看，这里的人们生活规律，衣着光鲜，黄发垂髫怡然自乐，多么和谐，多么温馨。"

灰鸟说："这段时间，我经常看到很多人在那间大的灯火辉煌的房子里读书学习，里面却安静得连地上掉根针都能听见，也不知道那是什么地方？"

"怎么，你连这都不知道，那是图书馆呀，是专供人类读书学习的地方。在那里，可以阅读到许多书籍，学习到很多知识；在那里，通过读书学习，人类会变得更加聪明！"花鸟骄傲地说。

一边啄食，灰鸟一边喃喃地说："他们真幸福，我要是能够成为聪明的人类，那该是多么幸福的事儿呀！"

听了鸟儿的对话，我一时陷入了沉思：鸟儿羡慕人类，可它们哪里知道基地官兵最初所承受的痛苦。

基地成立之初，广大官兵和职工的文化层次普遍不高，很多人只有小学文化，还有许多人连一天学都没有上过。为了提高官兵和职工的文化水平，基地党委多次号召广大官兵和职工学习文化，学习知识。那时候，没有教室，没有桌椅，人们就在帐篷和自己盖的地窝子里学习；没有笔墨，没有纸张，人们就用树枝在地面上练习。无论酷暑还是严寒，他们把宽阔的戈壁滩当教室，把从包装箱上拆下来的木板涂上墨汁当黑板；没有工具，无法制作，他们就蜷起双腿当课桌……为了提高人们的积极性，基地政委常勇不但带头学，还经常深入地窝子和帐篷督促人们学。在基地首长的带动下，广大官兵和职工清晨来到水渠边学，中午到树荫下或帐篷内学，晚上围坐在自己用墨水瓶制作的煤油灯旁学……

一时间，在基地上下，在官兵职工中间，一股学习热潮如火如荼地展开了。

通过学习，基地官兵不仅在政治思想认识水平上普遍得到了提高，而且在军事技术、行政管理和组织指挥能力等方面也有了很大提高。对文化知识的学习，为保证我国第一颗原子弹爆炸顺利成功，打下了良好的文化基础。

我想，这些恐怕不是鸟儿所能知道的吧。

二

就在我还沉浸在对往事的回忆中时，我突然又听到面前的花鸟对灰鸟说："你听说过基地有关'扁担书店'的故事吗？我可是听我老祖父讲过的。"

"那你能不能也讲给我听听。"灰鸟带着恳求的语气对花鸟说。

看了一眼身边的灰鸟，花鸟趾高气扬地说，在基地当过兵的战友，都听说过"扁担书店"的故事。

1963年，在牧民遗留下的一个半人深的地窖旁，基地第一任司令员张蕴钰指着地窖对杨应乾说："小杨，你就在这里开办书店吧。"望着四处墙壁被烟火熏得漆黑的地窖，杨应乾用木棍支起一顶帐篷就安了家。然而，因屋子太小只能支下一张床，无奈的杨应乾只好又拣土坯支起了木板。白天，他把被子一卷当作书柜；到了晚上，他收了书再当作床铺。

当时，基地正在搞建设，工地较分散，战士们读书学习很不方便。为了方便官兵、职工看书，杨应乾就想到了老家四川的背篓。于是，他就从工地上拣木板制作了一个箱子，然后在箱子上拴上绳子背书到各个工地。这样做虽然很苦很累，但杨应乾却心甘情愿。可是没背几天，麻绳就把杨应乾的双肩勒得肿了老高。到门诊部上药时，门诊部史主任发现了这一情况后，把这件事报告给了来看病的张司令员。

张司令员听说了这个消息，专门到书店看望杨应乾，还问他背得动背不动，肩痛不痛，并叮嘱他以后要少背点，别累坏了身体。首长的安慰与关怀让杨应乾十分感动，他激动地说："战士们在工地很累很苦，需要精神食粮，他们肩上的伤比我的还重，能把书送到战士手中，他们高兴，我也高兴。"

有了首长的关怀，杨应乾工作更加努力了。一次，在送书回来的路上，杨应乾从戈壁滩上砍了一根红柳，两边一刮就制成了一根扁担。再送书时，他就时常用这根扁担把许多书送到各个工地。每次，战士们一看见他来，就会冲着工作的人们大喊："老杨的'扁担书店'来喽！"

还有一次，杨应乾随电影车到场区后，就挑着书一个工地一个工地送。路上，他一不小心跌进了一个芦苇坑，连人带书掉了进去，爬了半天才上来，脸上腿上都划破了……

在杨应乾送书的过程中，遇到风沙是家常便饭，可杨应乾早习以为常了。每次送书回来，杨应乾的头发、鼻孔、耳朵、脖子里，灌的全都是沙子，加上没有水洗澡，成天在外风吹日晒，杨应乾看上去跟个野人差不多。

挑书送书，杨应乾一干就是5年。5年的漫长岁月里，他一个人一根扁担，一个月最多送过20000多册书……

"你怎么知道这么多，我不但羡慕人类，也开始对你有点羡慕嫉妒恨了。"听完花鸟讲的故事，灰鸟叽叽喳喳地说道。

"扁担书店"的故事我也早就听过，也多次听他人讲过，就连关于这个故事的文字我也多次读过，只是我没有想到会以这样的方式再次聆听。

看来，我们应该永远铭记这个故事！

三

"你看到没有，进入21世纪后，随着科学技术的飞速发展，不光我们的生活有了很大改观，不再像以前那样总在草地里啄食了；就连官兵也有了很大变化，不但物质生活有了质的飞跃，而且精神追求也越来越高了。你看，许多官兵学习成才的愿望越来越强烈了，2008年5月落成并开放的图书馆就是最有力的证明……"在距我不到5米远的地方，花鸟一边啄食一边对灰鸟说。

听着花鸟的讲述，我抬头向北方望去。眼前，一座美观大方的现代化图书馆展现在我的面前，为浓郁的文化氛围又增添了浓墨重彩的一笔。

漫步走进图书馆，查阅图书馆的相关介绍，我知道了馆内藏有图书50000余册，主要设有社科阅览室、科技阅览室、报刊阅览室、电子阅览室、自修室和互联空间。其中，一楼为社科类图书和工具书，二楼为科技类图书；公共阅览室内主要是期刊和报纸。与图书管理员聊天了解后得知，图书馆主要采用藏、借、阅一体化服务，公共阅览室内有各类期刊560种，报纸70种。广大官兵、职工、家属不但可以免证阅览，还可凭证借阅。种类繁多的报刊图书，不但满足了官兵日常的学习需求，也解决了马兰人读书难、看书难的问题。每天，前来看书的人络绎不绝：有找考研复习资料的，有阅读文学书籍的，还有军嫂们专门学习烹饪知识的……室内，上至七旬老人，下至十几岁的学生，在这里尽情地享受着精神食粮带来的享受。

看到这一幕，我突然想到发生在基地某站有关官兵学习方面的一些情况。单位的任务性质决定了连队的分散点号多，且还大多远离机关。基层官兵长年驻守荒漠戈壁，官兵业余文化生活单调，有的点号上的官兵平时想看上一本好书、新书都很困难。为了解决这个问题，该单位组织官兵自己动手，为8个分散点号制作了便于携带、藏书量大的流动图书箱，并为每个流动图书箱配置了平均价值500元的图书。这些图书中，既有介绍专业知识的，又有提高文化层次的，还有普及高科技知识的，可以说种类齐全，经济实用，不但受到了官兵的一致欢迎，许多官兵还把它叫作"无言的老师"。

走在回公园的路上，我想起了2013年断断续续地到场区几次值班的情况。让我没想到的是，每去一次场区，不同的变化都让我有不同的感受。在一个只有3人的小点号里，一位战士告诉我，他们那里先后添加了"笑脸墙""成长进步墙""文化学习墙"，更令他们欣慰的是，单位还为每个点号增添了一个书柜。看着书柜上摆放的一本本书籍，还有文化学习墙上粘贴的读书心得，我不禁为他们高兴起来。我想，茶余饭后，他们再也不用对着空旷的戈壁滩扯着嗓门大喊了，再也不用在熟悉得不能再熟悉的、走了成千上万次的小路上来回踱步了；他们可以尽情享受文化带来的欢愉，可以在知识的海洋里尽情地遨游，在其中品读大千世界，与心中的偶像，与故事中的人物同悲同喜、共诉衷肠了。

在场区值班时，我还碰到了一月一次的流动图书车（一辆将里面的座椅去掉，改装成两排书架，并在上面放满了书的依维柯车）。碰巧的是，我和那天流动图书车的两位工作人员都较熟悉。为了体会流动图书馆的作用，为了感受场区官兵的学习情况，我特地要求跟随他们到各点号转一转，不料他们竟爽快地答应了我的要求。

车轮在高速地旋转着，依维柯在城区路上飞快地奔跑着。在场区的各个分散点号，每当车辆一停下来，点号的官兵就把依维柯围个水泄不通。车厢内，他们或静静地翻阅着，或热烈地讨论着……有的一人都借阅好几本。每次看到那热闹的场景，都让人感受至深，难以忘怀。

流动图书车的运行，使分散点号的官兵每天都有了书读，每天都能读到好书。跟随他们跑了一个中午，我浑身像散了架一样。但是，每次看到官兵们拿到书时幸福的样子，我顿时感到疲惫在瞬间就荡然无存了。

看到如今官兵学习是如此的方便，再联想到基地组建初期官兵读书、学习时的艰辛，我不免心中感慨万千！脑海中突然就想到了西汉时期的一个典故：

西汉著名学者匡衡，出生在农民家庭，家庭生活十分贫困。虽然他从小就渴望读书学习，可父母却没有能力供他上学读书，甚至连书本都买不起。无奈，匡衡只好向别人借书来读。一天晚上，匡衡在睡前想读一会儿书，但苦于家中穷得连油灯都点不起，根本没法读书学习。正当匡衡发愁时，他忽然发现有微弱的光从墙壁缝隙中透过来。原来，这是邻居家里油灯发出的亮光。于是，匡衡赶紧用凿子把缝隙凿大，然后就倚在墙边，利用微弱的光认认真真地读起书来。在后来的日子里，匡衡多次借助邻居家的灯光埋首苦读，最终成了著名的学者。

"书中自有颜如玉，书中自有黄金屋"，古人早就认识到了这一点。这句话不但是对书本的升华，也是对学习最好的诠释。一代伟人毛主席每次外出，身边也会带上很多书。有一年夏天，毛主席坐车到武汉，在"火炉"里依旧每天晚上坚持看书学习，汗水不断地顺着他的脸颊往下淌，但他却风趣地对身边的工作人员说："读书、学习，也要付出一定的代价，流下了汗水，就学到了知识！"

四

两只鸟儿还在不停地啄食，只是让我感觉到它们叽叽喳喳的叫声比啄食的时间还要长一些。见我走来，他们扑棱棱地飞上了树枝。只是还不等我坐稳，它们就又飞了下来，好像是在询问我参观图书馆后有什么收获。

坐在原来的凳子上，我努力地回想着这几年自己经历的事情。

2011年，为繁荣马兰文化，基地举办了第一届文学笔会。作为与会的组织者，我有幸见到了仰慕已久的、新疆作家协会的几位老师。当我怀着一颗求学的心向自治区原作家协会常务副主席赵光鸣老师请教时，他谦逊地对我说："文学没有什么请教不请教的，重在读书，重在学习，重在交流。10个人写同样的一件事，就会有10种不同的写法，所以你要和其余9个人交流，要向他们9个人学习，把他们的长处吸收过来为自己所用……"赵老师很健谈，特别是和他谈论文学时，他活泼得就像个年轻的小伙子，聊起来没完没了。他的话语是那么亲切，那么富有诗意，让人听后感觉就是一个慈祥的老者。赵老师还对我说，写作是和读书学习分不开的，不管有多忙，你都要抽出一些时间学习，只有这样，你才能在写作上有更大的成绩……

图书馆、阅览室、互联网空间、读者服务部、新华书店、文化长廊，基地的文化氛围、学习环境不断地在发生变化，也越来越多地影响到基地广大官兵对知识的探求。

记得2013年我到某团下连当兵时，看着战士们每天忙碌的身影，我当时产生了很大的好奇：他们是靠什么信念来支撑繁重的体力劳动的呢？一次，与战士小王聊天，我从他那里找到了答案。小王告诉我："我们以前的娱乐项目仅限于甩够级（山东的一种扑克打法，一般是6人用4副扑克来玩，也有用6副扑克的）、看新闻、打篮球，看似风风火火很热闹。其实，精神层面很匮乏，以至于现在很多人缺少中华人民共和国成立初期时的那股精气神！后来这个问题引起了领导的重视，团里为我们购置了大量图书，有经济类的、科学类的、种植类的，还有文学类的、哲学类的等。战友们从中汲取营养，不断充实自己的大脑！知识学多了，思想认识也就提高了，看问题的角度也就不同了……"

听小王这么说，我突然明白了其中的缘由，原来是精神食粮让他们有了强大支柱。

两只鸟儿已不知什么时候飞走了，可它们叽叽喳喳的叫声却还在我耳边响起。那一刻，我想，书本身是不会说话的，但它却给人们传递着一种无声的语言。阅读，填饱了我饥饿的肠胃；知识，弥补了我的不足；学习，丰富了我的人生……通过读书，不仅让我享受到了学习带来的无穷乐趣，也感触到了"书中自有颜如玉，书中自有黄金屋"的美妙。

说了这么多，我想，在一个娱乐至上精神缺席的时代，把读书学习当作人生中一项最伟大的事业看待，也应该不算过分吧。

繁星点点映亮了天

"哐哐 …… 哐哐 …… "锣鼓声一阵接着一阵，不停地在耳边鸣响，把围观的基地官兵、职工、家属的耳朵几乎都要震聋了 ……

这是2014年春节，广场上某团正在表演威风锣鼓的现场。

"哧哧 …… 哧哧 …… "一朵朵烟花爆竹腾空而起，似天女散花，姹紫嫣红；似神仙遨游，千娇百媚 …… 围观的人群脖子都仰疼了，可还是舍不得低下高昂的头颅；睁大的双眼都酸痛了，可还是舍不得眨上一下，都还一直死死地盯向空中。

这，是基地正月初五晚上的烟火晚会现场。

……

由于诸多原因，春节期间，像威风锣鼓、秧歌高跷、龙狮舞等传统文化节目表演，已有好几年没有在基地广场上进行了。

刚当兵的那几年，每年都能看到这些节目，当时看多了感觉还挺乏味的。可这几年一下子都没有了，就又开始怀念它们了。

怀念这些节目的同时，我也怀念基地官兵最初的文化生活。于是，就有了想写写它们之间的差异的想法。

一

说起基地组建之初那段难忘的岁月，当时的文化生活与现在相比，是不可同日而语的。毫不避讳地讲，那时的文化活动是单调的、匮乏的。在那个特殊的年代里，我国人民的生活水平普遍低下，没有电视，没有计算机，没有网络，人们天天就是上班、下班，过着单位和家"两点一线"的生活，生活中似乎再也没有别的什么事情可做。从那个时代"走"过来的人，每当回忆起那个时代的人和事，恐怕最难忘记的要数看电影了。而且，似乎每个人都在看电影这件事上发生过这样或那样让人难以忘怀的故事。

不难想象，那个时候，能够看一场电影，恐怕是人们精神生活中的最大享受了。

《"零时"起爆》一书中就这样写道："研究所定点红山之后，'天建'和'兰建'的职工首先打破了红山的寂静，不到两年时间，建起办公大楼、试验室、宿舍、饭堂、学校、幼儿园、服务社、澡堂、医院、工厂厂房、锅炉房、'天然'自来水塔，铸就了一个独立的小世界；但是，20世纪60年代，没有礼堂，也没有电影院。开大会，在办公大楼前面的广场，自带一个小凳子；偶尔放电影，不管天寒地冻，露天照放不误。在红山，这是最高的精神'享受'了！20世纪60年代，连一台半导体收音机也不多见，一个月的工资，不吃饭也买不到一台。政府每个月给吕敏几十元专家补贴，但他一直都没有动用。一年下来，他把积攒的二三百元拿去买了一台半导体收音机，让大家共享。可电视机，大家连看都没有看过。"

部队看电影，有着非常好的习惯。每次电影开演前，连队都要组织官兵拉歌。拉歌一般由连队指导员指挥，但有时也由声音洪亮、乐感强的拉歌员组织。

譬如，在看电影前经常听到类似的拉歌声：

"一连的，来一个！"

"来一个，一连的！"

……

"一连的来了没有？"

"没有！"

"一二三四五，我们等得好辛苦。"

"一二三四五六七，我们等得好焦急。"

"一连的歌唱得好不好？"

"好——！"

"再来十个八个要不要？"

"要——！"

"一连的来了没有？"

"没有！"

"不来行不行？"

"不行！"

"呱唧呱唧！"

随着掌声有节奏地响起，这个时候，在相互拉歌的连队中，总会有一个连队率先唱响一首军旅歌曲。一看到对方唱歌了，还没唱的一方也会立即组织队伍唱起来。这时，先唱的一方就会停下来再进行拉歌，对方也会停下来回应。如此反复下去，拉歌的声音以及歌声的此起彼伏，极大地渲染了现场氛围。

此时，这种场景是相当壮观的。

为了能够把对方压下去，很多官兵的嗓子都喊哑了。可就是这样，官兵们却都认准了一个理，就是嗓子喊哑了，也不能在拉歌上输给对方。

看了电视剧《国家命运》后，相信很多人都对剧中邓稼先他们看电影的片段有深刻的印象。核武器研究院里，邓稼先、胡思得等人正在分析数据，窗外的场地上却放起了电影，引人入胜的电影情节干扰得人们都工作不下去了。看到这种情况，邓稼先就想出了一个办法。他把办公室里的人分成了6组，大家分组轮流去看电影，然后按照看电影的先后顺序回来后讲给大家听。可想而知，一部不长的电影，就这样被他们看成了连续剧。

不同的人，不同的感受，不同的观点，不同的讲解，我想，一部电影的内容，对于他们来说该会有多么丰富啊。

听在基地工作过的老同志讲，这样的事情一点都不稀罕。那时候，为了能够看上一场电影，经常是夏天被蚊子叮咬得浑身是包，而到了冬天又常常被冻得如同筛糠一般。尽管如此，但那时候大家的兴致很高，每场电影依旧看得津津有味。有时一部影片看了很多次，还依旧"冬看三九、夏看三伏"，大有百看不厌的劲头和气势。

部队看电影，基本上都要在放映前拉歌。而农村的情景却不是这样。我记得，在20世纪的七八十年代，在农村不管谁家遇到红白喜事，左邻右舍都会极力怂恿主人放一场电影。如果主人答应了，或者有亲朋好友给送了一场电影，那周围的人们就会对主人另眼相看。毕竟这不仅是财力的象征，也是脸面的问题。一听说主人家有电影要放，很多人都会高兴得跳起来，盼望着放映员能早点到来。似乎只有这样，人们才可以把心装到肚子里一样。

等到放电影的日子到了，大人一般都会早早地做饭，然后一起和孩子三下五除二地把饭吃完，就拉着孩子去放映场地了。还有一些着急的孩子，不等父母做好了饭，就把凳子拿到了场地上，捡个好地方把凳子一放，再在凳子周围用粉笔或白石灰画个圈，才肯放心地回家。记忆犹新的是，因为看一场电影，几乎每场总有争吵不休的，更有甚者，因为占地方而大打出手的也基本上每场都有。那时候，人们看一遍总嫌不过瘾，一些青年还会买来整包的香烟塞给放映员，要求他再放一遍；更有甚者，还有一些人从家里拿来一些花生、瓜果之类吃的东西送给放映员，用哀求的眼神请求他给人们放第三遍，第四遍……不可思议的是，有时候东方都出现了"鱼肚白"，荧屏上都看不清画面了，人们还不肯罢休。

现在说起这样的事情，听起来似乎很不可思议；现在看当时发生的许多事情，很多人，尤其是21世纪的年轻人都会觉得特别好笑。可在当时，这的的确确是人们生活的一种真实写照。

近年来，为了活跃官兵的业余生活，进入5月后，基地每年都会在广场上组织放映露天电影。虽然是露天电影，但与基地组建之初的放映露天电影已有了很大差别。如今，人们看到的在基地礼堂正门前摆放的LED屏，是一块高5.82米、宽10.67米的电子屏幕。屏幕里的人物画面，比起真人还要大上许多。与昔日看露天电影的情形相比，这阵势可是相当的壮观。

看吧，还不等电影开始，三三两两的人就来到了广场。有老人推着孙子的，有年轻的父母牵着自家小朋友的，还有恩恩爱爱的小夫妻手拉着手的……人群中，刚上小学的孩子，有的在骑车，有的在溜冰，你追我赶，好不热闹。还有广场两侧卖儿童玩具的，总是被一群小朋友围得严严实实。

每天晚上，广场上的人真不少，可我发现，很多带着孩子的爸爸妈妈、爷爷奶奶，他们根本没有把心思放在电影上，他们的眼睛总是在随着孩子的身影不停地晃来晃去，随时观察着孩子的一举一动，生怕孩子有什么情况发生。我知道，之所以会这样，原因有二：一是家长对孩子都很关爱，所以才时刻关注孩子；二是人们的确看过很多电影，不是什么大片或经典之作，已很难吸引人们的眼球。我仔细观察了多次，每场电影看得最认真的是一群穿着不太讲究、多少还有点邋遢的人。后来问了才知道，原来他们是在基地搞建筑的临时工人。

怪不得如此！

二

马兰广场。

1962年的大年初一，官兵和职工都集中在这里进行团拜。团拜一结束，广场上顿时就热闹了起来，司令员张蕴钰、政委常勇一同和官兵们玩起了游戏。

广场中间摆放着香烟、瓷杯、茶碗等各种玩具和用品，周围围着一大群人。不管是官还是兵，甚至是职工，人们一个个用竹子编成的圈往各种玩具和用品上扔，一个一个地挨着来。不管是谁，只要套到了，也不管是什么东西，这件东西就归他了。当时，张蕴钰司令员、常勇政委也和人们一起套圈，每套到一样东西，他们高兴得比官兵职工还乐。整个广场上，到处都呈现出一派热闹非凡的过年景象。

我不知道后来是不是每年都这样组织，但我知道，最近这几年的春节，基地广场都是要组织游艺活动的。

每年的大年初一到初五，基地广场上都是熙熙攘攘、人满为患。由各单位组织的广场游艺活动，不但会吸引诸多的官兵、职工、家属和小朋友，还会招来军营外的很多老百姓。大家兴高采烈地参加各项活动，或猜谜、或套圈、或钓鱼、或欣赏不同的节目，各得其所，不亦乐乎。

在我看来，对于基地来说，一年里最为热闹的莫过于这几天。平日里，人们都各忙各的事情，难得手拉着手，肩并着肩，一家老少一起出来一次，可这时却不一样了。大家都有一种身心上的放松，都享受着生活及亲情带来的惬意，完全沉浸在节日祥和宁静的气氛中。那情那景，才真是让人流连忘返，目不暇接，从内心深处发出一种喜悦之情。

2008年，为纪念基地组建50周年，一大批自基地组建就来到这里或在基地工作多年的老同志，被基地党委和广大官兵邀请，再次踏上了这片曾经战斗了多年的热土。再次回到这里，他们顾不上一路的奔波劳顿，上场区探寻故地，下连队看望官兵；参观试验旧址，浏览基地新貌……看到基地近年来蓬勃发展的文化事业，无不为之激动万分、热泪盈眶。

看到马兰电视台诸多的电视节目时，当年曾被人们称作"张三号"的老司令员张志善动容地说："当时在马兰，只有大收音机才能收到广播，效果还不好，连队配发的那一些小机子根本就收不到。有一年，聂帅来了，知道了这个情况，给我们批了40万，就建起了一个广播差转台。没多久，有人说差转台目标明显，不符合保密要求，就给扒掉了。后来，又同意恢复。在那个时候，基地就产生了建电视台的想法，可当时基地家底薄，常委们还是决定，拿出80万，建设自己的电视台，并安排一名副司令总体负责，技术人员大多是从通信总站调来的，资金到位了，人员配齐了，电视台就算建起来了……"

老首长的一席话，让在场的很多人无不为之动容。在感叹基地创业者的艰辛与不易的同时，人们更是深深地感受到了现在美好生活的来之不易。

的确，与20世纪七八十年代相比，现在不但部队的各种条件发生了很大变化，就连官兵对文化的追求也发生了很多变化。他们，不但对文化生活的需求越来越高，对文化给生活带来精神享受的要求也越来越高。

马兰电视台第六任台长宋庆海说："刚当兵那会儿，我在基地俱乐部放广播，全国新闻联播必须转播，每到放新闻我就紧张，全是杂音，效果非常不好，我就顺着礼堂楼房顶拉了一圈铁丝当天线，可还是不行。后来有了广播差转台，又有了电视台，广播声音清楚了，又有电视看了。可以说，当时大部分人都是第一次看到电视。每到晚上，人们像过大年一样坐在电视机前面，享受着电视节目带来的乐趣和欢笑……"

听完宋台长的话语，再看看我们现在看的电视，我想，会有更深的感受。

现在，不管是回到家里，还是远在几百公里外的场区哨所，只要一打开电视，不但可以浏览到100多个标清频道的节目，还可以看到10多个高清频道的节目。比起昔日的"雪花点点"，比起昔日那种想看电视总要"挂块肉"（每次看电视都要用手摸着天线，被官兵戏称为"挂块肉"）的情况，我想，不管是标清还是高清，恐怕都会让人有难以忘却的不同感受吧。

三

2012年，基地研究所四室许多老同志回基地参观，在采访"核大姐"

胡志丽时，她对我说："基地成立之初，除了打篮球、看电影等最基本的活动方式外，几乎没有什么别的娱乐活动，像什么交谊舞、合唱团，根本想都不敢想。后来，张爱萍将军安排人员组织舞会，可刚开始时，既没有舞曲，也没有人会跳……晚饭后，人们经常到去门诊部必须经过的那座桥边读书散步，桥上桥下留下了我们很多欢声笑语……"胡阿姨的话我是相信的，她提到的那座桥至今仍在，而且现在叫"美人桥"。只是当我问起他们"美人桥"的来历时，他们却都不知道。其中一位阿姨告诉我，是一位《中国军工报》的记者到红山采访，晚饭后看到四室的一位女科技工作者在桥上的灯光下看书，灯光下的女科技工作者专注的神态和美丽的容颜打动了记者，记者就在自己的文章里给这座桥命名为了"美人桥"。当时听到这位阿姨这样说，我还为这座桥名字的由来竟会有如此美丽的故事而感到高兴不已，可在电话连线了阿姨提到的故事中的当事人后，我却没得到一点点肯定的答案，他们都否认了那位阿姨提到的情景。后来，我又询问了很多人，还查阅了大量资料，才知道"美人桥"的来历：作家苏方学到红山采访，见到很多青年男女在此读书学习，散步休憩，才为此桥起名为"美人桥"。

我不知道胡阿姨提到的交谊舞在基地是什么时候流行开来的，但我知道，我刚刚当兵那会儿，我们单位就把一间大的工作间改造成了卡拉OK室。一到周末时间，单位很多人就开始在里面跳舞唱歌，高分贝的"噪声"能传出很远，那劲头可比现在唱卡拉OK的人们要高多了。

再说球类运动，一直以来都是基地官兵重要的活动内容之一。时至今日，"马兰杯"篮球赛已举办了30届。

我不知道"马兰杯"篮球赛开始于何年何月，但说起有关篮球运动员的事情，还有一段佳话呢。

基地成立之初，为了丰富官兵的文化生活，基地第一任政委常勇指示：要通过开展群众性文化活动，活跃文化生活，鼓舞士气……一时间，基地上下开始自己动手修建球场，自制球架。

相对于其他运动来说，篮球更容易被青年，尤其为广大官兵接受。为了使篮球运动蓬勃发展，反映部队的精神面貌和斗志，基地专门成立了"篮球大个班"——在新兵连海选身高1.85米以上的人员。那年，从初选的100名到复选的60名，再到后来的40名，被挑选的队员经过了好几道关口的检查。在经过了3个月的新兵训练和近半年的篮球基本功训练后，40名预备队员最终只有15人被确定为正式队员（2018年10月，当年的老队员们出版了《蘑菇云下篮球故事》，作为礼物送给基地，以贺基地组建60周年）。

也就是在那个时候，一份没有被常勇政委正式签发的文件在官兵中广为流传："大个班"表现好的队员可以提干。

这是多么高的荣誉啊！

怪不得基地的篮球事业会有如此蓬勃的发展。

还记得我来基地的第一年，基地后勤部篮球队当时就住在我们连队。当时，我们同在一个院里，我们住北侧，他们住南侧。彼此的起床哨声、打闹声、嬉笑声都能听到。因为当时我在炊事班，一到上班时间，因为连队的人都到了各自的岗位上，整个院子里就剩下我们炊事班的以及篮球队的队员。透过窗户，我经常看着他们压杠铃，练举重，做迅速短跑训练……烈日下，肆虐的汗水顺着他们的脖子一直流淌，背心也时常被汗水浸透，但他们却没有一个人叫苦叫累。只是在每次的训练结束后，总能够看到有几个人肆无忌惮地躺在门前的操场上，踢他们几下连一点反应都没有。

那年，他们在基地的"马兰杯"篮球赛中拿到了第二名的好成绩。按理说，他们应该高兴才是。可是，那天晚上他们有好几个队员都喝高了，抱起来又是哭又是闹的，吵得我们半宿都没有睡好觉。后来才知道，他们是因为没有取得"马兰杯"篮球赛的第一名。

当时，我很是不理解。不就是一场篮球赛吗，至于如此吗！

在现在看来，当时是我想得过于简单了。因为我不知道这项活动还关乎一些人的命运。殊不知，他们中的好几个人竟然还真的是因为打篮球提干的。

四

现在，基地的文化活动不止在春节期间，广场上的文化活动更不止在春节期间，而是一年四季都有。

现在与以往相比，文化活动的开展真是发生了天翻地覆的变化。且不说年初广场上的游艺活动吸引了多少人，就看刚刚装修好的文化活动中心，就可想象到其情其景了。文化活动中心里，不但有儿童娱乐室、健美室、台球室、卡拉OK室、书法摄影展厅，还有可与全国同步放映的3D影院。每到周末，官兵、家属、小朋友都会汇集在这里，或看看电影，或玩玩游戏，或打打扑克，或唱唱卡拉OK……大人们玩得津津有味，孩子们玩得不亦乐乎。就连军营外的一些孩子，有时候也会来到这里，尽情地娱乐一把。

到了每年的四五月，基地在广场举办的消夏晚会，着实吸引了不少人的眼球。每到周末，人们就早早地吃完晚饭，女人浓妆艳抹、男人衣着光鲜地涌到广场上。他们中，有的人在认真欣赏节目，有的人在时刻关注自己的孩子，有的人仿佛来了就是为了与人唠嗑，有的人纯粹就是来消磨时间……一时间，帅哥靓妹摩肩接踵，老翁老妪步履矫健，众多孩童疾步奔跑……热闹景象让人目不暇接。

值得一提的是，2013年广场上的消夏晚会，打破了以往每个单位表演一场的传统习惯，而是改为了"马兰好声音"的模式。这一灵活新颖的方式赢得了基地各单位和广大官兵的积极响应。听组织者介绍说，最初的报名者有近300人，几场海选才确定了前48强进入最终的赛事……

在"马兰好声音"演出过程中，有一个情景很是让人难忘。一天晚上，当比赛进入高潮时，主持人突然邀请一位在基地打工的中年男子走上了舞台。事后询问情况才知晓，原来是这名打工者听说基地举办"马兰好声音"后，一直感叹自己知道这个消息太晚，没能报上名。他找到活动组织者，主动要求演唱一首。于是就有了主持人邀他上台的一幕。那天，他为大家演唱了一首《父亲》，浑厚的歌声的确震撼了全场。我想，他要是报了名的话，说不定还真能整个名次呢！

还有基地的体育馆、羽毛球馆、游泳馆，以及新建的运动场。几乎每天晚上都是人山人海，人满为患。

由于不爱好运动，我一般也就只打打羽毛球而已。然而，去了好多次，我都未能如愿。场馆里的人真是太多了。

2013年，我有幸两次到场区值班。在场区一线，利用闲暇时间，我转悠了部分点号，了解到了场区官兵文化生活的点点滴滴。

场区点号很多，有的点号多则十几人，少则两三人。各个点号不但人数不尽相同，就连业余文化生活的方式方法也各有千秋。引用基地首长的话讲，那就是懂得"激情工作，快乐生活"。

说起场区官兵的业余文化生活，不可谓不单一。在场区一年到头一场风的残酷现实面前，室外的娱乐活动基本上是多余的，羽毛球更是一年到头也打不了几次。倒是篮球，成了人们的最喜爱、最经常的活动。而室内活动，最受人们欢迎的当属"54号文件"了。"斗地主""打保皇""双扣""够级""跑得快"等，是官兵们乐此不疲的活动。人多了玩"够级""双扣"人少了玩"斗地主""跑得快"。除此之外，某单位上士文冰还想出了另外一种娱乐方式：把用来下跳棋的玻璃球拿出来，组织大家玩耍。他们在室外的空地上挖个小坑，再在离小坑3米开外的地方画一条横线。玩的时候，每个人都站在横线以外。将食指稍弯，将大拇指放在食指第二关节，将玻璃球放在大拇指指甲盖前，用大拇指和食指的摩擦力把玻璃球弹出去。每次，玻璃球必须先弹进小坑，然后再拿自己的玻璃球撞击对手的玻璃球。如果撞上了，对方的玻璃球就成了自己的战利品。每人10颗玻璃球，输完结束游戏。开始玩这种游戏的人较少，可时间不长，小小的玻璃球对抗赛就在场区盛行开来，很多点号都采用了这种办法来丰富匮乏的业余文化生活。

一次，与从山东济南入伍的1998年度战士刘洪亮聊天，他告诉我说："以前的娱乐叫不上娱乐，周末和节假日时间大家也就是打打球、下下棋、玩玩扑克……那时候电视还看不上。而且，每次看完新闻，基本上就与电视无缘了。战士探亲回来都要带一些CD、VCD，有时候干部下去也会从网上下载一些电影，带回来给人们观看。那时候，更多的是每天晚饭后站在地窝子门口，露出上半个身子看老兵打篮球，听着他们不停的叫声、吼声、笑声，那氛围、那感觉也是挺不错的……"

以前，因为地域和气候，场区很多娱乐活动都进行不成。但是，在这样艰苦的条件下，基地官兵并没有向困难屈服，他们运用聪明的大脑，积极出主意、想办法，丰富自己的文化生活，把单调乏味的日子依旧过得五彩斑斓、有滋有味。

"不过，现在好多了。场区建成了室内运动场。像篮球、羽毛球、乒乓球等活动都可以在室内进行了。每天晚上到室内运动场活动活动，感觉挺爽的……"

听完刘洪亮的话语，我也来到了场区室内运动场。只是在进去后我才发现，在运动场内活动的人还真不少。1800平方米的场地上，不仅有篮球场地，还有多个羽毛球、乒乓球、台球设施。看着挥汗如雨的官兵，那一刻，我禁不住感慨万千。

五

千门万户曈曈日，总把新桃换旧符。

又一年的春节到了。威风的锣鼓再次响彻了广场，花红柳绿的秧歌队也款款地迈步走来，还有各单位的游艺活动，再次"霸占"了广场，震耳的音乐又在广场上空炸响……

广场上，再次聚集了诸多的人。

……

又到了每年的农历正月初五。

又一个繁花似锦的夜，漆黑的夜空再次被五颜六色的烟花所映照。繁星点点映亮了天。

夜，彻底大亮了。

第三辑　担当的力量

在马兰小城，在核试验场区，

有这么一群人，

他们，艰苦奋斗干惊天动地事，无私奉献做隐姓埋名人；

他们，在奉献中勇于坚守，在坚守中敢于担当，在担当中善于创新……

担当，是一种品质，也是一种境界，更是一种力量。

有一种力量叫信仰

从场区一路走来，看到试验场区的艰苦条件和官兵们忘我奉献的精神风貌以及高涨的工作热情，我受到一种强烈的震撼。我被深深地打动了。我禁不住多次询问自己：是什么原因让那些科学家们放弃国外优越的生活条件，毅然回国为中华人民共和国的科研事业做出贡献；是什么力量支撑科技工作者和广大官兵在异常艰苦的条件下忘我工作，献了青春献终身，献了终身献子孙；又是什么动力让将帅、科学家、指战员和军工们并肩作战，创造出惊天动地的伟业……

在试验场区一线，面对老营房上还依稀可见的标语、口号，在感受着从前老一辈科技人和现在官兵无私无畏的工作精神的同时，我终于找到了答案：有一种力量叫信仰。这是他们对共产主义理想的信仰，对民族的信仰，对中国共产党的信仰。这种信仰，融入了众多元素，不仅有真挚，有忠诚，还有无怨与无悔。

1950年11月，美国将原子弹运到停泊在朝鲜半岛附近的航空母舰上，并进行了核模拟袭击。美国上将麦克阿瑟扬言要在中朝边境上建立核辐射带。

1954年9月12日，美国参谋长联席会议建议美国直接向中国内地投掷原子弹。

1955年3月15日，美国国务卿杜勒斯说："如果台湾海峡发生战争，美国准备使用战术核武器。"

在对我国实行经济封锁的同时，美国不断派飞机侵入我国，侦查我国导弹、原子弹的建设和发展。

无论是哪一桩，哪一件，美国都摆出了一副盛气凌人的样子；而且，这一桩桩、一件件中的任何一桩、任何一件，对中华民族来说，都是一种毫不掩饰的威胁和讹诈，都是一种耻辱。

纵观历史，自20世纪50年代以来，以美国为首的西方国家疯狂地挥舞着"核大棒"，对无核国家和地区进行赤裸裸的核威胁和核讹诈。残酷的现实，使年轻的共和国不得不铸造自己的核盾牌。然而，此时的中国不但极为缺少这方面的人才，就连现在热闹非凡的罗布泊，在那个时候亦是一望无垠的茫茫戈壁，没有一丝云烟，没有一点声息。

对于这片土地，历史上有许多描述。《楚辞·招魂》中云："西方之害，流沙千里。"《山海经·西山经》中称："西水行四百里曰流沙。"史书中记述，此地"乏水草，多沙卤""其地崎岖薄脊"。东晋高僧法显在《佛国记》中记载："上无飞鸟。下无走兽。"到了元朝，意大利人马可·波罗描述此地，"沿途尽是沙山沙谷，无食可觅，禽兽绝迹"。他还写道："行人夜中骑行渡沙漠时，因故落后，迨至重行，则鬼闻鬼语，数次使其失道，由是丧命者为数已多。"到了唐代，边塞诗人王翰曾经用这样的苦吟悲唱描述这里："葡萄美酒夜光杯，欲饮琵琶马上催。醉卧沙场君莫笑，古来征战几人回。"到了近代，就连西方的探险家也在这里悲号："这里不是生物能插足的地方，而是死亡的大海，可怕的死亡之海。"之所以这样，是因为他们看到了漫天黄沙飞舞的流沙现象。风起处，只见遍地沙子像河水一样急速流动，人也随着沙河漂移。风大之时，大有

把人卷走之势。

然而，就是在这样的条件下，在中华人民共和国成立不到10年，中国人民刚刚站起来当家作主的时候，一大批科技人员毅然决然地从国外回到祖国，来到荒无人烟的茫茫戈壁——罗布泊，并在这里安营扎寨，开始了中国人民在核道路上勇于求索、敢于攀登、善于创新的新征程。

1950年，当在英国工作的程开甲教授从报童激动的叫喊声中听到中华人民共和国炮击了英国的军舰"紫石英"号后，他立即做出了决定："回祖国去！"就是他，在回到祖国后来到天山深处的一座平房里一待就是20多年。这20年里，他一直隐姓埋名，不为人知。

钱学森，这位著名的"两弹一星"功勋，1950年以探亲名义归国时，一位美国军官毫无顾忌地说："不能放走这个家伙，他比5个师的力量还要强大。"经过中美多次严正交涉，钱学森最终才得以安全回国。

著名物理学家赵忠尧，在归国途中，被驻扎在日本的美军不由分说地关进监狱，武力扣押了58天。当时，台湾当局派代表威胁利诱说，只要愿意回美国或去台湾，一切都好商量。可赵忠尧回大陆的决心已定，他说："反正除了中国大陆，我哪儿也不去。"在祖国人民和世界科学家的声援下，恢复自由的他立即回到了祖国。

在世界上首次发现反西格玛负超子，把人类对物质微观世界的认识推进一大步的著名科学家王淦昌，"以身许国"化名王京，甘愿成为攻关队伍中的一名领导者和技术带头人。

著名核科学家彭桓武，这个拥有两个博士学位，也是第一个在英国取得教授资格的中国人。当有人问起他为什么要回国时，一向十分随和的他却表现出一种少有的激动，他说："不！我没有理由回答你的问题。你的问题应该换一种问法，那就是作为一个中国人，有什么理由不回到自己的祖国，并为她的富强贡献自己的一分力量呢？我有责任，利用自己的所学之长来关心她，建设她，使她强盛起来，不再受人欺负。"

当钱三强问起王承书："你愿意隐姓埋名一辈子吗？"这位从海外归来的女科学家坚定地回答道："我愿意！"

还有邓稼先、金星南、肖健、杨澄中、陈奕爱、戴传曾、梅镇岳、李整式、郑林生、丁渝、张家骅、汪德昭、杨承宗、肖伦、冯锡章、谢家麟、范新弼……一时间，我国核科学领域群星璀璨，大放异彩。

朱光亚当年曾激情地呼喊："祖国在向我们召唤，四万万五千万的父老兄弟在向我们召唤，五千年的光辉在向我们召唤……我们还犹豫什么，彷徨什么？我们该马上回去了。"

为了祖国的强大，为了心中的梦想，抱着对党的真诚信仰，怀揣拳拳爱国之心，程开甲、钱学森、王淦昌、陈能宽、彭桓武、陈奕爱、冯锡章、杨承宗等一大批科学家历经千难万险，千里迢迢，不辞辛苦，想方设法冲破帝国主义的重重阻挠，先后回到祖国母亲的怀抱，投身到中华人民共和国的建设和发展中。尤其是钱学森，因为执意要回到祖国，竟被美国当局盯梢、软禁，甚至关进监狱，失去人身自由。可就是这样，依然没能动摇他回国的信心和决心。

回国后，眼前的事实让科学家更加明白，经济要发展，国家要富强，没有强大的国防力量做后盾，一切都是空谈。中华人民共和国成立前的一百年里，签订了诸多耻辱条约、炎黄子孙被冠以"东亚病夫"或"支那猪"的头衔、1860年文明之园——圆明园的大火冲天、1937年南京30万华夏儿女被血腥屠杀的场面……昔日的一幕幕，让回国的每位科学家都感到耻辱，感到窒息。他们强烈地意识到，落后必然要挨打。如果现在还不能挺起腰杆，势必还会再次遭受到与昔日同样的磨难。于是，

他们抱着坚定的信仰，抱着对祖国，对人民，对党不抛弃、不放弃的信仰，从首都北京，从繁华都市，告别妻儿老小，摒弃膝下承欢，来到了祖国的大西北，一个适合搞原子弹，适合原子弹爆炸的地方——罗布泊，在这里扎根，发芽，生长，用自己的一双手去撞击这个世界，并首先洗雪了戈氏"中国燃料不合格被倒在戈壁滩上"的耻辱……

1989年，时任中央军委主席的江泽民在中南海对钱学森说："从当年冲破重重困难、毅然回国的老一辈科学家身上，我们看到的是中华民族的气节和自尊心。"我想，江主席的一番深情话语里，不仅充满了对老一辈科学家的高度赞扬，恐怕也是对他们在信仰上的充分肯定。

1956年4月25日，毛泽东主席在中央政治局扩大会议上指出："我们现在比过去强，以后还要比现在强，不但要有更多的飞机和大炮，而且还要有原子弹，在今天的世界上，我们要不受人家欺侮，就不能没有这个东西。"

伟人响彻云霄的话语，让科学家们备感祖国母亲拥有战略核武器的重大意义和深远影响。为此，他们投入了没日没夜的加班加点中。在苏联背信弃义撤走几乎所有的专家后，他们克服重重困难发展中国的核工业；三年困难时期，他们吃不饱、睡不好，却依然坚定对中国共产党的信仰，坚持科学研究，集智攻关；"文化大革命"期间，凭着对祖国的一腔赤诚，不顾动乱干扰，甚至受到迫害，他们依然坚持在科研第一线。

中国科学院院士、基地原副司令员程开甲说："此时正值盛夏季节，白天戈壁滩地面温度高达60℃以上，人们天天顶着烈日，迎着热风，晒脱了皮肤，喝着孔雀河的咸苦水，绝大部分人不适应，拉肚子，有的一天拉十几次。有时刮起风来，天昏地暗，飞沙走石，能将帐篷顶掀掉，飞起的石头能将汽车前的挡风玻璃和油漆全部打掉，但是大家始终坚守工作岗位，振奋精神，以苦为乐，以苦为荣，精心准备，发挥自己的聪明智慧，全心全意贡献自己的每份力量，确保不带一个问题参加试验……"

在基地，有这样一句话在官兵中广为流传："三个蚊子一盘菜，十个蚊子一麻袋"，话虽有点夸张，但这里的蚊子的确厉害。一位老同志在他的回忆性文章中这样写道："这里的蚊子像小蜻蜓那样大，黄昏时成群结队出来追着人叮咬，一叮就起个红包，又痛又痒，十分难受，所以一到天黑大家都不敢出来上厕所，看电影也要穿上大衣戴上皮帽。"从老同志的文章中，我们读出了字里行间流露出的对蚊子的无奈和以苦为乐的壮志豪情。

……

在基地工作过的许多老同志，曾经撰写了大量文章，记述基地艰苦创业时的情景，但人们最为熟悉的还是张爱萍将军的《我们战斗在戈壁滩上》。

"我们战斗在戈壁滩上，不怕困难，不畏强梁，任凭天公多变幻，哪怕风雹砂石扬。头顶烈日，明月伴营帐，饥餐沙粒饭，笑谈渴饮苦水浆……"

在这首歌词里，张副总长对当时的艰苦生活做了真实的记录，不仅是对参试人员精神风貌的生动写照，也是对基地创业时期艰苦条件的真实写照。至今，这首曲子不但在基地官兵中广为传唱，而且词曲都镌刻在了基地历史展览馆内的墙壁上。

一首首歌曲记载了那个年代热火朝天的场面，一件件事迹记录了科技人员的辉煌业绩。在艰苦的工作环境里，他们不但把青春奉献给了伟大事业，有的甚至还把子孙奉献给了祖国和人民。正是有了许许多多像他们这样的人，"艰苦奋斗干惊天动地事，无私奉献做隐姓埋名人"的马兰精神至今仍熠熠生辉。

从1946年到1954年，从延安的窑洞到中华人民共和国的首都北京，从用家乡口音说出"原子弹都是纸老虎"到对地质部副部长刘杰意味深长地说出"这是决定命运的哟"，伟人对帝国主义的蔑视和对国人的殷切话语，让无论是从国外归来的科技人员，还是从内地平原、都市来到西部茫茫戈壁的军工或官兵，都如同吃了一颗"定心丸"。我知道，那个时候的人们，听到主席这些话语时，无论是将军还是士兵，无论是平民还是军工，每个国人都备受鼓舞。

想当年，当基地首任司令员张蕴钰来到罗布泊，站在古楼兰王国的遗址前时，望着眼前的荒凉景象，老将军曾经感慨万千：

楼兰空国色，苗裔亦难寻。

白骨咒曛日，苦月吊墟荫。

悲风寄沙砾，孤月恋旧池。

罗布一眶泪，流诉衅墙争。

矢穿两千载，余痛遗今人。

苗裔融合策，宇内一亲亲。

在弥漫的风沙中，老将军似乎看到了猎猎战旗，似乎听到了鼓角争鸣。那一刻，他看到了金戈铁马中挥臂厮杀的自己……

恩格斯曾经说过："没有信仰，就没有名副其实的品行和生命，就没有名副其实的国家。"是呀，一个人如果没有了信仰，就和没有了灵魂没什么区别；一个人如果只信仰金钱，我想，那和一具僵尸也没有什么区别。

第一颗原子弹爆炸的蘑菇云早已消失在天尽头，可先辈们那种忘我的工作态度、忘我的工作精神却时刻激励着我们奋发努力，不断前行。我时常在想，在那样艰苦的条件下，是什么原因让先辈们这样忘我地工作，又是什么原因使先辈这样一如既往，在了解大量故事后，我终于明白了：还是信仰，是珍藏在他们心中的那份对祖国的忠诚和对中国共产党的信仰。

从陈毅元帅的"哪怕脱了裤子当了，也要把原子弹搞上去"到罗布泊试验场上"木兰村"的核大姐们；从张爱萍将军的"再穷也要有一根打狗棒"到警卫战士的八千里路云和月，再次演绎上甘岭"一个苹果"的故事；从中国的"居里夫妇"钱三强和何泽慧到女科学家王承书甘愿隐姓埋名一辈子……无论元帅还是将军，科学家还是士兵，他们，都用生命和青春奏响了响彻云霄、震惊寰宇的战斗之歌，唱响了巨龙腾飞、飞天圆梦的民族壮歌，让华夏儿女零距离触摸到了他们的崇高信仰和无怨无悔的高尚情怀，也面对面感受到了他们的平凡与伟大。

风不要说，云不要说，我们在大漠奋力地拼搏；苦也不说，累也不说，我们在天山深处默默地耕耘，自己动手开荒种下"热核"。燃烧青春之火，献出赤诚之心，让生命爆发出光和热。当长空腾起灿烂的云霞，那就是我们送给母亲的花朵；当大地响起滚滚的雷鸣，那就是我们献给祖国的歌……

一首热情洋溢的歌，表达了基地官兵的共同心愿，引起了人们的共鸣。

为了国家利益，基地官兵、职工艰苦奋斗，无怨无悔；为了中华民族的利益，马兰人献了青春献终身，献了终身献子孙。

人是要有一点信仰的！"因为青春不是年华，而是心态；青春不是粉面、红唇、柔膝，而是坚强的意志、恢宏的想象、炙热的恋情，青春是

生命深泉的自在奔流。"德国作家塞缪尔·厄尔曼的话，让我再次想起国防科技工业战线上的斗士们用青春和智慧换来国家的尊严和强大、换来人民的幸福和安宁的那段难忘的岁月。"不辞沉默铸金甲，甘献年华逐紫烟。"聆听着科学家们的豪言壮语，我再一次感悟到他们把生命融入这片广袤的戈壁滩上的深情厚谊和无私无畏。在感受着先辈们带来的满腔自豪和无限辉煌的同时，我更加理解了他们身上存在的那种力量，那种对党的无限忠诚和对信仰忠贞不渝的力量。

担当

古今中外，大凡成就一番事业的人，无不以国家为重，以责任为重，勇于担当，敢于担当。他们，生命不息，冲锋不止；他们，鞠躬尽瘁，死而后已。

——题记

人们赞赏某人信息灵通，常用"秀才不出门，知晓天下事"一语。而我，却常常为这句话而心烦意乱。因为"地处偏僻"的缘故（办公室在距离基地办公楼50米开外的一处小院子里），除却单位组织的学习活动外，日常工作中，我几乎足不出"户"。加上办公室又无网络与外界进行联系与沟通，虽然工作时清静了许多，却也导致了对外界事物的不甚了解，以至于每每与同事聊天时，我总是对外界发生的事情知之甚少，甚至总感觉自己落后了许多。

其实，说一点不知道也有点勉为其难。2012年9月初，中央新闻媒体团一行10余人来基地采访我还是知道的。他们，是为了中国工程院院士、基地原总工程师林俊德先进事迹而来的。可是，就在他们走后，我却因自己的足不出户又与外界失去了联系，以至于不知道"户"外发生了什么，更不知道林俊德院士先进事迹宣传进行到了什么程度。

又是风和日丽的一天，拎包走进曾经工作了10余年的老单位，我发现官兵们正在举行缅怀、学习林俊德院士的各种纪念活动。望着视频中林院士临终前的一举一动，聆听着老人家断断续续的一字一言，刹那间，我那颗孤寂的心突然间跳动加剧了。很久没有流过泪的我，也让干巴巴的两腮找到了失却已久的温润感觉。那一刻，仿佛有个声音在我耳边响起，古今中外，大凡成就一番事业的人，无不以国家为重，以责任为重，勇于担当，敢于担当。他们，生命不息，冲锋不止；他们，鞠躬尽瘁，死而后已。

感受着电视中院士在生命最后时刻发出的断断续续的话语和感人至深的画面，我想，林俊德院士应该就是以国家为重、以责任为重的人吧，用勇于担当、敢于担当来赞誉他不过分吧。

一个人成功的关键是什么，

一个是机遇，一个是发狂……

一旦抓住机遇，就要发狂地工作。

1945年8月，恼羞成怒的美国在日本的广岛和长崎"毫不犹豫"地扔下了"小男孩"和"胖子"两颗原子弹。在原子弹爆炸的那一瞬间，核武器的惊人威力也迅速传遍了全球。就在人们为原子弹这个"庞然大物"议论纷纷时，西方列强的嚣张气焰已一发不可收拾，且向其他国家开始进行核讹诈了。而且，从原子弹爆炸的那一刻起，国际核军备竞赛也日趋白热化。然而，这个时候的中国，却还处在水深火热之中。

面对帝国主义不断的核威胁和核讹诈，1958年4月，成立还不到9个年头的中华人民共和国领导人——毛泽东主席果断地做出了"进行核试验、发展核武器"的战略决策。悄无声息中，一场让中华儿女扬眉吐气的科技攻坚战在中华大地上打响。就是这场悄无声息的科技攻坚战，不仅极大地发展了我国的武器装备，促进了军队的壮大，也为林俊德的成长创造了更多条件。

作为一个参与我国历次核试验的科技工作者，林俊德对此有着太多切身的感受。

1960年，在集训期间得知自己是搞核武器试验的消息后，从山沟里走出来、靠国家助学金读完大学，毕业后又被重新分配入伍的林俊德激动不已。

1963年5月，在哈尔滨工业大学学习两年的冲击波测量后，林俊德被任命为机测组组长，承担研制首次核试验冲击波测量压力自记仪的任务。那时候，刚刚走出大学校门的林俊德，也只是听说国外有用机测压力自记仪成功实现核爆炸冲击波测量的事情，但对有关压力自记仪的知识却是一点都不了解，更谈不上知道压力自记仪是什么样子了。

为了能早日看到蘑菇云的升起，早些时间让祖国母亲扬眉吐气，为了心中的那份责任，林俊德勇敢地向压力自记仪这个只听说而从未见过的东西发起了挑战，主动承担起研制压力自记仪的重担。然而，没有人比林俊德更清楚，对于压力自记仪的研制工作，自己也是摸着石头过河，一切都须从零开始。

当时，试验场环境极差。三伏天，地表温度高达60℃，能把鸡蛋蒸熟；数九寒冬，气温降至零下30℃，冻得人如同筛糠。粮食不够吃，他们就把玉米面炒后再上锅蒸，做成"高产饭"……面对艰苦环境，背负祖国希望和人民重托的林俊德和他的战友们没叫一声苦，没喊一声累。不仅如此，早已下定决心为民族洗刷屈辱、一心要为国家和人民建功立业，从来没有觉得苦的林俊德和他的同事们，义无反顾地发起了对压力自记仪的艰苦攻关。至此，林俊德与我国核试验事业结下了半个多世纪的不解之缘，其"勇于担当、敢于担当"的科技人生也正式拉开帷幕。

我多次从电视片中看到林俊德院士研制出的钟表式压力自记仪，作为"门外汉"，我想象不出研制这个东西到底有多难。可是，查阅资料后我才知道这项工程的不易（我个人认为，把钟表式压力自记仪的研制称作一项工程一点都不过分）。从事这项科研的人都知道，要想研制出冲击波机测仪器，首先必须先攻克"动力"这道难关。当时，虽然有资料记载，但也只是有关国外的机测仪用小型稳速电机作动力的情况。然而，就是这样简单的小型稳速电机，当时我们的国家也没有。虽然有单位按国外的资料搞出了电动式的方案，但最终却因仪器太笨重、操作不方便、造价太高等原因，没有被提到研制开发的日程上来。

没有试验设备！

没有技术资料！

怎么办？

一次次苦思冥想，一根根青丝染成白发。

苦心人，天不负，卧薪尝胆，三千越甲可吞吴。

在一次乘坐公交车时，受到钟声的启发，一个独特的思路终于在昼思夜想的林俊德的脑海里逐渐形成：用发条驱动作动力设计钟表式压力自记仪。

有了思路，没有设备，还是枉然。

然而，白手起家的林俊德没有被困难吓倒。面对急难重的任务，他和同事们决定用土法上马：气压标定来不及买气瓶和空压机，他们就临时焊贮气罐用打气筒往里打气；做光电开关试验时，他们在烈日下一蹲就是几个小时，虽然热气逼人，酷暑难熬，人人都被晒成了"非洲人"，但他们依旧热情满怀，标准不降，干劲不减。此时此刻，来自江南水乡的林俊德才真正体验到什么是环境恶劣，什么是苦中作乐。然而，对于林俊德来说，艰苦的环境不算什么，让他犯难的是几乎没人知道核试验是怎么回事。

要想在短时间内研制出首次核试验冲击波测量仪器，在很多人看来几乎是一种奢望，但林俊德和他的战友却没有这么想。憋了一股劲的林俊德暗暗对自己说："就是不吃不喝，也要在规定时间内完成党交给的任务，决不能因为自己推迟试验时间。"

一场隐蔽的科技攻坚战打响了，抓住机遇的林俊德发狂了。

每天早晨，他匆匆忙忙吃点东西就往中科院的图书馆赶，在装满书籍目录的索引柜橱前常常一站就是半天……

天渐渐地热起来了，压力自记仪的原理在林俊德的脑海里也慢慢地清晰了许多。到了计算、作图阶段，林俊德和同事们干脆赤膊上阵，小小的房间不但成了他们攻关的战场，咸涩的汗水也顺着他们的身体一点一滴落在图纸上，但他们却没有一点时间顾及这些。

1964年10月16日15时，当巨大的蘑菇云在罗布泊上空升起时……通过对从测点取回的"罐头盒"（就是钟表式压力自记仪）里玻璃片的细心判读，专家明确判断是核爆炸！

钟表式压力自记仪虽然有些"土"，但在冲击波测量成果汇报和数据对比中，大家却都公推钟表式压力自记仪取得的数据最完整、质量最好。

经过一系列的试验，发狂的林俊德终于把不可能的事情变成了可能。

能做点什么工作呢，

自己虽然快到退休年龄了，

还是尽量为核试验多做点工作。

20世纪80年代初，为了适应科研发展，基地决定研制自己的力学试验装置。当时，这项技术在国内外都已相当成熟。鉴于这种情况，有的人就主张"拿来主义"，采用他人的设计。问题到了林俊德这里，思考这个问题很久的他最终没有同意。林俊德严肃地对大家说："要做，就要做得比国内外都好。"

对于建设什么样的试验装置，相对于还没有仔细想过这件事的很多人来说，林俊德却有自己独特的见解。他对身边的人说："从事一个新工作不怕，一个要有勇气，一个要有高标准，因为有前人工作给你垫底了，你应该做得更高更好……"生活中的林俊德是这样说的，工作中的他也是这样做的。那段日子，他和同事们在充分调研力学试验装置的基础上又对其进行了全面系统的论证。论证的结果，让林俊德下定决心研制一台具有国际先进水平的力学试验装置。

做科学研究的人都知道，力学试验装置的技术核心是发射机构。当时，我国现有的发射机构仅有两种，一种是双破膜装置，另一种是阀门装置。前者驱动气压利用效率高，可以获得高弹速，但是操作起来很麻烦，运行效率也低；与前者相比，后者正好相反。基于前期进行的充分论证，相比较而言，在核试验仪器研制中积累了一定技术基础和强烈自信的林俊德再次下定决心，将研制大口径高速阀门作为研制工作的突破口。在随后两年多的时间里，他带领项目组的同志加班加点，经常熬夜到天明，通过反复设计、加工和试验，终于研制出我们自己的试验装置。1984年，军内外多位著名专家组成的鉴定小组对该装置进行技术鉴定，一致认为"设计方案合理，技术指标先进，结构紧凑，性能稳定，操作方便，建设周期短，成本低，达到了国内先进水平"。然而，尽管如此，林俊德对自己的研制还是不太满意。在此基础上，他和同事们又进一步研制成功了新型装置，一改国际上常用的火药驱动方式，促使该技术推广应用到国内多个领域，在多个科研院所使用。

1987年，林俊德已年近半百。但林俊德那种不怕困难、勇挑重担，不达目的誓不罢休的劲头却丝毫不减。他说："自己虽然快到退休年龄了，能做点什么工作呢，还是尽量为核试验多做点工作……"那段时间，如何把冲击波测量技术应用到常规兵器试验中，又成了他一直关注的热点问题。

相比枪炮射击依靠人工目测确定精度的传统检测方式，基于弹道激波和爆炸声波定位原理的"声靶"技术具有精度高、效率高、安全可靠性强等优点。之前，某试验靶场曾与地方单位搞过协作，但历时很长、耗费了大量物资，仪器虽然研制出来了，但却因为一有风吹草动仪器就出现这样或那样的问题，只能堆在仓库里。

经过一番思量，林俊德又给自己立下军令状：啃下这块"硬骨头"。

在与试验靶场领导洽谈时，林俊德说：合同可以先不签，研制阶段也不需要你们出钱，第二年我们带样机过来做试验。因为有了这样的承诺，勇于担当、敢于担当的林俊德随即带领项目组开始了自筹资金、日夜奋战的历程。功夫不负有心人，经过不懈努力，他们仅用半年时间就拿出了样机。

第二年春天，某试验靶场，一轮枪声过后，检靶员拿着现场检靶数据，和林俊德他们研制的样机显示的数据仔细核对，完全相符。再打一轮，数据依然吻合。靶场同志的脸上露出了笑容，连连称赞样机做得不错。再看这时的林俊德，他竟然也像孩子一样开心地笑了。枪靶试验圆满完成后，在进行的火炮立靶试验中，林俊德和同事们研制的声靶自动检测系统，也远远超出对方预料，赢得了人们一致认可。

1993年，林俊德担任基地总工程师兼核试验指挥部技术小组组长。此时，试验频度与规模骤增，工程储备、施工能力与需求的矛盾十分突出。为解决钻井工程跟不上试验进程的矛盾和节约经费等问题，他又发起了对一口报废多年的600米深井进行复审和改造的工作。经过努力，最终使得废井重新利用，仅此一项就为国家节省经费近千万元……

20世纪90年代初，面对国际上全面禁止核试验条约谈判提出的核查技术问题，林俊德再次把目光转向研究发展核试验核查技术，把地下核试验应力波测量技术向核试验地震核查技术拓展，全面搜集分析全球地震数据，开展了核试验地震、余震探测及其发生与传播规律研究，取得了重要成果，为配合我国参加全面禁止核试验条约谈判提供了重要技术支撑。

与林俊德共事20余年的王占河研究员清楚地记得，那个时候，为尽快攻克爆炸工程技术的一个重大难关，年逾花甲的林俊德带着同事在办公楼附近挖了一个大土坑，每天爬上爬下做试验不说，而且一干就是300多天，时常一身土一身泥。就是那次，"民工院士"的称谓不胫而走。

人能力有限，

时间有限，但是，只要努力，

都能做出成绩，体现出自己的价值。

2012年的春节刚过，一封近5000字的长信摆在了基地吴司令员的办公桌上。信是林俊德写的，内容主要是关于基地爆炸力学技术发展的科研设想和技术思路。一般来说，写一封5000字的书信也就需要俩小时，我不知道写这封信花费了林俊德院士多长时间，但我知道关于这些问题的思考林院士肯定花费了不少时日。

几天后，在当面汇报时，基地首长发现林俊德面容憔悴，身体消瘦，就劝他立即到医院进行全面体检。当时，已感觉到身体不适的林俊德答应了。可临走前，他却用一个晚上又赶写了2000余字的技术项目建议交给了基地首长。然而，没有人能够想到病情这么严重，林院士在北京被总医院确诊为胆管癌，而且已经到了晚期。

知道自己身患绝症后会怎么办？相信很多人是不知所措，继而伤心绝望，在恐惧中度过余生，可林院士却不是这样。知道自己的病情后，怕手术治疗耽误自己的宝贵时间，他骤然变得紧张起来。只是这紧张，不是为了自己的病情，而是为了手头上还未处理完的工作。为此，林院士多次拒绝医生提出的手术治疗方案。"我要工作，我不能躺下，一躺下就起不来了。"这是林院士住院期间给所有人留下印象最深的一句话，也是他对人们说得最多的一句话。

在基地领导极力劝他动手术时，林俊德生气了，他掰着指头对领导一项一项列举手头的工作，一遍一遍陈述哪项是国防重点工程，哪些资料还需要整理移交。他说："我的病情我清楚，要我活得有质量，就让我工作，我现在需要的是时间。"

禁不住他的再三要求，5月23日，林俊德院士被转到了西安唐都医院。一进入病房，他就对医生说："我是搞科学的，最相信科学。你们告诉我还有多少时间，我好安排工作。"同事、学生、亲人到医院去看望他，他对人们说："我没有时间了，看望我一分钟就够了，其他事问我老伴吧。”为了能挤出时间静下心来整理资料，他让老伴在医院附近找了一间房子专门做接待，就连从老家赶来的亲人也是如此。

5月26日早上，林俊德叫老伴去向医生请假，问医生能否让他回家工作。医生给他量了体温后，发现有低烧现象，坚决不让他回家。吃过早饭，病情突然恶化的林俊德被紧急送进重症监护室。醒来后，他拉着主治医生的手说：“我是搞国防科研的，一不怕苦，二不怕死，现在最需要的是时间……”

看他着实很痛苦，5月29日，医生建议给他做肠梗阻手术，可他却说：“我不做手术，即使做了手术能延长几天，又不能工作，这样没意义。你们不要勉强我，我的时间太有限了。”为减少干扰，能够更好地工作，他又两次让医生拔掉引流管和胃管。

5月30日下午5时30分，极度虚弱的他坚持要求把办公桌搬进病房，要继续工作。

5月31日。从早上7时44分到9时55分，林俊德先后9次向家人和医护人员提出要下床工作。然而，办公桌虽然距离很近，但对已经不能站立起来的林俊德来说，每挪动一点点距离，都是一种艰难的尝试，更是一次艰难的征程……

半小时后，他颤抖的手已经握不住鼠标，视力也变得渐渐模糊。他几次向女儿要眼镜，女儿告诉他，眼镜戴着呢。此时的他，神智已经有点不清。可听到人们劝他休息，他却断断续续地对人们说：“不用……谢谢。你们再让我工作一个小时……”

两小时后，陷入昏迷的林俊德在半昏半醒中反复叮咛学生和家人密码箱怎么打开，整理时要注意保密……5小时后，心电仪上波动的生命曲线从屏幕上永远地消失了。

那一刻，西安唐都医院一群与林院士相处仅仅8天，目睹他走过生命最后时光的医生和护士们哭成了一片。

54岁的科室主任张利华，是一位临床30多年、送走过无数病人的医生，经历了院士人生历程最后8天的他，在这一刻双膝跪倒在了院士床前。后来，在记者采访他时，他又一次失声痛哭地说："我一生只跪过两次，一次是父母，另一次就是林院士。我给他下跪，是一名医务人员对生命的敬仰……"护士长安丽君一边为林俊德擦洗身体、整理遗容，一边泪如雨下，她说："谁也劝不住您。消化道出血、肠梗阻、整个腹腔全是肿瘤，竟然还要拼命地工作……""80后"女护士赵俊青泣不成声地说："躺着是病人，站起来是战士。林爷爷这种人，就像神话里的英雄。"

得知林俊德去世的噩耗后，我国"两弹一星"功勋科学家、94岁高龄的程开甲院士派家人专程送来自己亲笔题写的挽词："一片赤诚忠心，核试贡献卓越。"

在林俊德遗体告别仪式上，基地将士用一副挽联为他送行——"铿锵一生苦干惊天动地事，淡泊一世甘做隐姓埋名人"。

然而，又有谁知道，在林俊德去世前的一周时间里，他硬是争分夺秒：整理移交了一生积累的全部科研试验技术资料；3次打电话到试验室指导科研工作；2次在病房召集课题组成员布置后续试验任务；完成了130多页、8万多字博士论文的修改，写下了338字的6条评阅意见；与基地领导几次探讨基地爆炸力学技术的发展路线；向学生交接了两项某重大国防科研尖端项目……

林俊德去世后，留下一本在病床上所做的工作笔记，有对计算机、保密柜文件资料的处理意见，有对某重大国防科研尖端项目的最新思考，有对若干在研项目的建议 …… 可谁知道，就是为了这些内容，林俊德一次次放弃了延长生命的机会。

每个人的生命只有一次，本应好好珍惜才是。可林俊德宁可透支生命，绝不拖欠使命。在生命的最后时刻，从罗布泊的荒漠戈壁转战到医院病房的林俊德，在这个特殊的战场，他完成了半个多世纪以来自己勇于担当、敢于担当的战斗历程。写到这里，我突然想起林院士临终前说过的一句话："我这一辈子就做了一件事，就是核试验，我很满意。"

那一刻，我禁不住泪流满面。

苍穹为之垂泪，青山为之呜咽，让我们永远记住这个不朽的名字——林俊德。

不为人知亦自豪

2012年10月7日至21日，电视连续剧《国家命运》在中央一套黄金时段播出。这部革命史诗大片以"两弹一星"波澜壮阔的发展历程为主线，真实再现了中国人民依靠自己的力量研制原子弹、导弹和人造地球卫星的艰难历程。因为这部连续剧有很多镜头是在基地拍摄的，所以在收看时我看得特别仔细，也特别认真。通过观看发现，广大科技工作者和基地官兵为中华人民共和国的强盛以及赢得大国地位所做出的巨大贡献，不仅让人在无形中感受到了他们的伟大，还充分地享受到他们那种不为人知亦自豪的精气神。

初识《国家命运》

作为一名参军就来到基地且已有20多年兵龄的老兵，在日常的工作和生活中，我多次听到有关这部电视剧的编剧之一——总装创作室陈怀国主任的点点滴滴。他的《毛雪》《农家军歌》《遍地葵花》等作品，我也听身边的同事多次讲过。2012年4月，一位同事又向我推荐了陈主任的新作——《国家命运》。随后，我在网上查阅了他的相关情况，才知道他与基地宣传处原干事彭继超合作的电影文学剧本《马兰草》，曾荣

获第2届夏衍电影文学奖一等奖，拍摄成电影《横空出世》后，又荣获2000年政府华表奖……在基地《春雷》杂志第9期杨万勇《光荣与梦想》的文章里，我还查阅到他的《农家军歌》曾在《昆仑》1990年第4期发表的记载，庄稼汉式的哭声笑声，曾经回响在古老又年轻的营盘里。然而，时隔不久，他的中篇小说《毛雪》又在《小说月报》1990年第7期发表，更是在基地引起强烈反响。时隔20年，陈主任又一次在全国人民面前炸响了一颗原子弹，让大家重温那个特殊年代不为人知亦自豪的点点滴滴，这不能不让人为之拍手叫好。

第一次看《国家命运》，不是电视剧，而是《国家命运》这本书。

因为2012年8月初基地要举办第2届马兰文学笔会，基地首长邀请到了原总装备部原副政治委员朱增泉将军以及军内外一大批知名作家。为更好地做好这项工作，2012年7月中旬，总装创作室陈怀国副主任特地提前来到基地洽谈文学笔会具体事宜。作为这次笔会的具体筹划者，接待陈主任的任务当仁不让地落在了我身上。

2012年7月17日，从乌鲁木齐地窝堡机场接到陈主任，顾不上吃饭，他就让驾驶员驱车赶回马兰，说是抓紧时间洽谈完笔会事宜还要赶回北京。一进入招待所房间，陈主任就从包里拿出了两本《国家命运》，并对我说："这是杨汶（我的同事）打电话让捎过来的，说是基地孔政委要的，请你转交给他。"听了陈主任的话，我心里顿时就凉了半截，两本书一本送给孔政委，另外一本应该是杨汶的吧……然而，结果却出乎我的揣测，还没等我把书暖热，两本书就已全被人拿了去——说都是首长要的。无奈，在陈主任回到北京后，知道前两本书去向的杨汶再次拨通了陈主任的电话，请他再带两本过来，一本送给他，一本送给我。

2012年8月6日，当陈主任作为参加笔会的成员再次来到基地时，在招待所，他向我和杨汶签名赠送了他与原总装备部创作室创作员陶纯老师撰写的《国家命运》一书。在送与我的这本书的扉页上，陈主任这样写道："请孟凡号指正　陈怀国　二〇一二年八月。"双手接过书的那一刻，我为陈主任的谦虚而感动。说实在的，1981年就参军来到基地，经历了多次核试验，并在1992年到军艺进修学习的陈主任，对于我来说绝对是老师，是大师，可他却在签名中要我指正，真是让我有点愧不敢当。

大概是自己的习惯。每次读书时，我总习惯在阅读时就自己的观点、看法，随时在书本上写写画画。因为工作的性质，拿到《国家命运》这本书后，我没有立即投入大把大把的时间去阅读，只是在茶余饭后、睡前早醒时挤出一点点时间细细地进行阅读。430页的书，我多则200余字，少则三五字地进行了批注，批注竟达300处之多。

在《死在戈壁滩，埋在青山头》这个标题处，我写得比较多，写下了如是言语："去年，基地想征集以前的老口号、老标语等汇编成册。不料，各单位报上来的大都是从这或从那等地方'挪'过来的东西，让我大失所望。后来，有人给我建议，让我到一些书籍或杂志中去找。我这样做了。看到的第1句，就是这个口号：死在戈壁滩，埋在青山头。"当时，我读懂了先辈们那种搞不出原子弹不罢休，搞不出氢弹不瞑目的英雄气概。导弹基地的建设异常艰难，战士刘春光直到牺牲在建设工地上，都不知道自己所做的是一件什么事。导弹基地司令员孙继先面对刘春光遗体含泪相告："导弹知道吗？我告诉你，咱们是搞导弹的……"不仅在导弹基地有这样的事情，在我们基地也有类似的情况。从最初的不知道来到戈壁滩做什么工作，到知道是为了祖国研制原子弹、导弹，他们便将满腔忠诚交给了祖国。一句口号，不仅表达了他们的心声，更是他们无声行动的最有力的证明。

在书的第8页，有这样一段话，杜勒斯在公开场合多次说过，一旦在远东发生战争，我将使用一些小型战术原子武器。在后来的一次记者招待会上，有人请艾森豪威尔对杜勒斯的话发表看法，于是他说出了那句让人难忘的名言："我找不出任何理由不使用核武器，就像你在打仗时找不到任何理由不使用子弹一样。"看到这段文字时，气愤不已的我用颤抖不止的手只写下了两个字——讹诈。字数虽少，但我却用3个感叹号表达了我当时的愤怒心情……

一点点地阅读，一次次地批注，从看到的字里行间，我读懂了老一辈马兰人为了国家命运而艰苦奋斗、无私奉献的高尚情怀。然而，让我遗憾的是，2011年夏天，在基地拍摄《国家命运》这部电视连续剧时，我却因为探亲回家而没能亲自参与。新疆的六七月，骄阳似火，我既没有亲身感受当时拍摄现场的那份火热，也没有亲身体验剧中感人肺腑的故事情节，至今想起来都甚为遗憾。然而，在收看中，我却意外地发现有着很多熟悉的面孔——很多群众演员，甚至有着几分钟镜头的演员都是我曾经工作了10年的汽车团的战友。

再读《国家命运》

再读《国家命运》，就是收看央视一套播出的这部史诗大片了。

年轻的陈怀国曾在马兰当兵多年（1981年参军入伍，1992年调离基地），穿上军装不久就开始接触大批的"两弹"专家和科研人员。后来因工作需要，从军艺毕业后才到了总装。到总装后，他多次说想创作一部反映从事"两弹一星"这项伟大事业的那些可亲可敬的科学家和官兵的影视作品。正如他在这部电视剧的创作随想中说的那样："我曾经在马兰核试验基地生活了10多年，后来的20多年也一直没有离开这条战线，可以说是'两弹一星'事业的后来者、传承者。我接触过大量的科学家，与许多人结下了深厚的友谊，掌握有大量别人无法了解的第一手资料……"

如今，他的这一愿望终于实现了。

无论是书本上写的，还是影视中演的，《国家命运》都直接告诉了读者当时研制"两弹一星"的情况：刚刚成立的中华人民共和国，"一穷二白"，百废待兴，人民的生活十分艰苦，很多人温饱问题都不能解决。以那个年代中国的经济、科技和工业水平，中国根本搞不出"两弹一星"。然而，就是在这样的情况下，许多在国外已经取得较高科研成就和较好待遇的科学家却甘愿冒着生命危险，千方百计、辗转多地回到祖国，为中国"两弹一星"的研制做出不可磨灭的贡献。在生活极度困难的情况下，他们始终精神饱满、斗志昂扬，为祖国的国防建设毫无怨言，尽心尽力地贡献着，展现了我国以钱学森、钱三强、朱光亚、邓稼先等为代表的一大批科技工作者和部队广大官兵为中华人民共和国赢得大国地位，自强不息、勇攀高峰的高尚品格，展示了他们对革命信念的巨大力量。说实在话，不管是读书还是看电视剧，每次看到剧中老一辈革命家的艰苦付出和坚定执着，他们的精神都让我在内心深处感到一种由衷的钦佩。

作为国防科技战线的组织者与参与者，当蘑菇云在罗布泊上空腾起的时候，聂荣臻元帅的眼睛湿润了，在场的数千科学家和基地官兵的眼睛湿润了。这一壮举，也让全球亿万炎黄子孙的眼睛湿润了。然而，又有谁知道他们背后不为人知的痛苦和自豪呢。剧情第9集中有这样一个故事：为了让科学家们能够多补充点营养，周恩来总理特地把王淦昌、郭永怀、彭桓武等科学家请到家里吃饭，看着几位科学家吃得十分香甜，一桌饭菜一会儿就被吃得干干净净，连菜汤都一点没剩，总理潸然泪下。他对几位科学家说："这桌上连一盘肉菜都没有，我周恩来对不起你们啊……"无独有偶，在第10集还有这么一组镜头：邓稼先见饿着肚子工作的同事实在没有东西吃了，就连夜跑回家中去寻找食物。虽然没有对妻子明说是回来找食物，但他的举动却被妻子许鹿希猜得透透的。看着几个月没有见面的女儿，邓稼先心中有股说不出的愧疚，可为了大家能够垫一垫肚子，他最终还是拿走了女儿点点的生日礼物——一盒饼干，和家中仅有的黄瓜等食品。可是，就是这样一个"娃娃博士"（年轻的邓稼先28岁就成了博士，在当时被很多人称呼为娃娃博士。这个称呼，既有极大的赞许，亦有很高的褒奖），一心扑到对原子弹的研制工作中一干就是28年。28年里，他与妻子许鹿希聚少离多，根本就谈不上对家庭的照顾。可是又有谁知道，就是这样的一位大科学家，在原子弹爆炸成功后，回到十分简陋的家中看到的却是贴满墙壁的大字报以及伤心哭泣不止的妻子……每次回想起这段历史，我都在想，在现在很多青年人看来，是不是邓先生当年的举动很愚蠢呢，不留在美国是错误的呢。只是他们哪里明白邓先生的那颗心。后来翻阅资料我读到了一句话，邓稼先先生说：为了中国的核武器研制成功，就是把命搭上也是值得的。看到此处，我已无法忍住我的眼泪，只好任其肆意流淌。

有人说他们是亏了身子，苦了妻子，误了孩子，可许多的科学家却不这样认为。他们中的很多人说："特殊的事业决定了必然要在荒凉艰苦的特殊环境下工作，国家把这么大的事情交给了我们，是组织上对我们的信任。虽然自己做出了一点牺牲，但换来的却是国家的强盛、人民的安宁，是值得的。"就是在这样巨大精神的鼓舞下，在苏联专家撤离基地后，前往庐山汇报情况的聂荣臻元帅立下了军令状："搞不出两弹，我聂荣臻死不瞑目！"就是在这样巨大精神的鼓舞下，面对常人无法想象的困难，以钱三强、钱学森为代表的中华人民共和国第一代知识分子，他们时刻视国家的利益为自己的利益，以事业的成功作为自己唯一的追求，甘愿献出自己的全部精力乃至生命……

"两弹一星"是中华民族的骄傲，也是我国广大科技工作者和官兵的骄傲。正如小平同志所说："如果六十年代以来中国没有原子弹、氢弹，没有发射卫星，中国就不能叫有重要影响的大国，就没有现在这样的国际地位。"我知道，现在，无论我用什么样的语言来赞美他们，都不能表达我对他们的尊敬和崇拜。其实，半个多世纪以来，在基地早就流传着这样一句话：献了青春献终身，献了终身献子孙。我不知道这是谁总结的，但我知道这是对他们的最高褒奖。他们受之无愧，用这样的文字记述他们，他们当仁不让。

回顾历史，1999年9月18日，在庆祝中华人民共和国成立50周年之际，在人民大会堂，时任国家主席的江泽民同志将一枚枚熠熠生辉的奖章授予23位为研制"两弹一星"做出突出贡献的科技专家时，现场响起了热烈的掌声。同样，这也是最高褒奖；同样，他们受之无愧。在那一刻，我知道，他们每人都再次体会到了那种不为人知亦自豪的豪迈。

花絮

作为反映20世纪中国重大历史事件的文献资料片，《国家命运》一播出，迅速在全国各地引起了强烈反响，而且还在南京、北京等不同地方举办了多场研讨会。会上，与会人员普遍认为："《国家命运》艺术精湛，制作精良，高屋建瓴、大气磅礴，达到了表现'两弹一星'题材创作的一个新高度，堪称近年来不可多得的具有史诗品格的电视剧艺术精品，是一部具有较高文献价值、经得起时间考验的电视作品，更是一部集思想、艺术和故事几个方面于一体的经典之作。”

　　看到众人给予《国家命运》这么高的评价，我时常为没有参加《国家命运》的拍摄而懊悔不已。对于多场研讨会，虽然没有资格参加其中的任何一场，但我却听到身边的战友和同事讲述了很多有关拍摄《国家命运》的点点滴滴。

　　55年前的10月16日，随着张总指挥下达完最后一个口令，我国第一颗原子弹爆炸成功了。从那一刻起，中国成为继美国、苏联、英国、法国之后，世界上第5个独立掌握核武器技术的国家。无独有偶，时隔48年，还是10月16日这天，中央电视台一套播放《国家命运》第20集——当年第一颗原子弹爆炸的情境。虽然我不知道这是不是刻意安排的，但我理解，即使是刻意安排的，也情有可原。因为对每个炎黄子孙来说，这个日子是值得我们铭记的，而且作者用这样一种方式让人们铭记这个让人骄傲、让人自豪的时刻一点都不过分。

　　在基地大家都知道“八千里路云和月”的故事。可在第一次看剧本时，演员延翔却认为发生在副连长何仕武身上的故事不真实，一度对剧情产生了诸多疑虑。然而，当他得知何仕武确有其人，而且发生在他身上的事情也确是真事的时候，他被感动了。当他知道何仕武依然健在时，他坦言，开始时，他不相信在迷失荒漠、水粮断绝的情况下，7个人还能够在80天徒步巡逻4000多公里；他更不相信，在自身生存都无法保障的情况下，竟然还有人用自己的血来救助身边的战友，最终在没有一人掉队的情况下走出罗布泊。感动不已的延翔还说：“能够扮演勇士副连长何仕武，我很荣幸，更感到自豪，希望通过我的演绎，让观众都能感受到中国军人的脊梁。"

听到这段话时，我在想：这是何等伟大的战友情，又是何等崇高的战友谊。用时下流行的话说，这样的战友情是最"给力"的。但是，每当听他们讲起现场拍摄的场景时，我却又惊呆了：炎炎烈日下，不几天他们就被晒成了包公脸，胡子变长了，衣衫也褴褛了……

1964年10月15日，为表彰八千里巡逻的7位勇士，基地首长亲自批准了他们7人为即将试爆的我国第一颗原子弹站岗。寒风习习，当年的他们曾经心潮澎湃了许久。时隔近半个世纪，当现在我们再回顾那段历史时，扮演巡逻战士的7名官兵在塔架下拍摄完最后一个场景时，他们也主动要求留下来。第二天早上，当摄制组赶到拍摄现场准备拍另一场戏时，却发现他们还站在塔架下，只是手上、脸上被蚊虫叮满了包。原来，为了体验前辈们当年的心情，他们愣是在塔架下站了整整一夜。事后，当我向扮演"骆驼"的战友小王问起此事时，他自豪地告诉我："我们不仅仅是为了体验当年的情境，更多的是想感受这种伟大，这种光荣。不要说是在塔架下站了一夜岗，就是再走一次真正的八千里巡逻，我也愿意。"

"荣誉和辉煌不属于每一个人，而属于每一个参与者。"我喜欢这句台词。从共和国领袖、科学家，到基地普通士兵；从共和国总理、科研工作者，到每一个炎黄子孙，他们都为这一伟大事业做出了贡献。研制"两弹一星"的年代已经远去，研制"两弹一星"的人也在渐渐地离我们远去，但研制"两弹一星"的精神却还萦绕在我们身边，我们不能忘记，不该忘记。从小王的言语中，我再次感受到了基地官兵那种不为人知亦自豪的豪迈。

景观的味道

前不久，妻子上网查阅相关旅游信息，在输入"红色旅游"字样后，其中一个词条里的一段文字吸引了她，说是马兰被新疆维吾尔自治区政府列入了红色旅游景点，这段文字让妻子惊奇不已。她拉着我看个不停还不住地问我，是不是我们居住的马兰。我说，应该是吧。早就听说有这么个"传说"，只是一直没有见到有关正式的文件或其他的东西。听我如是说，妻漫不经心地说道，我们这里有啥呀，不就是院子里那几处景点嘛，还能称得上是红色旅游区，别开玩笑了。听了妻子的话，我急忙说，你知道个啥，基地有历史展览馆、"孙子兵法"文化墙、"军民共创新辉煌"雕塑，场区有工兵团团史馆、爆心旧址、辛格尔哨所等，哪一处不是景点，哪一处不能让游人体味到基地官兵、职工"艰苦奋斗干惊天动地事，无私奉献做隐姓埋名人"的伟大精神，更何况最初的"艰苦奋斗、无私奉献"的马兰精神还最早被国家列入43种精神之一。这些景观，本身就是一种红色资源，它所蕴含的意义深远着呢。

听我如此说，妻子嚷嚷道，你一定要带我去看看这些地方，每到一处，你一定要给我细细讲解发生在那里的故事。

一

一日，闲暇无事，我带着两岁多的儿子准备出去，下楼时，我问儿子："咱们今天去哪里呀？"儿子不假思索地说，去广场。抬头看看天空，太阳很不情愿地露出一点笑脸，空气中的凉意不断袭来。我想，儿子说的大概是休闲广场吧。因为那里能晒到太阳，还有一些东西可以"观赏"，妻子经常带他去那里。于是，我对楼上的妻喊道："咱们今天马兰一日游……"妻子欢呼了一声，一阵拾掇后，我们一家三口踏上了"旅游"之路。

摩托车稳稳地停在了休闲广场的东北角。这里，是休闲广场的"正门"。在入口处，我们首先看到两块"马兰红"，一块上面镌刻着"休闲广场"的字样，另一块上面镌刻着基地首任司令员张蕴钰将军以及"两弹一星"功勋奖章获得者、中国工程院院士程开甲的照片和一首诗。诗是张将军赠给程院士的，其内容是："核弹试验赖程君，电子居中做乾坤。轻者上升为青天，重者下沉为黄地。中华精神孕盘古，开天辟地代有人。技术突破逢难事，忘餐废寝苦创新。戈壁寒暑成大器，众人尊敬我称师。"短短70个字，凝聚了将军对基地官兵"干惊天动地事、做隐姓埋名人"的高度褒奖，写出了将军给科技人员的赞许，也道出了基地官兵为祖国核试验事业所做出的巨大贡献。

抚摸着十几吨重的石头，我给妻讲解到，休闲广场占地约40000平方米，是2001年基地官兵自己设计，自己修建的，耗时近4个月，是集休闲、健身、娱乐、观赏于一体的一个环境。修建时，基地官兵把新疆的湖泊、草原和人文景观经过微缩都放在了这里。你朝远处望望，白白圆圆的蒙古包似一座座小房子、瘦瘦高高的蘑菇亭像一把把大花伞，可

爱的梅花鹿、调皮的北山羊、憨憨的小白猪，三五成群地在草丛中觅食、嬉戏……还有色彩鲜亮的雕塑、"巍峨雄伟"的山脉、弯弯曲曲的小河和形态各异的戈壁怪石点缀在白云绿草之间，整个广场既凝聚了基地官兵的聪明才智，也洋溢出了浓郁的文化氛围。

就在我给妻子讲解时，儿子早已跑到了距离"马兰红"不远，以红蓝色调为主体、被称为"天桥"的现代化钢索吊桥上了。见此情景，我和妻子急忙快步走了过去。站在吊桥上，我对妻子说，这座吊桥高8米，主桥跨度21米，桥宽2.1米，象征基地事业红红火火，寓意基地的发展与时俱进，前景无限。桥下，是天鹅湖微缩景观。湖里，是一方荷塘。每到夏天，池塘内的荷花竞相绽放，露出了迷人的笑靥，向过往的人们尽情地展示着其独特的魅力。

在节假日或落日的余晖中，我时常可以看到三三两两的官兵、职工和家属，或在一旁静静地欣赏舞动着裙裳的荷花，或独坐一角悠然自得地垂钓。每每看到这一幕，我总感觉到这里就是陶老先生笔下的世外桃源——一幅黄发垂髫怡然自乐的景象。在天桥的西南角，从"天鹅湖"流出的晶莹透彻的水流，经"巴音布鲁克草原"上弯弯曲曲的小河最终注入了广场东南角的"博斯腾湖"。

其实，广场中最醒目的建筑莫过于"军民共创新辉煌"雕塑了。远远望去，雕塑呈西北—东南走向，雕塑的主体是一红一蓝两只紧握的大手，象征着军地双方"军爱民、民拥军，军民鱼水一家亲"的深厚情谊。走近雕塑，环绕一周，我详细观看了上面的图案和文字。在雕塑的北面，书写着"军民共创新辉煌"7个大字，仿佛在向我们默默地诉说着多年来军地双方共建的美好情谊。在雕塑东面，是一幅汉白玉图雕，面对汹涌的洪水，基地官兵临危不惧，奋勇当先，他们或手持铁锹，抢锹大干，希望在最短的时间内让咆哮的洪水偃旗息鼓，还驻地群众一片寂静与祥和；或手提肩扛沙袋，奋不顾身地冲向肆虐的洪水，抢救受灾的群众和财物，让群众的受灾损失降到最低；在背着医药箱的女救护队员的怀里，一个孩子正依偎她，浑然不知眼前发生的一切会对他造成什么样的伤害。在雕塑西面，也是一幅汉白玉图雕：驻地各族群众身着盛装，挎着盛满葡萄、香梨的竹篮，敲锣打鼓热烈欢迎基地官兵的到来，手持鲜花的孩子更是想急切地表达对解放军叔叔的敬意。一旁手持钢枪巍然屹立的解放军战士，就像头顶上散发着光和热的太阳，把温暖和吉祥毫无保留地送给了驻地的各族群众。在雕塑南面，镌刻着碑文，碑文这样写道：

基地进疆以来，军地双方围绕改革发展和稳定大局，大力开展共建活动，共同书写了军政军民团结和双拥工作的辉煌篇章。多年来，基地广大指战员牢记全心全意为人民服务的宗旨，把驻地当故乡，视人民如父母，与巴州各族人民同呼吸、共命运、心连心，结下了深厚的军民鱼水情谊；广大官兵发扬特别能吃苦、特别能战斗、特别能奉献的精神，用汗水、鲜血和生命谱写了一曲惊天地、泣鬼神、撼人心的壮丽凯歌，创造了"艰苦奋斗、无私奉献"的马兰精神，成为巴州各族军民宝贵的精神财富。

在支援地方经济建设和社会事业发展中，基地扎实开展扶贫帮困和防病治病工作，在完成森林灭火、抗洪、抢险、救灾等急难险重任务中，发扬无私无畏、顽强拼搏的精神，树立了人民军队爱人民的光辉形象，赢得了巴州各族人民的广泛赞誉和爱戴。

为表达对部队指战员的崇高敬意，让各族人民铭记基地官兵为国防建设事业和自治区两个文明建设做出的重大贡献，巴州党委、人民政府特建《军民共创新辉煌》雕塑，以志纪念。

读着令人热血沸腾的碑文，我突然想起了毛泽东主席豪情满怀的诗句："军民团结如一人，试看天下谁能敌！"是呀，基地半个多世纪的辉煌历史，不仅是我国发展战略核武器的一部创业史，更是一部军地军民、汉族与其他少数民族的团结史。

看完雕塑，我牵着儿子的小手来到了广场的西南角上。这里，有基地原政委——王振荣少将策划、撰文、书写，基地13名官兵雕刻的孙子兵法文化墙。一个个垛口，一块块"瓷砖"，展示着历史的沧桑和久远，向参观者讲述着背后一个个充满凄凉和忧伤的故事。

"兵者，国之大事，不可不察也……"从《始计篇》到《用间篇》，一个个遒劲有力的大字呈现在我和妻儿的面前。望着神采奕奕的文字，我急忙打电话向一个曾经在将军身边工作过的战友询问将军的近况，战友告诉我："将军退休后，回到了北京，只是自己的爱好一直没丢，每天坚持写写画画，修身养性，陶冶情操……"战友絮絮叨叨地说了很多，可惜我却没能记住多少，只是在心中对自己说，我还能不知道将军爱好古诗词文学，擅长书法？

沿着"金碧辉煌"的墙壁一路看下去。在文字的结尾处，我看到了当年篆刻这些文字的官兵的名字，他们中有的是干部，有的是战士，有的是我非常熟悉的面孔，有的连名字我都没有听过。

在春秋战国时期的齐鲁地图和"战车"前，那一刻，我仿佛回到了那个鼓角争鸣、喊声震天的年代，不但听到了吴国的练场上吴王夫差嫔妃的嬉笑以及越王勾践的叹息，还听到了诸侯国之间连年征战、响彻寰宇的厮杀声。

沿着小路向前走不远，是一处假山和一片湖水。

我给妻子讲解到：这里是2001年夏天汽车团几十名官兵顶着烈日，

冒着酷暑，出动大量车辆，耗费许多时日建造的。假山下面，是我国最大的内陆淡水湖 —— 博斯腾湖的微缩景观。

不知什么原因，这几年很少看到有"瀑布"水花四溅的现象了。不像刚刚建好时，每天都有很多人来这里休憩或娱乐，一边享受环境带来的愉悦，一边聆听"瀑布"奏出的天籁之音。

虽然很久没有享受到如此的美景，但在2012年秋天，我却有不小的收获。一天，我和妻儿从假山旁边经过。山坡上霜打过的爬山虎一片绯红，与旁边一棵树上金黄的树叶以及地上略已泛黄的小草交相辉映，组成了一幅美丽的图画，煞是好看。看到这一幕，我在心里直埋怨妻子怎么不带相机来（平时，只要带儿子出来，妻子几乎都要带上相机的）。看我着急的样子，妻子一把拉过儿子，说，你回去拿吧，我们在这儿等你。用最快的速度冲出去，用最短的时间回到家，当我气喘吁吁地再次站到假山前时，来回一公里多的路程也就用了不到10分钟。那天，我着实拍了好几张亮丽的照片。

望着阳光下熠熠生辉的文化墙，凝视着博斯腾湖微观里游荡的鱼儿，看着不远处遍地的鲜花以及草地上玩耍的孩子和闭目养神的人们，我在想，"江山代有才人出，各领风骚数百年"，基地真可谓人才济济呀。

从休闲广场出来，我带领妻儿来到了马兰公园。这里，我一点儿不陌生。在还是新兵的时候，我曾经多次来过。记得当新兵的第一年，为了能与公园（那时候这里还叫儿童公园）里供人们参观的飞机、大炮以及坦克等合影。我曾经偷偷地溜出来好多次。每次，我都趁班长午休的时间跑到这里。在高射炮驾驶员的位置上、在飞机的脊背上、在坦克的胸膛上 …… 都留下了我不同造型的姿势。时光荏苒，只是现在再翻看那些照片时，才发现昔日的自己竟是如此的年轻。

十几年过去了，虽说公园里的变化不大，但有一处 ——“祖国在我心中”沙盘地图却极大地吸引了儿子的眼球。

趁我和妻子稍不注意，儿子就爬了上去。看着儿子摸摸这里，抠抠那里，玩得不亦乐乎。我急忙给妻子说：“‘祖国在我心中’沙盘地图，是目前世界上最大的沙盘地图，是2001年被上海吉尼斯大世界授予证书的。沙盘地图是以1：16.38万的比例按中国的地形地貌制作而成的，其中最高点 —— 喜马拉雅山脉的珠穆朗玛峰厚度为1.02米，周围长城及烽火台的倾斜度为30度。加上两侧的长城，沙盘地图东西长34米，南北宽20米，占地面积达738平方米。”

站在沙盘地图前，我国海拔最高的珠穆朗玛峰和海拔最低的艾丁湖，以及天山、昆仑山，长江、黄河等名山大川、草原湖海尽收眼底。地图上方的国旗、国徽和“祖国在我心中”6个遒劲有力的大字，不仅彰显出了地图的魅力，还象征着人民军队永远肩负着保卫祖国主权和领土完整的神圣使命。

我还对妻子说，沙盘地图东西两侧分别耸立的核弹爆炸后烈焰翻滚的蘑菇云和蓄势待发的火箭导弹造型图案，和沙盘地图正前方银光闪烁的圆球 —— 人造地球卫星模型，清楚地给人们展示了擎起我国大国地位、让炎黄子孙扬眉吐气的“两弹一星”。

漫步于花丛中的园间小径，我感受到了历史和传统的熏陶，感受到了中国核试验历史的发展，仿佛回到了我国第一颗原子弹爆炸成功的辉煌瞬间。那一刻，我陡然增添了些许继往开来的信心和力量。

许是转的地方多了，许是跑的时间长了，还未参观完，儿子就嚷嚷着要回家。一边哄着儿子，我一边驾车往回赶。当摩托车行驶到基地广场时，看到有几个孩子在广场玩耍，儿子却不再提回家的话了，嚷嚷着要下来和小朋友们一起玩。看儿子玩得不亦乐乎，我对一个小朋友家长说了几句，就拉着妻子走进了基地历史展览馆。展览馆内，一幅幅图片向人们道出了50多年来，在党中央、中央军委和上级党委的正确领导下，基地历届党委团结带领官兵，牢记党和人民的重托，培育形成了"艰苦奋斗干惊天动地事，无私奉献做隐姓埋名人"的马兰精神和"祖国利益高于一切，人民利益重于一切；铸国防盾牌，当强军先锋"核心价值理念的伟大历程。在这里，妻子第一次看到了我国完成多次核试验的相关文字，第一次了解到从基地成长的10位院士和几十位科技将军的事迹，知道了为发展我国战略核力量和高新技术武器装备，维护国家主权、安全和领土完整，基地所发挥的重要作用和一代代官兵所做出的突出贡献。

在地窖小学、夫妻树、千里连营、核大姐、八千里巡逻等经典图片前，我给妻子详细讲解了一个个令人热血沸腾、唏嘘不止的故事，让妻子感受到了20世纪六七十年代在这片土地上所创造出的文明与辉煌。那次，在听了我的讲述后，偶有"豆腐块"见报的妻子回到家后立即撰写了一篇2000余字的稿件，并让其最终变成了铅字。捧着寄来的稿费，妻子兴高采烈地对我说："基地文化事业的发展，也有我的一份功劳呢。"

二

对基地官兵来说，无论是核场还是靶场，很多人都不陌生，但对家属们来说，情形就大不一样了。因为试验任务和保密原因，家属很少有机会到场区，更不要说参观旅游了。妻子曾和我说过多次，想进场看一看，但始终未能如愿。有一年夏天，基地组织家属到场区参观，妻子特

别想去，但那时她正身怀六甲。考虑到她腹中的胎儿，我对她说，以后有的是机会，等一等再说吧。时至今日，儿子都9岁了，可妻子还是没能踏进场区一步。

虽然如此，但在播放的一些电视片中，通过我的讲解和她自己的观看以及播音员的解说，妻子还是对场区情况多少了解了一些。每次看马兰新闻，当电视中出现场区的画面时，妻总会问这问那。一次，当甘草泉哨所的画面呈现在她眼前时，我告诉妻，这是大漠第1哨——被称为"纽带上的明珠"的甘草泉哨所。看到别墅似的营房，房屋左右大片的根雕以及门口升起的国旗，妻子由衷地发出了"好美的地方，好美的名字"的感叹。其实，她哪里知道，官兵在大漠中安个家是多么不易。胜似别墅的营房、庭院里精美的根雕，那都是官兵一砖一瓦自己动手修建的，是官兵就地取材精心制作的……她又怎能理解这其中的不易与艰辛，怎能理解官兵用无悔的青春、顽强的毅力和聪明的才智，在有着"死亡之海"之称的戈壁大漠中创造的生命奇迹。

当年，为了能够早日核试验成功，成千上万的试验大军来到罗布泊。一时间，官兵用水、试验用水成了摆在基地领导面前的难题。虽然驻地有孔雀河，但孔雀河里的水金属化合物含量很高，官兵吃后总是拉肚子。为了解决用水这一难题，基地负责水电的单位一个叫薄建国的战士主动承担了用水保障这项艰巨的任务，在平凡的岗位上用实际行动演绎了一段不平凡的故事。

为了保障场区官兵用水和试验用水，当兵13年的薄建国只到过马兰两次。就连媳妇从老家探亲来队，薄建国都没有去马兰接她。每天天不亮，薄建国就提上工具，从水站出发，沿着水管往前检查。遇到有突发情况发生，不管天寒地冻还是酷暑当头，他总是及时进行检修，常常累得饭吃不下，觉睡不着。有一年，看到任务实在繁重，连领导就给他派了两个新兵。然而，时间不长，等到新兵变成老兵退伍了，这个小点号就又剩下了他一个人。

没有人再愿意来这里。

时光荏苒，一晃薄建国就和这个小点号上的水井一起度过了13年。

13年里，为完成组织交给的任务，薄建国没有回家过过一个春节。有一年，薄建国早早地就给连里以及家里说好了要回去过年，可是，快要过年了，薄建国还没有回去。妻子来电话催了好几次，可看到连队人员实在太少的薄建国最终还是放弃了回家过年的机会。多少次春节，望着天空中炸响的礼花，薄建国每次只是朝着家的方向敬上一个标准的军礼，独自一个人默默地哼唱着《十五的月亮》，既安慰自己，也安慰远在家乡的妻子……

有一年除夕夜，当电视中举国上下欢呼新年钟声敲响的时候，薄建国却在戈壁滩上点起了一堆篝火，一个人在火堆旁坐了很久。夜幕下，寒风习习，薄建国却没有一丝感觉，倒是对家乡、对亲人的思念让他泪流满面。

多少次，当兄弟单位的战友在操场上打球或坐在室内看电视时，薄建国却在检修水管；多少次，当战友们躺在舒适的被窝里休息时，薄建国却在室外维护管道。衣服湿透了，他顾不上拧一把；冻感冒了，他顾不上到医务室拿药……当领导到供水站看望他，问及他有什么要求时，薄建国却向领导提出：如果部队同意，我就在这儿守一辈子水井……

故事还没有讲完，妻早已泪流满面，她告诉我，阿斯干供水站的故事让她感动，更让她难以忘怀。那次，她特别严肃地对我说，你一定要带我去看看这个地方，带我去看看场区，我也要写写他们的故事。

看着妻子感动的样子，我对她说，场区有很多感人的故事，如果你去了那里，相信你一定会有很大收获。

看着妻沉浸在其中的样子，那次，我还给她讲述了辛格尔哨所的故事。

辛格尔哨所始建于1965年3月，位于试验场区的东南方，素有场区"东大门"之称。1994年前，哨所一直使用蜡烛、煤油灯、马灯照明。后来，哨所战士集思广益，决定充分利用水资源。于是，他们把泉水积蓄起来用落差带动水车转动，发电照明。这项发明，不但获得了基地科技发明奖，更结束了哨所的油灯时代。这个小型发电站也因此被命名为"楼兰发电站"……

半个多世纪以来，一代代哨所官兵用双手把这里打造成了戈壁明珠。标准的现代化营房让官兵解除了许多烦恼，独特的哨所文化长廊给官兵增添了许多诗情画意。湖中有影、影中有桥的人工湖与湛蓝湛蓝的天空连成一色，新颖别致的留心亭悄悄地藏在芦苇身后，犹抱琵琶半遮面，如果不是背后不远处的天山山脉，参观者还以为是来到了诗情画意的江南。然而，这还不算什么，最有意思的是辛格尔的两眼泉水，一咸一甜，见证着哨所的发展和官兵的成长。这是我国第一颗原子弹爆炸前7名警卫兵在执行场区巡逻任务时发现的。如今，在泉水旁立着一个巨大的石碑，上面写着飘逸洒脱的6个大字——"罗布泊第一泉"。在其背面，还镌刻了大量的文字——警卫兵八千里巡逻发现泉水的故事。

关于"罗布泊第一泉"，还有一个动人的故事。当年，基地演出队演员任莉来到这里，看到战士们与泉水的相亲相爱，回去后就谱写了《战士与清泉》这首曲子。当她给哨所官兵演唱完第一段时，哨所班长代表哨所全体战士给她献上了戈壁滩上美丽的红柳花。那次，被感动的任莉给哨所战士庄严地敬了一个军礼，含泪唱完了歌曲的后半部分。

3年后，任莉跟随中央电视台摄制组再次来到这里，为她的这首成名曲拍摄MTV。在拍摄过程中，任莉将自己的感情全部融入了演唱中，一遍遍地为哨所官兵演唱。临走时，战士们对任莉说，希望能有一盘她演唱的歌曲磁带。

任莉痛快地答应了。

第二年春节，任莉带着自己的演唱磁带，又一次跟随演出队的同志来到这里。10余年过去了，尽管任莉有了很多新作，也成了教官，但官兵们最喜爱的依然是她的《战士与清泉》。

清泉流淌在戈壁滩，

战士守卫在清泉边，

清泉为战士把歌唱，

战士伴清泉守边关。

清泉像战士啊，战士像清泉，

清泉和战士都把戈壁恋……

每每唱起这首歌，任莉都会想起"罗布泊第一泉"，想起当年为战士们演唱时的情景，想起生活在那里的官兵……

陪首长看望部队，随老同志参观，值班检查，文学采风，我多次来到辛格尔哨所。在这里，我多次观赏到她的美丽，感受着她带来的冲击力。

在哨所官兵居住的第三代营房——楼兰奇石展厅里，我看到许多的奇石和根雕。这些奇石和根雕，都是警卫官兵搜集和加工的。

在一块名叫"美人鱼"的奇石前，我读到了创作者的名字，也明白了它之所以叫"美人鱼"的原因——石头整体为浅色鱼状，前部呈流线形，后部呈角形。石头表面有许多不规则的凹凸，仿佛鱼身上的鱼鳞。当时的哨所班长杨志军在2002年10月发现这块奇石后，就给它起了个很好听的名字——"美人鱼"。

"战国钱币"是战士文军在2001年发现的。自从发现后就一直被展厅所珍藏。石头整体呈刀形，因酷像战国（主要在当时的齐国流通）时期的钱币而被命名。

"鹰蛇之战"是该团原团长郭守富的根雕作品，也是展厅的镇馆之宝。作品上面是一只俯冲的雄鹰，下面是一段树干，在树干上缠绕着一只大蟒。雄鹰俯冲下来要置敌人于死地，大蟒张开大嘴，吐出红色的信子，准备随时攻击，一对天敌在进攻的那一刻被定住了……

从定住的画面中，在剑拔弩张的气氛中，我悟出的是"狭路相逢勇者胜"的精神。

三

参观了马兰景区，神游了核试验场，当我问及妻子的感受时，一向叽叽喳喳的妻却不言语了。在我的再三追问下，妻的眼睛湿润了。她说，聆听了一个个感人至深的故事，参观了一处处镌刻着"艰苦奋斗干惊天动地事，无私奉献做隐姓埋名人"马兰精神的建筑，她嗅到了一种别样的味道：无私，无怨，无悔，无恨……

妻说，在基地官兵身上，她看到了无私与伟大；从他们的身上，她体味到了艰辛与豪情。是他们，一个个普普通通的战士，让她感受到了责任的力量。她要把她听到的、看到的都讲给儿子听，要儿子循着基地的建设，基地的发展，基地的历程，基地的精神继续前行……

故乡　故居　故人

2012年9月22日，一个普通得不能再普通的日子。在很多人眼里，也许这一天和别的一天没有什么差别，但对于我来说，在收获了一份感动之余，还收获了一份友谊。

缘分

我不知道这是缘分，还是冥冥之中的事情。

事情起因源于2012年9月20日的午饭。那天，应信息中心付安镇主任的邀请，我们一起陪军事博物馆郝晓进馆长就餐。席间，人们谈到了基地历史展览馆内的一张图片——春雷文工团1964年表演的舞蹈节目《洗衣歌》。作为基地第一任春雷文工团团长的传人（郝馆长的父亲是基地第一任春雷文工团团长），一个在基地生活了5年的人，郝馆长对图片中的很多人都较熟悉，只有两个人一时间想不起来。郝馆长问我："能不能把这张图片拍照一下，回去找人辨认后再告诉你们。"我想，这是好事呀，现在图片中的很多人大家都不知道是谁，搞教育或参观也只是笼统地一说。如果名字赫然在册，那说服力就强多了。给领导汇报并征得同意后，我们相约下午上班后到历史展览馆拍照。

上班的号声一落，我就来到了历史展览馆。然而，就在我刚刚走到展览馆门口时，却看到两辆考斯特驶了过来。开始，我还以为有首长参观，殊不知从车上下来一群很普通的人。他们中，有男有女，有老有少，只是年轻的也有知天命之年了。看看没有领导相陪，我便走上前去与陪同他们的李干事搭话。一问，才知道是曾经在基地工作过的一群老同志。他们中，离开基地时间最长的竟有43年之久。看着这群白发苍苍、步履蹒跚的老人，我想，故地重游，对他们来说，不仅仅是怀旧，更多的恐怕是要追寻点什么，寄托点什么吧。

在历史展览馆内，李干事张口给我介绍的第一个人是一位女性，看上去也就40多岁，然而，在我知道了她的名字和关于她的故事后，我很惊讶。因为我刚刚审读完她的稿件《幸福的回忆》一文，并刊登在第24期《春雷》上。在文章中，她这样深情地写道："话务员同志，请给我接2号首长。啊！是敬爱的周总理，是周总理！他老人家浓重的苏北口音非常特殊、谦逊、亲切而干脆。顿时，我兴奋的泪水夺眶而出……当我告诉战友刚才接转的是周总理的电话时，她睁大眼睛愣了一下说，是真的？我说是真的。啊！她大喊了一句，李娜，你太幸福啦！一时间，我们俩紧紧地抱在了一起，眼里都闪着喜悦的泪花，共享那幸福的瞬间……"

查阅资料，我知道了李娜所写的这次试验发生在1971年11月18日，是我国第12次核试验。在周恩来总理指挥下，这次核试验任务取得了圆满成功。当时，接听周恩来总理电话的那个女兵，就是李娜。屈指数来，从我国第12次核试验任务到现在，已经悄然度过41个春秋。那时的李娜怎么也有10多岁呀，现在的她……正掐着指头细算时，我突然想起她曾在文章中提到过，1971年1月13日是她难忘的日子，这一天，她成了一名光荣的共和国女兵，那年她差两个月16岁。

这样算来，李娜已是将近花甲之年的老人了！

难怪我很惊讶！

机会难得，我萌生了与她合影的想法，并当即说明了意愿。不料，她竟爽快地答应了。在广场漂亮的花卉前，同事用她的相机为我们留下了精彩的瞬间。后来，她又把照片传给了我，让我很是感动。

看我兴致盎然，李干事随即给我介绍了第二位客人，他是《"零时"起爆》一书的总策划之一——顾庆忠先生。这是一位特殊的客人，1963年清华大学自动控制系毕业即入伍、曾经参加多次核试验，并在第一次核试验时荣立三等功。看到他时，他正手里提着两根小拐杖，在广场上急急忙忙、来来回回地奔波个不停。

认识他，发生了很多让我意想不到的故事。

听说我是《春雷》杂志的编辑，老人很是高兴，拉着我的手连声说道："我先给你介绍一位同行，你们有共同的语言。"说完，拉着我就来到了一位老人身边。"这是老广（广州人）陈君泽，《'零时'起爆》的主编……"听着顾庆忠老人的介绍，握着陈君泽老人的手，一股崇敬之情在我的手里游荡开来。我知道，这份崇敬既源自对陈君泽老人的敬重（老人是1965年于华南理工大学自动控制专业毕业后即入伍来到基地的，是一名高级工程师。我曾经读到过他写的很多篇稿子），更源于我对《"零时"起爆》一书的阅读（与老人见面时，这本书我已经阅读了三分之一还多，且在书中留有读书心得多达100处）。站在广场上，我随即与两位老人展开了交流。真的没有想到，短短的十几分钟竟让我们成了忘年交。见我们如此谈得来，李干事就邀我加入他们的队伍中去，考虑到第二天手头还有一些事情，我也就没有立即答应，只是在听说他们第

三天要到红山时，我当即表示，一定要跟随老人到他们的第二故乡 ——
红山走一遭。

在广场和他们挥手告别的那一瞬，我在心里明确地告诉自己，这一
切都是缘分。

故地重游

9月22日（周六），按照与李干事的约定，天刚蒙蒙亮我就来到了
招待所（平时，周末我一般都要睡到10点多才起床）。简单地吃过早
饭，我就随同李干事登上了车。半个小时后，我们一行30余人来到了红
山 —— 一个被《"零时"起爆》一书作者们称为"圣地"的地方。

红山，地处天山山脉一个叫"察罕通"的地方，由于这里只有稀疏
的植被，又加上这里的山脉到处呈现出一片赭红色，因此张爱萍将军就
给这个地方起名为红山 —— 这样，既反映了地貌，也赋予了英雄的革命
色彩。20世纪60年代到80年代，我国大批的核试验人员和科技精英，在
这片土地上默默无闻地奉献出了他们的青春和年华。

天公真的很不作美。那天，下车不大会儿，天空中就飘起了蒙蒙细
雨。开始时还犹如喷雾一般，可也就一盏茶的工夫，雨点就噼里啪啦、
恶狠狠地砸了下来。尽管如此，参观的人们却丝毫没有受到影响，他们
依旧在有条不紊地"旅游观光"。

考斯特第一次"驻足"是在"美人桥"。

以前，我曾经多次听说过这个地方，也知道这是红山一景，而且还
来过这里（只是以前不知道它就是"美人桥"）。然而，我怎么也没有
想到，现在，当我知道这是"美人桥"的时候，它竟是如此惨不忍睹。

长长的横梁张开了大大的嘴巴，似乎在大笑不止。只是我不明白它是在用热情的欢笑迎接昔日的战友回到它的身旁，还是在用肆无忌惮的大笑憎恨岁月的沧桑让它变成了现在的模样。高高耸立的灯杆，早已锈迹斑斑，没有一点生机不说，就连上面的灯泡也早已不见了踪影。桥下，尽管水流湍急，呈现给我们一幅生机勃勃的景象，可依旧遮不住桥上的不堪入目——大小不等的水坑，凹凸不平的路面，枯黄衰微的小草……然而，老人们才不管这些，"跳"下车的他们一溜小跑冲向了"美人桥"。在"美人桥"头，在桥梁一侧，他们或远眺，或平视；或扶着栏杆，或依着桥梁；或三三两两，或三五成群，兴高采烈地谈论着，拍照着。稀稀拉拉的雨中，一会儿你拉上"我"，一会儿"我"又拉上她，更有甚者，他们竟有许多人也把我这个陪同者拉去争相进行拍照，让我第一次有了当明星的感觉。

望着老人们忙碌的身影，我禁不住问一位阿姨，这里为什么叫"美人桥"，难道当年真的有一位美人站立桥头？捋捋鬓间的白发，老人告诉我，当年，很多年轻人吃过晚饭来到这里，或在桥上聆听水声，远眺天山；或到桥下捉鱼抓虾，嬉戏打闹……这里，曾经是青年男女最喜爱的地方，尤其是女同志最愿意待的地方，但是为什么叫作"美人桥"，何时叫作"美人桥"，他们却不得而知。听着老人的叙说，我想，也许当年这座桥头上真的有美人出现过；也许这就是当年人们的一种精神寄托吧！

为了寻找"美人桥"的来历，我先后多次给在基地工作过的一些老同志打电话询问，可很多人都不知道其来历。最后，还是研究所原政委成泽辉来短信告诉了我相关情况。于是，就有了2012年第4期《春雷》封三的传统核试验旧址有关"美人桥"的介绍：

　　美人桥，位于基地原生活区，与基地原司令部、政治部、研究所等建筑一起修建，是研究所到司令部、政治部及红山门诊部必经之路。桥下有一条清澈见底的小河，河床由鹅卵石铺成。

　　基地组建初期，广大官兵，尤其是科技工作者，或在此读书学习，或在此散步休憩。桥上桥下，留下了他们诸多欢声笑语。作家苏方学到红山采访，见此情景，遂为此桥起名"美人桥"。

　　淅淅沥沥的小雨下个不停，依旧没有阻挡住故地重游的老人，直到李干事催促多次，兴致极高的他们才依依不舍地上了车。

　　车第二次停下来是在老人昔日的宿舍楼前。这里，距离他们昔日的办公楼、饭堂不是很远。

　　不等车停稳，就像猫急的孩子一样，老人们又迫不及待地"跳"下了车。也就是一眨眼的工夫，就又都走散了——朝着昔日各自的宿舍跑去。因为腿脚不方便的缘故，手持拐杖的顾庆忠老人首先登上了楼梯，还一边走一边招呼陈君泽和刘赤生两位老人及老伴。看着6位老人全然不顾脚下的粪便和垃圾遍地，一边走一边兴高采烈地谈论着昔日的事情，我急急忙忙地追了上去。在三楼顾庆忠老人昔日居住过的房子里，他一边向老伴讲述着当年房子里的布置，一边比画着自己的床在什么位置，不等老伴听明白，还急急忙忙把老伴拉到窗户旁，并顺手将脖子上的相机摘下来给我——让我给他们夫妇照相。那一刻，听着几位老人"叽叽喳喳"争论不休的话语，再看看老人激动的表情，我真的难以想象他们已是年逾古稀的老人。因为，他们早已过了年轻人应该激动的年龄。但是，此时此刻，他们却表现出了年轻人所特有的激动与兴奋。

　　当老人们来到昔日的办公楼前时，一阵松一阵紧的雨点突然加速了。

就在人们不约而同地涌进走廊时，我却看到他们已开始了一个房间一个房间地"串门"。走廊里、房间内，尽管光线很暗，可他们却在忙着照个不停。听着"咔咔"的响声，当时我就想，这样的环境、这样的光线，照出来效果也好不到哪里去，完全没有必要嘛。可是，在后来接到陈君泽老人传给我的照片后，我才发现自己错了。在给我的每张照片上，老人都用心命了名。读着上面"写"有"美人桥头""故居今昔""宿舍楼前""细雨纷飞迎故人"字样的图片，我的眼睛湿润了。那一刻，我突然明白了老人们对这片土地的感情是多么深厚。仔细想来，当年的他们把人生最美好的青春年华都奉献给了这片土地 —— 自己的第二故乡。现在，在故居前照张相，在宿舍楼前合张影，留住美好的瞬间，对于他们来说，这是最有意义的事情了。

……

一处建筑，一次感动；一张照片，一次泪流。望着老人泪流如雨的样子，我想，30年后的我只怕也是这个样子吧！

采访

在仅有的一天陪同中，我一共对3人进行了采访。他们，不仅让我回到了那个远去的年代，也让我想到了很多。

采访对象一："小狐狸"胡志丽。第一次听到这个名字，我还以为胡阿姨年轻时有点妖娆而得此名，只是在问了她本人后才知道，原来是因为名字中有着"húli"的读音而被同事们称为"小狐狸"的。胡阿姨是位"核大姐"，对她的采访是在去红山的路上进行的。在考斯特不停的颠簸中，在我的不断提问下，胡阿姨给我讲述了发生在她身上的许多故事。

　　年轻的胡志丽有一次正在玄武湖玩，突然听说有架飞机落在了不远处，她就和同学一起跑去看。作为年轻的女孩子，那时她跑步的速度一点都不亚于男孩子，就因为这个原因，被体育委员发现有跑步特长的胡志丽被调到了学校的"钢铁队"（学校专门搞体育的集体）。上午、下午、晚上各一次的练习，没有难倒胡志丽，相反，她对体育课却越来越喜爱了。然而，就在要报考体校时，她却被通知说："你是中专生，是国家的人才，体校是不会让你去的。"不是开玩笑，胡志丽这次真的没有去成体校，而是在毕业后来到了一望无垠的茫茫戈壁。说到这里时，她羞赧地说："上次我回学校，同学们告诉我当年的记录至今还没有人破，这让我颇为自豪了一阵子。"

　　在胡志丽的印象里，有两件礼物是她最难忘的。一件是"老三篇"，一件是聂荣臻元帅与她握手的照片，这两份礼物是研究所第一任所长张超送给她的。谈起与张所长的熟悉，胡阿姨娓娓道来："那时候张所长和程院长（程开甲）、吕主任（吕敏）都住在上面，距离我们住的地方很近，在路上碰见时，他们经常会给我们拿库尔勒香梨吃。那时的库尔勒香梨可不是随便能买到的，只有专家或领导才能享受到这种待遇。这两件礼物就是在一次试验成功后张所长送给我的……"

　　在与胡阿姨的聊天中，有件事也让她颇为自豪。她告诉我说，在当年的红山里，因为当时鸡鸭鱼肉很长时间还买不到一次（就是偶尔能买到一次也少得可怜）。没有办法，她们只好想尽各种主意给孩子增加营养。于是，她们就把灯泡调至恒温，在房子里用灯泡孵小鸡，养鸡下蛋……胡阿姨自豪地告诉我，那时候，她不但什么菜都种，小鸡也是她孵得最好。

　　采访对象二：研究所科技处原处长唐逢珍。这是一位1964年于北京工业学院无线电系毕业后即入伍、多次执行过核试验任务的老兵。退休前曾是大校的他，如今也是古稀之年的老人了。

据唐处长讲，他是1966年底来到红山的。那时候，天很冷，穿在脚上的大头鞋不起一点作用，把被子裹在腿上还挡不住冷，以至于冻木的腿连疼痛都不知道。那时候军装的布料还是的确良，不像现在的衣服料子这么好。坐在矮板的卡车上，因为车辆的颠簸，以至于不能站、只能蹲的他们军装经常被磨得稀烂。

记得在执行某次任务时，因为天热喝水较多，很多同志都拉起了肚子，到了晚上，大家隔上三五分钟就要跑出去"埋地雷"。那时候，场区的蚊子非常多，常常是还不等裤子脱下来，屁股上就已经被叮了许多包。但就是这样艰苦的环境，也没有一个人叫苦喊累，更没有人感到有一丝一毫的后悔，大家都以能够参加这项工作为荣。说到这里时，激动不已的唐处长泪眼婆娑地告诉我，一项伟大的事业总需要有人去奉献，没有核就没有我们现在的地位，用我们的辛苦换来祖国的强大，值得……

有一年的国庆观礼台上，作为代表，唐处长有幸站在了上面，而且是靠中间的位置。国庆观礼后，周总理还专门为他们安排了一场《安第斯山风暴》话剧。那场话剧，他们看得热血沸腾，激情澎湃，有些情节至今还记忆犹新。老人说，那是他看过的最好的话剧。

站在国庆观礼台上，这就是人们给予他最大的回报，也是党和国家给予他最充分的肯定。我发现，唐处长说到此处时，一种由衷的自豪洋溢在他的脸上。这自豪，发自内心，源自骨髓。

那一刻，我突然想到一句话：付出总有回报。这是颠扑不破的真理。

采访对象三：中国传媒大学教授、硕士生导师沈琴。这是一位于福州大学物理系无线电专业毕业后即入伍，在研究所主控站参加了氢弹原理和第一次氢弹试验，1969年12月退伍，科研成果多次获奖的女性。

　　看到沈阿姨的第一眼，我心里突然有种异样的感觉。我在想，是不是美人桥因她而得名啊。思索再三，最终我还是没有向她问及此事，只是把她的美深深地刻在了脑海里。

　　出生在福州的沈阿姨在福州一中、福州大学受到了良好教育，在物理无线电系，女同学就她一人，可谓是"出类拔萃"。1965年，就在她即将毕业时，基地一位领导找她谈话，告诉她组织上分配她到核试验基地工作了。听到这个消息，当时的她很是兴奋，为能够成为中国人民解放军的一员而高兴，更为组织上对自己的莫大信任而激动不已，就连同学们也都十分羡慕她。

　　毕业后，沈阿姨入伍先到了北京定福庄（即第二外国语学院）集训，后又到了山东郯城参加社会主义运动，最后来到了研究所主控组。初到核试验现场，因为天气恶劣，寒气逼人，狂风吼叫，飞沙走石，为了避免夜间上厕所，她始终不敢多喝水，以至肛裂。然而，为了高质量完成工作，她始终牢记周总理提出的"严肃认真，周到细致，稳妥可靠，万无一失"的16字方针，从严要求自己。可事与愿违，让她没有想到的是，1969年，她最终却因父亲的历史原因被迫复员。沈阿姨告诉我，她本来是做好了"献了青春献终身，献了终身献子孙"的思想准备的，却没有料到因为出身离开部队（父亲集体加入国民党，但直到日本战败投降，也没有参加过一次组织活动。在她入伍时领导曾说她父亲的历史问题已审查清楚，重在她的表现）。离开基地时，她的心情很是沮丧。

　　回想在红山待过的日子，再看看自己走过的路，如今已在中国传媒大学退休并被返聘的沈阿姨有着颇多感慨。她说，随着有关核试验的多部电视剧在中央电视台的不断播出，现在她在课堂上也经常用简单的话语给她的学生讲一些当年自己在核试验场的经历，激励当代青年的爱国热情。每次讲起发生在那个年代的故事，同学们每每都报以热烈的掌声，这让她很是激动。她说，其实，她不是向学生要掌声，而是让学生从中获得生动的爱国教育，要学生从中感悟我国核试验事业的伟大，发扬并传承伟大的马兰精神，也使自己意识到教书育人的任重道远……

沈阿姨的话语，让我深思，更让我感动……

感动

其实，一路走来，彼此双方都被感动着。

9月22日那天，一到红山，天空中就下起了蒙蒙细雨。抚摸着湿漉漉的头发，我心中暗暗责怪老天爷不识时务——雨下得真不是时候。然而，老人们却没有这样的想法，他们自豪地说他们又回家了。在红山，他们兴致盎然，激动无比，高兴得像孩子跑前跑后，呼朋唤友。在与他们的交流中，老人们多次表达了基地对这次接待任务的重视，发出了连声的赞叹和感谢。尤其是在晚上的送别宴会上，内心激动不已的老人更是不顾步履维艰，纷纷端起酒杯给我们——年轻的军人们敬酒，用中国这一古老的形式表达他们的情感。

沈琴阿姨在后来发给我的邮件中这样写道："这次我们老战友回基地，受到基地领导无微不至的关怀和你们热情的接待与帮助，我们每个人都非常感谢和激动，感受到家的亲切和温暖，感受到基地的母爱。时间虽短，但感受深刻，至今还念念不忘。时至今日，那些情景还一直在我们眼前一幕又一幕地呈现。做梦都还在马兰，在红山，在辛格尔哨所，在战士们的狂欢中，在聆听基地首长亲切又激动的演讲中。实在叫我们难以忘怀，回家的感觉真好……"

我真的没有想到老人们会有着如此的感动，会写下如此炽热的言语。我只知道，在短暂的一天里，我收获了很多感动。

在他们曾经工作过的办公楼前，顾不上口干舌燥，老人耐心地给我讲述昔日发生在这片土地上的故事，讲述发生在他们身上的故事。那一刻，一个个鲜活的面孔，一个个感人至深的故事在我面前呈现，让我仿佛回到了那段艰苦卓绝的岁月，仿佛聆听到了当年回响在红山上空的呐喊。

感情脆弱的我再次泪流满面。

然而，还有更为感人的故事。

那天晚上，因为要给几位老人观看基地的《春雷》杂志和自己四月刊印的书籍，我又来到了招待所。当顾庆忠老人听说我想要一份全体人员签名的红山全景照片时，他立即找到了沈琴阿姨。不顾腿脚不便，不顾身体疲惫，两位老人开始了一个房间一个房间地敲门。看着他们的身影，我实在不忍心如此"折磨"他们，中间多次对他们说："明天在路上再让大家签吧，签完后让工作人员给我带过来就行……"可是，两位"执拗"的老人却全然不顾我的请求，依然继续着他们的工作，直到深夜11点所有人员签名完毕。

两位老人都是"70"后，尤其是顾庆忠老人，已是75岁高龄，而且还腿脚不便，就连沈琴阿姨，这位1942年出生、23岁就来到基地的她也到了古稀之年。从他们的一言一行、一举一动中，我感受到了他们对这片土地的深厚情感。

望着窗外下个不停的小雨，我对着天空深情地说："谁说这雨下得不是时候?!"

尾声

回来的第二天，因为孩子发烧，我没能在早上去招待所送各位老人。当时，我的心里一直感到很愧疚。在随后的一周内，因为孩子住院，忙得焦头烂额的我更是疏忽了与诸位老人的联系。然而，让我始料未及的是，在孩子出院后的第三天，我竟然接到了多位老人的邮件，除了祝福中秋国庆快乐外，他们更多的是对基地的眷恋，对战友的感恩……

数日后，陈君泽老人也发来了他撰写的稿件《重返故乡》。在这篇稿件中，他有着这样的言语："只因马兰是我们共同的故乡，永远的精神家园。在马兰，有我们共同的事业、共同的目标、共同的追求、共同的经历、共同度过的艰难岁月，有在特殊的年代、特殊的环境、特殊的事业中建立起来的战友之间特殊的感情、特殊的'故乡'情结……马兰是我们事业的起点，根之所在。如果说，2009年4月西安聚会，我们找到了'家'的感觉，但是，真正意义上的'家'，真正意义上的'故乡'是在马兰，在红山，在罗布泊。我们住在那里、生活在那里、工作在那里，那里有我们熟识的环境、楼房、道路、山水、草木、旷野、风沙、天空、月亮，我们所做的工作，我们的希望、快乐和苦难，也有我们的困惑、失落和无奈……所有的一切都深深铭刻在我们的记忆中，挥之不去，重回'故乡'、重回'家'也就成了我们最大的愿望和快乐。尽管数十年过去，我们已经是老者，不可抗拒的年老力衰，尽管回家的道路千山万水，那样曲折，那样艰难。'哪怕是爬着回去，我也愿意！'这种冲动、这种顽强、这种意志无法阻挡！到了红山，触景生情，睹物思人，昔日是热气腾腾，一片繁忙景象，现在是人去楼空，冷冷清清，红山为

什么有那么大的魅力和吸引力，绝对不是因为普通意义上的美丽，而在于她的事业、她的精神、她在历史上无可替代的地位和作用，是值得我们和后人纪念的一座丰碑，是值得我们和后人怀念的精神家园……

细细品读他们发来的邮件，我在想，感谢那场细雨，感谢这群故人。是他们，让我的心灵再次得到净化，让我的灵魂再次得到洗礼。

我知道，也许这真的是缘分，但我更知道，这真的不是尾声。因为我相信，他们的现在，就是我的将来。也许在不久的将来，我也会以一名故人的身份来到这里，在我们共同的第二故乡探寻我的故居，寻找我曾经的足迹，触摸我昔日住过的营房，聆听我曾经的欢笑与嬉戏，继续着他们现在的继续……

这不是尾声，而是一段崭新的开始，我断定。

下连当兵记

1958年8月，毛泽东主席在北戴河召开的中央政治局扩大会议上提出："我看所有的'长'——军长、师长等，都至少当一个月的兵，头一年最好搞两个月，要服从班长、排长指挥。一年你管人家十一个月，人家管你一个月还不行吗？有些过去当过兵的现在多年不当兵了，再去当一下。"

1958年9月20日，根据毛主席的指示，原总政治部做出了《关于军队各级干部每年下连当兵一个月的规定》。

时隔55年，中央军委习近平主席再次发出了各级干部下连当兵的号召。

2013年5月20日，作为第1批下连当兵的一员，我来到了有着辉煌历史和"忠诚使命、无私奉献，团结拼搏、敢打必胜"精神的某团。庆幸之余，将自己在连队生活15个日日夜夜中感受到的点点滴滴，以及看到的一幕幕情景，用拙劣的文字记述下来，以飨读者。

2013年5月20日　星期一　晴

上午到2营3连报到了。佩戴列兵军衔的我被安排在一班。

战友们都到工地施工了，室内空无一人。

正在房间里收拾被褥，进来一名上尉。推开门的一瞬间，他问我，你们连长呢？其实刚刚来到连队的我既不知道连长是谁，也不知道连长在什么地方，只是凭感觉回答他，在工地吧。

趁着他去推开对面连部门的瞬间，我一阵暗喜，看来这张脸还没有老到戴上列兵军衔就不像列兵的样子……然而，也就30秒的工夫，在确定连长不在连队后，转身要走的他客气地对我说了声："谢谢"。

望着上尉离去的身影，我想，许是室内的光线稍暗，许是他不知道全军正在搞下连当兵的活动，抑或他大抵从没见过这么老的列兵，抑或上尉的个人素质很高，才会对一个列兵说出这样的话语。

想到这里，我心里突然生出丝丝的忧伤。

上尉走后不久，连部郭江峰指导员走了进来，简单地给我介绍了连队的基本情况。

原来，为了施工方便，连队刚刚搬到这里才3天。这里是汽车团的老营房，很久没有人居住了。因为刚搬来，很多事情都还没有准备就绪，就连上周刚下命令的梁教导员也是听说我们（基地审计处杨处长到2营4连蹲连住班）要报到，才在匆忙中于今天上班后走马上任的，也就比我们早到半小时。

大约14：00吧。随着喧闹声骤然响起，一群战友推门走了进来。凭直觉，我知道是一班的战友回来了。

他们，肯定是从工地上回来的。不然，不能一个个浑身都沾满了泥土或泥浆。

听到楼道内的嘈杂声，郭指导员急忙从连部走了进来，给我介绍拥进屋子的战友。这是副排长朱鑫，这是班长黄锐，这是 …… 望着一个个陌生的面孔，我一边敬礼，一边与他们问好。

只是在短暂的时间里，众多面孔一个也不曾在脑海里留下深刻的印象。

午饭前，连长刘鹏热情洋溢地把我介绍给了全连官兵，并再三邀请我讲几句。尽管我用不到一分钟的时间介绍了自己，但让我想得更多的是，此刻，应该是无声胜有声吧。

15：45，一声哨声过后，听到有人喊"起床"，我随即翻身坐了起来。因为上午刚报到的缘故，人还不是很熟，午休时我也没太在意，合身就躺在了床上。

朦胧中，我听到床铺发出"吱吱呀呀"的响声，睡意正浓的我也就没有多想。只是在醒来后才发现自己的上铺没人。

"谁睡在我的上铺，为什么没有午休？"我一边问正起床的副排长朱鑫，一边为自己的到来使战友没有午休而深感不安。

工地上，我见到了睡在我上铺的兄弟 —— 列兵杜一峰，一个还不满20岁的小伙子。尽管他不承认是怕影响我睡觉才不午休的事实，但他的神态与言语都让我坚信我的判断大抵是不会错的。

劳动开始不久，我与班长要了全班人员的名单。拿到手里仔细看的时候，才知道我们和三班战友同居一室。现在的一班仅有4人：上士班长黄锐，下士班副仲涛，上等兵谢辉和列兵杜一峰。

大概是考虑到我在一班的缘故，技术工种一时还难以完成。在安排工作时，一班接受的任务是清除地下室内多余的沙石。

新疆的16：00，是一天中最为炎热的时候。然而，许是苍天见怜，工作没多长时间，太阳就羞涩地低下了头，将满是怒火的脸悄悄地藏在了大片乌云的背后。见此情景，我和自己开玩笑说："太阳公公还真眷顾我，不舍得我被暴晒，悄悄地走开了。"

17：00，突然刮起了风，大有山雨欲来风满楼之势。只是待风儿过后，留下的尽是凉爽。尽管如此，但对于久坐办公室、经年不事劳作的我来说，稍一动作，就早已大汗淋漓了。背心贴在了身上，内裤粘在了腿上……汗水顺着脸颊悄然滑落，酸酸的，涩涩的。

工地的大门里面，路的东侧，有一条醒目的红色横幅，上面写着"比思想 比作风 比干劲 比岗位"12个白色大字。在横幅上，有很多人的签名。我知道，这是工程任务开展以来全营官兵的誓言，他们在这上面签上自己的名字，既是一份承诺，更是一份责任。既然来到2营当兵，我就是其中一员，这上面当然也应该有我的名字。于是，趁着中间休息的机会，我从项目部借了支笔，在横幅上庄严地写下了自己的名字，并合影留念。

想单独与班副仲涛聊一下。

在3连，上至连长，下至同年兵，大家都叫仲涛"胖子"。就连我，经过短暂的接触，胖子也被我喊得朗朗上口。仲涛是江苏扬州人，但从他身上却丝毫看不出南方人的娇气，反倒因为身宽体胖，多了几分北方人的彪悍。第一次听说他是扬州人，我就颠覆了那种"二十四桥明月夜，玉人何处教吹箫"的意境。我惊呼，扬州人也能长成这样。

虽然身材较胖，但他在施工阵地、篮球场上却步伐矫健，透着些许虎气。听战友讲，那年团里搞营房装修，仲班副负责连队数栋营房的清理工作，施工废砖和垃圾只能靠人力和铁锹、小推车一趟趟拉出去，废砖和灰黏在一起，铲不动也抱不动，是他一块块搬到小推车上。战友们都说，那"胖"，是胖得虎气，胖得有力气。

还是在那次营房装修过程中，一次工作之余，在房顶的老兵开起了仲涛的玩笑，让他到服务中心去拿些战友炸的麻花来。"听话"的仲涛（当时是上等兵）不大会儿就从服务中心出来了。"贪吃"（大概胖人都有此嗜好）的他边走边吃，不料，在上楼梯时，老兵一边逗他，一边从上面扔起了东西……在大家的逗笑中，一不留神仲涛就摔在了地上。麻花碎了一地，笑声也传出了很远。很快，这件事情就在战友之间流传开来，并被战友们戏称为"麻花事件"。

晚饭过后，除却一班和三班的战友外，连队其他人员都去了体育馆观看球赛——与J团的篮球比赛。21：30，我和留下的战友再次走进工地。工作主要是下毛石（就是将从戈壁滩上捡来的大小不等、形态各异的石块提前放到模具里），为明天的浇筑做准备。期间，班长黄锐带来消息，正在进行的篮球赛，仅上半场就输掉了20分。言语中流露出颇多无奈。

23：05，来工地检查工作的营长田坤对我说："马上就要下班了，要不你先回去休息吧。"我笑了笑，婉言谢绝了田营长的好意。

23：55，躺在床上，我很欣慰自己的行动，第1天坚持到了最后，战胜了自我。

2013 年 5 月 21 日　星期二　晴

早上起床后，"折叠"完被子（虽然能够称得上"豆腐块"，但比起战友的被子还是要差许多。为此，我特意用了"折叠"这个词），我首先拿起了靠在墙角的拖把。刷洗完毕，刚走进室内，拖把就被副排长朱鑫抢了去。出操归来，拖把还没有拿起，又被和我一样戴着列兵军衔的杜一峰强行拿走了。

战友们在工作、生活中的处处谦让，让我颇不受用。

午饭前，郭指导员说，最近的报纸已从团队拿来发到各班，希望同志们看后要放好，不要乱丢乱放……

午饭后，正在翻阅报纸，刘连长走了进来。与我闲聊了几句，就把副排长朱鑫叫到了连部。十几分钟后，当朱鑫回到房间时，大家早已酣然入眠。

看着一脸平静的朱鑫，我想，是有任务了吧。难道要浇筑？

15∶40，我悄然醒来。看表，距离起床还有 5 分钟。

集合站队，果不其然，竟然真的是要浇筑。

我暗自高兴，看来，一场战斗即将打响。

然而，我错了。我忘却了战斗前的诸多准备工作：工程监理验收模具，向模具内洒水，填充大量的毛石，检查振动棒是否正常，准备相关的施工工具，安排施工人员的具体分工……

搅拌机前，刘连长正向我讲述浇筑的有关情况。他说，浇筑不是按计划能够顺利完成的事情，期间会有许多意想不到的事情发生。譬如，混凝土没有按时到达，电机突然烧坏……

刘连长正说得"给力",突然,一名女少校从我们身边走过。让人意想不到的是,从我们身边走过的她旋即又返了回来,盯着我问:"你是孟工吧?你是民权人吧?我看过你的散文集《为心筑巢》,里面论证了民权的来历,还提到'三民主义'和先哲孟子……"

刘连长对浇筑的滔滔不绝和对工作的熟悉程度已让我颇为诧异,只是没有想到在工地上会遇到自己的女"Fan",这更是让我诧异不已。

交底会是战斗打响前的最后一项工作,是技术人员与施工人员进行浇筑前的一次碰头会。因为不懂、不知道的东西太多,我要求参加并旁听了交底会。

会上,项目组高建峰工程师首先就浇筑过程中需要注意的事项进行了交代;而后,项目部经理、2营田营长就浇筑注意事项进行了再次强调;最后,刘连长就浇筑过程中不明白的事项进行了询问。

19:00,战斗正式打响。

工作安排如下:谢军、仲涛、廖骏放料;任鹏带着李明明、刘涛带着杨时展,兵分两路开始振动;其余人员继续下毛石。

我自然属于下毛石的成员之一。

当注浆车(泵车)长长的像大象鼻子的注浆管从高空徐徐落下时,带班老兵谢军首先将注浆管抱在了怀里。作为帮手,仲涛、廖骏时刻密切关注着谢军的一举一动,在拐角或谢军体力不支时及时将注浆管接过去,以便随时进行轮流作业。

随着"开始"口令的下达,混凝土"哗哗啦啦"从注浆管中倾泻而出。站在他们旁边,我看到奔涌的混凝土争先恐后地涌向模具。尽管这情景比自然灾害泥石流的威力要小许多,但还是让我在第一时间想到了泥石流，想到了自然灾害。

下到模具里的混凝土泛起了许多泡沫，有的久久不愿散去，有的只是眨眼的工夫就消失得无影无踪。下在模具里的许多毛石，裸露着不同的皮肤，不停地在混凝土中你推我搡，有的光滑而圆润；有的粗涩而难看……

没等欣赏完毕，我突然听到身后传来阵阵"嗡嗡"的声响，原来是振动小组开始工作了。他们一人提电机，一人拿振动棒，开始了与泥浆的搏斗。

不停颤抖着的振动棒，让我在一瞬间想到了按摩器。记得上高中时，在一个同学家里看到这个东西时，心里还颇为好奇。插上电源，将按摩器放在身体上，轻轻地滑动，给人的感觉似有人在轻轻地捶打，轻轻地按摩，舒服而解乏。我想，如果混凝土也有感觉的话，在振动棒插入的一瞬间，它是否也能享受到振动棒的一番"温存"呢！

在振动棒不停的振动中，混凝土中的泡沫逐渐消失了，原本凹凸不平的表面变得逐渐光滑了，平润了，就像长满青春美丽痘的男人的脸经过女人的手长时间的抚摸，变得英俊了许多一样。

在随后的放料作业中我发现，谢军抱着注浆管的手很是用力，看他的架势，我猜想喷涌而出的混凝土一定带有很大的威力。问身边的战友，他们都肯定地点了点头。李明明说，放料是注浆工作中最累人的活，而且弄不好把浆放到了模具外不说，还会把自己弄得浑身是浆。

果不其然，也就不过半个小时，我发现穿着齐膝深胶靴的几个人浑身都已沾满泥浆。胶靴，已看不出原本的颜色，迷彩服上也落满了或灰色或白色，或豆粒或米粒大的泥浆；再看他们的脸，涨得通红的皮肤上都是斑点，既似男人一夜之间长满的青春美丽痘，又像女人如何遮盖都遮不住的诸多雀斑。汗水，浸湿了他们鬓间的黑发，不停地顺着头发往下流淌；然而，最炫人耳目的，还是在阳光照射下发出斑斓色彩的汗滴；它们，似颗颗晶莹的珍珠，悄然滑落。

浇筑前，刘连长告诉我，19：00开始，估计凌晨2：00能结束。当时他还和我开玩笑说，估计我们不能一同看日出了。

在新疆生活了近20年，生活中发生的事情多次告诉我，新疆地邪，不可乱说。这次，又不幸而言中。当我疲惫不堪、睡意蒙眬地走进房间时，时针正好指向凌晨5：00，真的没有看到日出。

许是过了睡觉的点，躺在床上，我一时竟然难以入睡。刚刚发生的事，一幕幕清晰地展现在眼前：

因为忙碌，工作起来的我竟然没有感觉到饥肠辘辘，当副排长朱鑫喊大家就餐时，我才发现已是22：30。在一辆三轮车里，两个不锈钢托盘盛满了大米饭，几个白色的塑料袋里装满了不同品种的菜肴和诸多的碗筷。当我把第1口饭菜送进嘴里时，才感受到好久没有吃到如此可口的菜肴了。10分钟内，我吃了两大碗米饭。其实，来到连队也就才两天的时间，仅从吃饭我已明显地感受到了自己的变化。因为，以往只吃一碗米饭或一个馒头的我，现在饭量已经加倍了。放下碗筷的一瞬间，我在心里对自己说，饭不是白吃的。多吃饭，说明你干活了。

熄灯的号声何时响起，又何时停止，全然不知。在不知不觉中，我又迎来了崭新的一天。

凌晨2：00，注浆还在继续。

凌晨3：00，振动棒还在吼叫。

不知何时起，风儿飘飘，叶儿飘飘。空中，明月高照。虽然不懂技术活，但我也不愿提前离开。在振动棒不断的"嗡嗡"声中，我和刘连长在一旁谈浇筑，谈部队管理……

凌晨4：00，刘连长对我说，早点回去休息吧。我笑了笑，然后又摇了摇头，很认真地对刘连长说："干不了技术活，用心陪着也可。"

2013年5月22日　星期三　零星小雨

急促的起床哨，有力的出操哨，嘹亮的番号……我再也没有了一点睡意。可是，我的身边，战友们的鼾声依然此起彼伏（连队规定，第一天加班至凌晨3：00，第二天可以卧床休息），似一曲曲悠扬的歌。

穿衣。

洗漱。

当我蹑手蹑脚走出房间，最后一个走进饭堂时，餐桌旁竟空无一人。

再次躺到床上，头有点晕，胳膊有点疼，可睡意却没有一点儿。强迫自己去睡，从1数到10，从10数到100，再数到1000，依旧睡意全无。

10：00，索性起床。对面，连部的"黎明"依旧静悄悄。因为刘连长也是凌晨和我们一起回来的，也许刚刚躺下，不好意思打扰他们，我就对岗哨说，连长醒来报告一下，我去工地了。

工地上，二排副排长薛红蕾正带领战友们忙碌着。只是少了机器的轰鸣，官兵的叫喊，以及把黑夜照得如同白昼的灯光……

因为没有了混凝土，不能再继续完成工作的二排只好转移工作场地。随着他们的离去，工地上连仅有的一点儿声音也消失了。

这里，恢复了最初的宁静。

静静地站在一旁，我想，这里昨天发生了一场战斗吗？这是昨天战斗的场地吗？难道这就是我们差点儿一同迎接日出的"观景台"吗？

午饭后，与刘连长、郭指导员在门口闲聊了三五句，我赶紧和他们挥手"告别"。因为，我也要与周公去"会晤"了。

一个半小时后，起床哨声吹响，也吹走了我浓浓的睡意。

室内，其他战友还在酣睡。躺在床上，我静静地品读着带来的2013年第5期《人民文学》中的长篇小说《认罪书》，被文字深深地吸引着，也被故事情节深深地感动着。

来连队报到时，文字性的东西我只带了这本杂志。当时我想，在繁忙的工作之余，就用这本书来慰藉我疲惫的身躯吧。同时，我也在心里暗暗地对自己说，能有时间看完这本书也是一种收获。

19：00，开始有床铺发出"吱吱呀呀"的声音，大家逐渐从睡梦中醒来。室内，也开始有了零零星星的话语。大家慵懒地躺在床上，开始闲聊。在有一搭没一搭的聊天中，我才知道留下工作的二班干到了早晨近8：00才回到连队。

聊天中，我听到班副仲涛说他腰疼。这陡然让我想起凌晨发生的事情。在返回连队前，刘连长对仲涛说，你把我的自行车骑走吧，我走回去。路上，刘连长问我，仲涛的腰疼是不是又犯了？我说，没听仲涛说起，只是看到他走路姿势有点不对……看来，刘连长的观察力真的很强。

我想，在很强的观察力背后，是刘连长那颗爱兵知兵的心。

21：30，哨声再次响起。10分钟后，我们出现在基地体育馆——观看与T团的篮球赛。

在返回营区的路上，我对身边的战友说："我们团今天之所以赢了这场球赛，是因为我的到来。前4场都输给了对方，就是因为我没到……"

战友们笑了，我也笑了。

5月23日　星期四　晴

昨天晚上，一班和三班负责连队岗哨。熄灯前，看到班长安排岗哨，当时我就强烈要求，一定要安排我站岗。岗表拿到手，我却没有发现自己的名字。我没有再坚持，但却记住了最后一班岗的时间是

6：35—7：45，以及站岗的人——睡在我上铺的兄弟。

躺在床上，我把表定在了6：30。

凌晨6：20，我"自然"醒来，急忙穿衣起床。

从厕所回来，我发现上一班岗哨已把小杜叫醒。坐起来的小杜两眼朦胧，正不停地揉搓双眼。见此情景，我急忙制止他，不让他起床。

小杜很是不安。

在我的再三"劝说"下，迷糊中的小杜又躺在了床上。

扎上腰带，我随即来到了哨位上。室外，天已大亮，习习的凉风让迷彩服里面只穿一件背心的我禁不住哆嗦了几下。围绕营区转了半圈（剩余半圈是四连的哨区），我回到了哨位上。搬来凳子，坐下来开始欣赏不远处的风景。

黎明时分，这里还寂静得很，偶有几点声音，也是隔壁居住的民工去往厕所的脚步声。从我身边经过时，他们都用一双惊奇的眼睛看着我，长时间对我行着注目礼。是没有见过两鬓已有白发的列兵，还是奇怪于营区还要站岗放哨，抑或两者兼而有之，我不得而知。

不远处，在微风的吹拂下，树叶在轻轻地摆动。成片的梨树林虽然

早已没有了大片大片雪白的梨花，但仍送来缕缕的清香。脚前，几只小鸟蹦来蹦去，一点儿也不害羞，一点儿也不怕人，悠闲地享受着大自然给予它们的安逸与快乐。

室内，伴随着床铺"吱吱呀呀"的响声，不时有轻微的鼾声传出。战友们睡眠的香甜，让我感受到自己的价值。

为他们站岗放哨，我感到很幸福。

浇筑地下室的主要工作已基本完成，剩余的只是楼梯的浇筑。早饭后，一排的兄弟再次来到工地。

头顶着毒辣辣的日头，干了不大一会儿，汗就又下来了。见此情景，几个"老兵"又聚在了一起。只是这次我知道他们是在干啥了，急忙凑了上去。

记得报到的第一天下午，我正在挥锹大干，突然看到几个"老兵"挤鼻弄眼地聚在了一起。因为刚到，我不好意思问得太多，就只是站在一旁观看，远远地，我看到他们在不停地嘀嘀咕咕，比比画画。当时，我还不明白他们是在干啥。只是当饮料拿到手时才知道，原来他们是在通过"抓大头"的方式解决喝水问题。

这次"抓大头"，我强烈要求参加。副排长朱鑫说，我们"抓大头"有两个"不"，一是新同志不参加，你是列兵，可以不参加；二是老同志不参加，在这里你年龄最大，也可以不参加。听朱鑫这么讲，我对他说，你这是什么逻辑，新同志不参加可以理解，他们的津贴没有几个大子儿；老同志不参加就没理由了，这恐怕是你们不愿意让我参加才如此说的吧。

这次，由于我的不让步，朱鑫终于妥协了。只是这次的"抓大头"我很幸运，3次都没有中标，做了一次"白吃"。只是苦了三班长任鹏，

3次他竟中了两标。不过，每次的标底都不高，只有10元，纯属娱乐而已。

喝着饮料，李明明开玩笑说："不能说任班长白干了半天，换个说法，任班长白睡了半夜。这样说任班长会舒服些。"听完小李的话，我笑着对他说："知道的人明白你在说啥，不知道的人还以为你在讲什么桃色新闻或比较暧昧的故事呢！"

大家都笑了。

下午到工地不久，我看到了几张熟悉的面孔。团组织办杜思良干事，宣保办新闻报道员姚斌斌、肖波带着摄像机、照相机来到了工地。当时，我正和刘连长探讨测绘仪的使用方法及性能。听说要采访我，我连连摆手，要求他们去寻找总装和基地机关的领导，多把镜头对准他们。

因为我是下连当兵，实在没有什么可拍可照可采访的。

2013 年 5 月 24 日　星期五　晴

9：15，当"立定"的口令在工地响起时，我发现氛围有点不对。这里，没有了前几日的忙碌。

怎么回事？

正在诧异，突然有消息传来，说是晚上营里要举行文化夜市进工地活动。

怪不得呢？原来是有让人激动的事情。听说文化夜市要进工地，战友们顿时高兴了起来。

身边，多了几分喜悦，几分快乐；工作中，多了几分激情，几分干劲。

上午的工作是给56号楼的地下室下毛石。本来需要整个上午才能完成的活，不料，有了激情与干劲，工作时间竟大大缩短。

党团活动结束后，我看到战友们的心情放松了许多，绽放着青春的笑容洋溢在了每位战友的脸上。

篮球场上，一些年轻战友在你追我赶，奔跑不停。笑声、呼喊声，篮球被拍到地上发出的"砰砰"声，从我的左耳进入，又从右耳迅速地钻出来。

电视房内，肥皂剧中卿卿我我的话语不时传来，不停地鼓噪着耳膜。让我突然想起正在阅读的长篇小说《认罪书》中的许多文字。那些文字，是那样地吸引着我，让我极度想对作者顶礼膜拜。

肥皂剧中卿卿我我的话语让我突然想起作者在描写男欢女爱的情景时所用的言语："我整个身体都在无声地欢呼。如同正在工作的高压锅，锅外平静无比，锅内灼热欲燃。烫得发疼的愉悦，被封闭得严严实实的愉悦，就这样在我体内蒸腾，回荡，让我的身体迅速饱满沉重了起来……"

这是我没有想到的。

如果不是阅读了全文，如果只把这段文字拿出来让我欣赏，我真的不知道作者在写什么，说不定我就会以为作者在表述工地上搅拌机工作的场景和感受呢！

沙子、石料倒入搅拌机后，操作手按下按钮的那一刻，搅拌机内的12个叶轮就开始了不停转动。机器的轰鸣声，叶轮与沙石的摩擦声……翻来覆去的沙石不知道被转了多少圈，不知道它是在歌唱还是在欢呼，但我知道，如果用拟人的手法去写，搅拌机此时的感受恐怕就是作者描述男欢女爱那样的文字吧。

就这个问题，我和几个老兵讨论了许久。感叹作者驾驭文字的能力，感喟作者对生活敏锐的观察力，感谢作者带给我们文字上美的享受。只是在讨论之余，我想到的更多的是身边的这些老兵。一年365天，为了祖国的强大，为了基地事业的发展，他们放弃了多少花前月下的相会，少却了多少卿卿我我的交流，牺牲了多少与妻儿团聚的时机……

他们，是最可爱的人。

20∶10，楼道里突然有人呼喊，"集合了，集合了……"一阵急促的脚步声响过，大家迅速站好队形，来到了营部前挂有"2营饮食文化之夜"的横幅下。

横幅下，是一片水泥空地，是以前汽车团一营一连官兵娱乐休闲的地方。如今，空地上，早已摆满了桌椅。桌子上，毛豆、花生、椒麻鸡、烤鱼片、泡椒凤爪等小吃已经摆上。空地周围及上空，五颜六色的小彩旗在迎风飘舞，五彩斑斓的霓虹灯在不停闪烁。

作为主持人，刘连长首先邀请到了团参谋长曾桂林。曾参谋长代表团党委对2营官兵前段时间的施工情况进行了简单讲评，并给予了充分肯定，同时也用简单的话语把团党委开展文化夜市进工地活动的目的给官兵做了阐述，让官兵感受到了团党委对基层官兵的深情厚谊。

曾参谋长的讲话赢得了官兵阵阵掌声，我知道，这掌声更多的是对团党委"一班人"的感谢。

随着四连连长兰永杰一曲《星星点灯》响起，优美的歌声顿时在空中弥漫开来，官兵们随即报以了热烈的掌声和呐喊声，军营文化之夜卡拉OK演唱会也正式拉开了帷幕。

静静聆听着战友们演唱的每一首歌，仔细感受着战友们享受生活的那份陶醉；慢慢品尝着战友们端上来的每一道美味佳肴，用心感悟着战友们的艰辛与伟大时，我偷偷地乐了，不知不觉中，我的心儿醉了……

其间，我听战友们说，2012年中秋，团里也组织了文化夜市进工地活动。那天，他们高兴坏了。不料，有几个不胜酒力的战友酒后竟然在厕所里睡着了，唤都唤不醒。听完战友讲的故事，我沉思了许久。我想，这恐怕不是酒醉，而是熟睡，是缺觉导致的。

在我看来，在现在这个无酒不成宴的社会下，在这么一群血气方刚的男性公民中，酒与大家无缘似乎有点不可思议。然而，当我问及大家回去探亲时会不会想喝酒，好多战友对我说，不是不想喝，是长时间不喝没有了喝酒的欲望，时间长了也就成了习惯……

人逢喜事精神爽。面对美好的夜晚，面对多彩的人生，战友们忘记了这是在紧张的施工任务期间，忘记了白天的忙碌以及明天还要继续的工作，他们一展歌喉，尽情地歌唱，把对生活的良好祝愿和对亲人的美好祝福，都完全融入了夜色的温柔中，融入了或缠绵、或热烈、或高亢的歌声中。

觥筹交错之间，他们，忘却了工作中的疲惫，忘记了训练中的艰辛，忘掉了生活中发生的诸多不顺心的事。

在这个美好的夜晚，我发现很多人和我一样，醉了。

2013年5月25日　星期六　晴

在拆除文化夜市架子的过程中，副排长朱鑫问我，为什么破坏总比创造来得轻松得多。你看，二排搭架子用了两天时间，可咱们拆掉它两个小时就能完成。还有，拿我们盖房子来说，建造一栋房子需要好几个月甚至更长的时间，可拆房子一两天就完成了。

查阅后我才知道，创造是指将两个概念或事物按一定的方式联系起来，以达到某种目的行为或想出新的办法，创建新的理论，创出新的成绩和东西。简而言之，就是把事物给造出来。创造的最大特点是有意识地对世界进行探访性劳动的行为。因此，创造是要有思维的，思维是需要时间的。而破坏，本身就含有摧毁毁坏、变乱毁弃的意思。所以，两者自然不能同日而语……

一边拆卸架子，一边与朱鑫讨论创造与破坏的关系。的确不幸被他言中，不到两个小时，我们就"破坏"完了——提前完成了预期任务。

当最后一根钢管被整齐地放好时，朱鑫对大家说，现在，士官回去写述职报告，杨时展去叫铲车，车到后仲（涛）班副指挥装车，一定要注意安全……

接到通知，说是有人要来采访，要从下连当兵的感受和为单位建设做出了什么贡献谈一谈。

要谈当兵，我还真的感受颇深。短短几天的工夫，不但让我理解了下连当兵的真正意义，还让我认识到了团队官兵的伟大。

考人军校前，我在一个军民混编的单位当兵。民多军少注定了兵是宝。既然是宝，我们自然也就多了几分自由。

记得当兵第一年，身为列兵的我曾多次身着便装，骑着自行车在营区里转悠，惹得同年兵，甚至一些老兵嫉妒，也被领导狠狠地批过。那个时候的我，一两个月难得叠一次像样的"豆腐块"，两三个月难得出一次操跑个三公里，自然也就找不到兵味。为此，战友们调侃我不是在当兵，而是在"当爷"。如今，与战士们同吃、同住、同操课、同劳动、同娱乐，我才真正体验到与往日当兵的不同，体验到当兵的价值与意义。

在与3连官兵相处的日日夜夜里，他们的辛苦不是我可以想象得到的，也不是我用语言就能描述清楚的。他们的艰辛，他们的力量，他们的伟大，早已深深地感染着我，鼓舞着我，激励着我。在我的内心深处，他们，早已是我学习的榜样和楷模了。

夜深人静时，躺在床上，我在心里多次对自己说，你要为他们写点东西，写点关于他们的文字和事情，让诸多的读者记住他们，让马兰的官兵记住他们，让伟大的核试验事业记住他们。

在接受采访时，我把我的想法原原本本地告诉给了记者。

来到连队不到一周，我就发现了3连有个与众不同的习惯："3个半小时"。这样说，很多人会在第一时间想到全军每天"半小时收听广播、半小时读书看报、半小时收看新闻"的规定。可是，现在我要说的不是全军提出的"3个半小时"，而是团里的"3个半小时"，即"早晨提前半小时上班，午休提前半小时起床，晚饭推后半小时就餐"。

"3个半小时"的背后，我分明看到了战友们"忠诚使命、无私奉献、团结拼搏、敢打必胜"的信心和勇气，看到了他们无私无畏敢打善拼的作风与精神。

饭桌上，田营长对两个连长说，吃过晚饭组织大家去洗个澡吧。

21：30，前往洗浴中心的队伍走得有点快，腿脚有点疼痛的我，一时间竟然有点追不上。

一周不曾洗澡了。每次从工地返回，我总是用毛巾把身上擦了又擦，然后再把毛巾洗了又洗。今天，清澈的温水洗去了满身的疲惫，也冲走了浑身的馊味。那一刻，"哗哗"的流水声似乎没有了往日感觉中的烦躁，听起来就像一首动听的歌。

2013年5月26日 星期日 小雨

没有一点周末的气氛。

如果非要找出一点不同的话，那就是每个房间的床铺上都少了几床被子。因为是周末，许多人把被子都抱出去晾晒了。其实，今天的天气并不好。大约10：00，下了不到5分钟的小雨让岗哨着实紧张了一阵子。忙着收被子，收衣服，收鞋子……下班回到室内，我的床铺上堆了有近10床被子；床架上，挂满了五颜六色的迷彩服和内衣裤；地面上，一双双鞋子整齐地排列着，就像是整装待发的士兵。

一时间，我所居住的班内人来人往。我和大家开玩笑说，一床被子10元，一件衣服两元，交钱才能领取啊。

话音刚落，笑声便在房间里弥漫开来。

午休起床哨吹过不到3分钟，值班班长任鹏就对班里的战友喊："赶快起床，营长发火了……"

穿过狭长的楼道，田营长的声音从营房的另一头传来。没有想到，平时看起来文质彬彬的田营长发起飙来竟然如此吓人。只是事后才知道，田营长上午给交代的任务被忘记了传达，以至于耽误了工程进度。

3分钟，最多也就3分钟，任鹏就吹响了集合哨。

因为是周末，考虑到下午的任务不是很重，加上天气较凉爽，吃过午饭我特意拉开了被子，不承想这会儿抓瞎了。匆匆忙忙"折"好被子（这次真的是折），顾不上"方便"，我急忙站队跟着出发了。一路上，脑海里始终有两个字在盘旋，小便、小便……当在工地厕所里酣畅淋漓地倾泻干净的那一刻，我顿时感觉浑身轻松了许多。

在还没有交工的羽毛球馆工作不到一个小时，有战士匆匆跑来，对朱鑫说了几句话。随后就传来了朱鑫"集合"的喊声。原来，是田营长让人传话，到工地上卸货。

面对满车的对拉杆、步步紧、支撑杆时，我们一行5人傻了眼。但是，我们还是按照材料员的要求，一件一件地将货物从车上卸下，然后再把步步紧上的套铁装上，并将各类货物分类后再加以认真核对。

一个多小时里，朱鑫、谢军和仲涛不断地将货物从车上扔下，我和刘涛在车下安装步步紧上的套铁并核对数目，一刻也不曾停歇。腰酸了，腿麻了，手套也磨烂了……当任务完成站起来的一瞬间，差点摔倒的我一把拉过了一旁的凳子。慢慢在凳子上坐下的那一刻，我的内心深处突然涌起一种说不出来的感受。那感受，是一种物质比拟不了的莫大享受，是一种精神上的绝对享受。

我不由发出一句感叹："原来坐凳子会这么舒服！"

短暂的休息后，我们又回到了羽毛球馆。

路上，不知怎的就聊到了羽毛球馆的建设。

刘涛对我说，2012年底，他主动提出离队申请，不料想最后却留了下来。殊不知，把衣物都提前寄回去的他到了羽毛球馆工地后，凛冽的寒风一下就把他摧垮了。无奈，他不得不临时借了件衣服穿上，第二天赶紧请假外出购买衣物。

刘涛还说，自从当兵后，老妈打电话说了好多次要来队看他，都被他阻止了。他不敢让老妈来，怕老妈来了看到自己干这样的活精神上承受不了。

三班副刘涛是新疆石河子人，父母都在水利上工作，家中较富裕。作为独子，他一直是父母掌中的宝。

因为对刘涛家庭的事情了解不少，我深深理解刘涛这句话的背后含义，更知道他说得一点也不假。

提起修建羽毛球馆这档子事，朱鑫也是滔滔不绝。他说，提起2012年11月底羽毛球馆施工时的情景，到现在他还想哭。因为当时说2013年元旦要交工，全连人员整天都在工地上加班加点地干活。那时，天已经很冷，混凝土一倒下来上面就结了一层冰，而且不及时处理很快就会冻成一坨。那样的天，那样的活，每天给500元，老百姓都不一定干。可就是这样，官兵却一刻也不敢停歇。不知道别的单位老兵退伍工作是怎么开展的，反正团里的老兵好多年都是宣布名单前的两三天才回到连队……

这几年，团队承担的任务越来越多，也越来越重。现在每周就是希望周末能够休息上一天半天的，可不知咋的，有很多时候却是周末比平时还要忙，比平时加班还要多……

朱鑫和刘涛给我讲发生在他们身上的事时，我感觉如同上了一场生动的教育课。说真的，当兵18年了，我是第一次这样过周末。

2013年5月27日　星期一　晴

9：10，徒步距工地还有一段距离，我就听到了振动棒"嗡嗡"的叫声。是四连?! 我一边走一边肯定地想。然而，当直线距离我还有30米时，我终于看清了，是二排副排长薛红蕾带领手下的战友们在忙碌。

二班长谢军"解散"的口令刚刚出口，我撒开脚丫子就奔向了工地。在模具的一侧，刚刚将手中的振动棒放在地上的四班长杨敬磊接受了我的"采访"。

"你们什么时候开始浇筑的?"

"昨天晚上11：30。"

"一直干到现在?"

"是。"

"现在最想干啥?"

"就是想睡一觉。"

"辛苦了!"

"不辛苦。一年365天，早就习惯了。"

……

这个时候的杨敬磊，满身的泥浆，一脸的疲惫。两条裤腿上全是斑点，已几乎看不出迷彩服的颜色。再看他瘦弱的脸上，也落满了大大小小的泥浆点子，就好像烧饼上的黑芝麻，密密麻麻地贴了一层。不用问，我知道这是整个晚上振动棒给他的馈赠。

从头天晚上11：30到第二天早上9：10，又是近10个小时的战斗。战士们除了水与烟外，粒米未进。几个战士对我说，要不是昨天晚上连长提前联系车辆回连队拿衣服，还不知道现在会被冻成什么样子呢!

说到烟，我发现3连官兵的大部分人都抽。就拿我住的房间来说，除了任鹏和牛子龙、杜一峰两个列兵外，其余6个人都抽，而且好几个都可以称得上是真正的烟民。原本不抽烟的我，在他们的"熏陶"下，竟然也能在睡前或饭后抽上一根了。

当我问起"难道不知道抽烟对身体有害吗"，他们几乎异口同声地说，当然知道了。可是，抽烟能帮助我们消除工作中的疲惫，尤其是深夜工作时抽上一支烟还能解乏呢……

语音未落，我已潸然泪下。

在工地值班室里，我拨通了马兰天气预报查询电话：26日夜间到27日白天，阴有小雨，东风2—3级，最低温度12℃，最高温度26℃。

二班列兵王瑜涛眉间长了一颗花生米大的脓包，并伴有头部疼痛。考虑到他是新兵，去医院看病需要人陪同。朱鑫就和我商量，问我能不能陪王瑜涛去医院看一下病。

这样安排，让我颇为失落。思前想后，我最终明白了朱鑫的良苦用心。

因为刚刚接到二排还没有浇筑完的任务。却要兵分三路，一路浇筑，两路振动。

朱鑫只能这样做。

记得报到的第一天，郭指导员就和我商量，问我能不能抽出点时间给连队爱好写作的战士讲讲课。当时我就笑了。我曾经就新闻写作、文学创作两次与团部分官兵进行交流。再让讲，真的怕不知从何讲起。但看到郭指导员真诚的眼神，我还是爽快地答应了。

晚饭后，连队首先组织观看了《新闻联播》，而后又进行了士官民主评议。看着战友们一张张疲惫的脸和穿在身上的一件件肮脏的衣服，那一刻我真的不想讲了。我很想给他们更多的时间让他们休息休息，或洗一洗衣服。可考虑到横幅已挂好，我又不便推辞。

22：30，当我来到电视房时，不大的电视房内战友们都已坐好。东侧的墙壁上挂着一条横幅，4个白色的大字 ——"写作交流"很醒目。在梁教导员做了开场白后，我赶紧坐下来开始讲解，一刻也不愿耽误。

从写作需要注意的事项，到如何写作，再到如何写好文章，我就自己几年来新闻及文学创作中的感受与战友们进行了交流。讲解谈不上经典，但我感觉很实用。

想到战友们不停地为基地官兵和职工建造"巢穴"，那一刻，我突然想起一句话："写作者，也在筑巢，只不过用文字而已。"我把这句话也送给了听讲的战友。

2013 年 5 月 28 日　星期二　晴

早上一起床，我就明显地感觉到与往日的不同：头晕，四肢无力。中午，吃了一个馒头的我急匆匆地回到房间，倒在床上就睡了。一觉醒来，感觉身上清爽了许多。

来到工地，我和一班的战友主要负责将54号楼地下室砖墙上已经凝固的水泥清理掉，为进行第三次浇筑做准备。

大概是因为气温很高，或许是周围没有一片绿荫，工作不到一个小时，头又开始晕了。勉强干完砖墙上的水泥清理工作，我赶紧从上面跳了下来，我真的害怕自己会从上面摔下来。

楼的北侧，任鹏正带着三班的战友往地基上刷沥青。上午，我了解了这道工序叫作防腐。程序是先刷一遍冷底子油，等冷底子油干后再刷两遍沥青。

刷冷底子油只要注意刷均匀，刷全面，看上去不要有明显的墙白就可以了。我进行了尝试，不是很难，用我的评价标准这算不上技术活。刷沥青也是如此。

只是我小觑了这项工作。在随后的工作中，我感觉到了刷沥青与刷冷底子油的明显不同。

看任鹏一刻也不停地挥舞着手里的滚轮，我远远地对他说，休息会儿吧，任班长。可他摇了摇头，继续干了下去。一旁的李明明告诉我，很多人都说沥青对身体不好，还可能会杀精，碰到这种活，结了婚的任班长一般都不让我们干。听小李这么说，我才发现，除了任鹏和列兵牛子龙在不停地挥舞着滚轮外，其他战士都在干其他的活。我问牛子龙，你不怕沥青杀精呀？小牛摇了摇头，说，我不是不怕，是不信。

不知道是因为刚才太阳的炙烤，还是因为沥青刺鼻的味道，在沥青桶旁站了不到10分钟，我心中突然感到一阵恶心袭来，肠胃里似乎有东西要涌出……

我最终没有抵挡住沥青的"骚扰"，以箭一般的速度逃离了54号楼。

22号晚饭后打羽毛球时，班长黄锐一不小心崴了脚，当时就起了鸡蛋黄那么大的一个包，疼得他脸都变了形。

休息了几天。看着排里的战友忙个不停，黄锐再也休息不下去了。早饭后，黄锐说要去工地。当时我就劝他，慌什么呢，俗话说伤筋动骨一百天呢。可他根本就不听我的劝说，坚持一瘸一拐地跟在队伍后面出发了。

工地上，干了不长时间的黄锐一屁股坐在了地上。一把扯掉脚上的袜子，开始不停地揉搓。

"怎么了，又疼了是不是？"我急忙走了过去。

"没事，就是感觉有点瘀得慌，歇一会儿就没事了。"黄锐一边搓脚一边说。

"要不我带你去汽车团卫生队看看？"

"不用，不用……"

不管我怎么劝说，黄锐始终没有离开工地。

下午，我在工地上再次见到黄锐时，他正在指挥班里的战士清除砖上凝固的水泥。

2013年5月29日　星期三　晴

吃过早饭来到工地时，二班长谢军已经带领两个战友工作了两个小时。为了保障地方施工人员砌墙用泥，谢军带着廖骏、牛子龙，一行3人早早地就来到了工地搅拌站。

搅拌站一般有3个人。一个人站在约3米高的搅拌机上操作各种按钮，负责把水泥、大小石子和沙子搅拌均匀，素有搅拌站长之称的谢军主要负责这项工作。一个人负责将成袋的水泥划破倒进上料斗。这项工作看似简单，但却是3人的工作中最脏的。将每袋水泥从划破到倾倒进上料斗，总会飘起许多的灰尘。不管谁负责这项工作，操作不大一会儿灰尘就沾满了全身，还常常连脸上、手上的肤色都看不出。每次施工过后，鼻子里、指甲里，也全都是黑的，而且不等这些地方干净了，下次任务就又来了。这项工作一般由2012年直招过来的士官廖骏完成。搅拌站的第三个人主要负责将下放的料斗推到位，待搅拌好的混凝土装入料斗后，指挥塔吊吊动料斗升空。操作虽然简单，但一天干下来却也常常是一身泥一身浆的。二班的战士王瑜涛因为身体不舒服在营区休息，今天，这项工作由三班列兵牛子龙负责完成。

吃饱稳稳神，睡觉等等魂。午休前，大家不知怎么就聊到了照片。我问他们，谁有拿出来让我看看。不知是大家不好意思，还是真的没有，只有朱鑫从包里拿出了一沓，还让我猜他家的宝贝是男孩还是女孩。仔细瞧了很久，我越看越像是男孩，不料朱鑫却说是女孩。

在诸多的照片中，除了孩子的，更多的是朱鑫爱人的。零星的几张合影照中，身着西装的朱鑫脸庞白皙，很是帅气，与现在黝黑的皮肤、苍老的面容相比，简直判若两人。

我知道，这是戈壁滩上经年累月的风吹日晒赐予他的。

整个上午，一班都在回填地下室蓄水池。在临近上午下班时，终于完成了这项工作，并及时对地面进行了浇水浸湿。

下午到工地后，我主动要求参加了蓄水池的地基夯实工作。前进、后退，操作自如，游刃有余，笨重的打夯机在任鹏和杨时展的手里，就像个听话的孩子，让前行就前行，让后退就后退。看到这种情况，我再三要求尝试一下。可打夯机一到了我手里，就立即变得不听话了，就像个待嫁的新娘，扭扭捏捏的就是不肯向前；让它后退时，它更是攒足了劲和我过不去……

在我不断的努力下，打夯机慢慢地听话了许多，每前进或后退一米，都让我激动不已。只是打夯机强烈的振动，不仅使我浑身跟着颤抖起来，有时眼前还会什么都看不到，甚至还一度差点将我的眼镜震落在地。

那一刻，我对"眼高手低"一词有了真真切切的感受。

2013 年 5 月 30 日　星期四　晴

因为17：00要验收羽毛球馆，正在清理56号楼建筑垃圾的我们又被临时抽调走了，对羽毛球馆做最后的卫生清理。

进到羽毛球馆时，二排的战友正在打扫卫生，他们或两个一起，或三个一堆，正配合着对墙壁进行细致的处理和加工。墙壁四周，新同志用大些的排笔先对墙壁刷上一遍，老同志再用小排笔细细地描上一遍。

见此情景，我问报道员赵智康，战友拿笔描摹墙壁，你怎么用语言来形容。小赵支支吾吾了半天，什么也没说出口。

我说，咱们能不能这么讲。冰凉的地面上，战友们手拿排笔，或跪或蹲，正在认真仔细地对着墙壁一笔一笔地描摹，既像是在做一件精致的工艺品，又像是为待嫁的新娘进行梳妆打扮。那是何等的仔细，又是何等的虔诚……

为了赶在17：00前将卫生清理完毕，午饭后休息了一个小时，我们又匆匆忙忙地来到了羽毛球馆。

虽然没有室外焦灼的阳光，但羽毛球馆内多少还是使人觉得有点闷热。看着大家低头忙碌不休的身影，那一刻，我有点儿泪眼模糊了。

似乎约好了似的，朱鑫和李明明的脚同时在几天前起了泡。只是才不过两天的时间，今天我突然发现两个人都正常了。

是已经完全好了？还是俩人没有把这当成一回事？我百思不得其解。

还记得那天的情景。中午回到连队后，顾不上洗脸洗手，俩人几乎是在褪掉鞋子的那一刻也扯下了袜子。随着扑面而来的刺鼻的臭味，我发现他们脚上的水泡竟然如枣子一般大小，"水灵灵"的，很是明亮，也甚是吓人。

面对与众不同的"庞然大物"，他们没有表现出什么与众不同，只是拿针在打火机上烧了烧后就扎了下去。殷红的血水顺着脚板徐徐流下，他们一边擦拭，一边对我说，这不算啥，在咱们营，这是很正常的事，没什么大惊小怪的。

听完他们的话语，我无奈地摇了摇头。

5月31日　星期五　晴

这是我经历的第二次浇筑，恐怕也是下连当兵生活中的最后一次。

部队解散时，我没听到副排长朱鑫提什么要求。可人一散开，战友们就都好像被特意交代了什么一样，开始各司其职，为浇筑做各项准备工作了。

一切准备工作就绪后，可浆却迟迟没有来到。当时我就想，大概这就是刘连长所谓的"万事俱备，只欠东风"吧。

这期间，考虑到浇筑任务一旦开始，必将持续几个小时甚至更长时间，刘连长安排大家就地待命，做短暂的休息。

原本11：00要到的泵车没到。

原本11：30要到的浆车没到。

计划完全被打乱了。记得在上一次的浇筑过程中，刘连长就告诉我，浇筑的不确定因素太多，预期与现实总是有着很大的差距。

看来此话一点儿不假。

13：00，一排接到通知，速回连队，准备开饭。

迅速集合，迅速开拔。不等洗漱完毕，开饭的哨声已经响起。

再次回到工地，北京时间14：00整。

换上长筒胶靴的瞬间，泵车、浆车都已到位。

浇筑工作即将展开。

今天的注浆工作由两位班副涛哥（一班副仲涛和三班副刘涛）负责。

考虑到是下连当兵期间的最后一次浇筑，我强烈要求到"一线"工作。许是"迫不得已"吧，朱鑫让人给我拿了一双胶靴。换上胶靴后，我迅速和其他战友一起站到了位。只是在浇筑工作开始后我才发现，两位负责注浆工作的涛哥都只穿了迷彩胶鞋。一车浆没有注完，俩人的鞋子就已湿透，而且迷彩裤也湿了大半截。

工作过程中，两位班副负责浇筑，我负责探测浆的高度，几乎是与他们零距离接触。这次，身在"一线"的我跟随两位班副占了大"便宜"。黝黑的脸庞上，光滑的眼镜片上，不但落满了大大小小的泥点，就连肮脏的迷彩服上，也是大片大片的泥浆。更有甚者，就连手套上，也沾满了泥浆，一点儿都看不出手套的模样了。

从14：00到19：00，两个人的脚在湿漉漉的鞋子里浸泡了5个小时。脱掉鞋子，俩人顺手就在工地上开始用水冲洗。袜子上的水一滴一滴地往下滴，泡得发白的脚没有了一点儿血色。脚后跟上，一层层的皮开始脱落……但是，从俩人的脸上，我看到的却是洋溢着的乐观笑容，没有一点哀怨和牢骚。

我后悔不已。后悔要体验生活的自己占用了胶靴，害得两位班副没

有胶靴穿。

今天，是林俊德院士逝世一周年的日子。

因连队人员少，施工任务还在紧张有序、有条不紊地进行，指导员让人到工地上来通知我，让我跟随部队到基地广场观看《沿着林俊德院士足迹前行》专题晚会。急急忙忙从工地赶回营区，正好赶上连队开饭。大部分的施工人员还没有回来，饭堂内，稀稀拉拉的，没有了往常的人头攒动。

21：50，在欢快的舞蹈《马兰谣》中，晚会正式拉开帷幕。快板《闪光的人生》高度赞扬了林俊德院士扎根戈壁无私奉献的人生，小品《鸽子》生动再现了基地官兵艰苦奋斗、无怨无悔的生活和工作画面，歌舞《奔向未来》更是淋漓尽致地表达了基地官兵在新一届中央领导集体的带领下奔向未来的壮志豪情……

看完整台晚会，被感动得热泪盈眶的我，在随身携带的小本子上写下了如是言语：院士虽然离我们远去了，但院士的音容笑貌，一言一行，还时常在我的眼前闪烁。作为基地一兵，《春雷》杂志编辑，我曾经读过很多篇基地老首长、老同志撰写的有关林俊德院士的稿件，每次都深受教育；这台晚会，又从不同侧面让我感受到林院士"铿锵一生苦干惊天动地事，淡泊一世甘做隐姓埋名人"的伟大与崇高。我告诫自己，一定要沿着林院士的足迹前行，时刻用林院士的精神激励自己，兢兢业业，勤奋工作，一丝不苟，精益求精，在本职岗位上奉献自己的青春年华。

2013 年 6 月 1 日　星期六　晴

今天，是杨时展的 18 岁生日。

早晨起床时，我对他说："二娃（杨时展在家排行老二，战友们都喊他二娃），今天是六一儿童节，先祝你节日快乐；今天又是你的生日，再对你说声生日快乐！"

没有想到的事情有很多，但是我没有想到当兵两年了，杨时展还不满 18 岁。在我的词典里，不满 18 岁就是未成年。每每看到有着诸多白发的他，我都在想他到底有多大。只是在和指导员索要了连队的花名册看后才知道，他是 1995 年 4 月（农历）出生的。那诸多的白头发，大概是遗传的少白头，与实际年龄没有太大的关系。

虽然有着诸多白发，虽然长时间的风吹日晒让二娃显得苍老了许多，也没有了青春年少者应有的面容，但他满脸的喜悦和稚嫩的言语却时时告诉身边的战友，他还没有长大。

一周前，在了解到杨时展的实际年龄的第一时间里，我曾和他开玩笑说："二娃，我今年当兵 18 年，你还不满 18 岁，你以后见了我可是要喊我叔叔的。"当时，二娃只是大大咧咧地说了一声："叫就叫，这没有啥呀。"说完，他笑了，我笑了，大家都笑了。

为了给二娃过一个象征着成人的生日。我和副排长朱鑫、班长任鹏通了气。没想到，这两位早就想到了。副排长朱鑫为二娃购买了饮料，尤其是班长任鹏，也早在几天前就给二娃预定了蛋糕。

生日"晚"会上（这次是名副其实的晚会，看完与 J 大队的篮球三四名争夺赛，已是 22：30），战友们首先向二娃祝福了生日快乐，点上蜡烛，二娃许了愿后，大家齐唱《生日快乐歌》为他"祝寿"。一时间，悠扬的歌声回荡在了狭长的楼道里，飘荡在了营区上空。

与二娃碰杯时，我告诉二娃："18岁，意味着你有了权利和义务，也意味着你有了责任和担当。祝贺你！"

2013年6月2日　星期日　晴

今天，是我下连当兵的日子里一排最为忙碌的一天。

一到工地，仲涛、谢辉、杜一峰就被安排到了1号搅拌站负责搅浆，谢军、廖骏、王瑜涛就被安排到了2号搅拌站负责搅浆，剩下的朱鑫、黄锐、任鹏、李明明、牛子龙和我（刘涛发烧卧床休息、杨时展岗哨）负责浇筑圈梁。

比起前几次浇筑，虽然今天圈梁的浇筑不是什么大的工程，但这次浇筑却因为没有了往常浇筑时的便利而显得人手颇为紧张。今天，没有泵车，所用泥浆全由铲车铲来，再由人一锹一锹地铲到模具里。这样做，无形中工作量就加大了许多。

见此情景，朱鑫把1号搅拌站负责指挥料斗塔吊的小杜和我对调了一下。让我负责将下放的料斗推到位，待搅拌好的混凝土装入料斗后，指挥塔吊吊动料斗升空的任务。

对于我来说，这也是一个新的工种。

每一次料斗落下来，笨拙的我都会小心翼翼地推料斗，将料斗放进挖好的坑中，然后再将料斗的口对准搅拌机的下料板。等到料放进料斗后，用刮板将粘在下料板的料刮下来，再指挥塔吊驾驶员将料斗吊走。期间，我一不小心把手搭在了料斗上挂钢丝绳的地方，跟班作业的郭指导员赶紧提醒我："这个地方可不能放手，一不小心会把手打伤的。"

我不想说今天的温度有多高，但今天的天气让人着实感觉有点热，且与往日的热不在一个点上。电话查询，才知今天的最高温度是30℃。可就是这样，吃过午饭，战友们连床都没有挨一下，有的甚至连一支烟都没有抽完就又出发了。自然，中午连打"够级"的喧嚣声也没有了。

又是周末，且还艳阳高照，而且是今年入夏以来温度最高的一天，但就是这样，我们依旧工作在工地上。

汗珠一滴一滴地落下，就连在棚子下面工作的胖子仲涛也多次挥汗如雨，一个劲地往嘴里灌水。整个下午，肥硕的仲涛竟然喝了足足两大瓶水。

这是下连当兵的第二个周末，生活依旧过得很充实。

"一支钢枪手中握，一颗红心向祖国。我们是革命战士，人们的子弟兵，共产党怎么说咱就怎么做……"这首歌曲在基地组织的大型活动中，我多次听过，只是不知道战友们唱的内容是什么。来到3连后，战友们在饭前一支歌中多次唱到这首歌。开始我不会唱，听了几次后，也就熟悉了歌词内容。如今，没有经人教唱的我也能唱得有模有样了。

歌唱完了，班务会也就开始了。班长黄锐首先讲评了班里一周来的工作，对表现好的个人提出了表扬；接着对班内每个人的情况进行了讲评，再三强调每个人要注意安全，切实做好即将开展的上半年工作总结；最后，班里每位同志做了简单发言。

轮到我发言时，我首先谈了自己来连队当兵的感受，对各位战友两周来在工作与生活中的帮助与关心表示了深深的感谢，最后我诚挚地邀请各位战友以后有时间到我的办公室坐坐……

2013 年 6 月 3 日　星期一　晴

来到工地上，看到战友们忙碌的身影，我总感觉还有什么事情没有做。仔细想了一会儿，我发现是缺少了一张和战友们的合影。两周来，我和战友们整日在工地上跑前跑后，没有时间考虑合影的问题。只是明天就要走了，我心里特别想念一起生活了十多个日日夜夜的战友们，想念和他们一起奋战在施工一线的那些场景，想念一起"抓大头"时的无拘无束……想到此，我急忙和连部通信员联系，问他能不能把连队的照相机借给我用一下。

照相机送来了，副排长也把人招呼齐了。在 54 号楼前，我和一排的兄弟站成两排，留下了珍贵的记忆。只是在翻看照片时我才发现，照片里没有一点工地的元素，根本不像是在工地上照的，背后正在修建的 54 号楼和搅拌机都没有出现在镜头里。

我只好找人又补照了一张。

中午躺在床上午休时，我就给自己安排好了下午的工作，先从"小工"做起，再当一把"大工"，真真切切体验一把砌墙的整个过程。

工作开始了，我一会儿给几个砌墙的"大工"负责上砖，一会儿用锹将泥浆铲进灰盆。在我的意识里，砌墙应该是个技术活，是"大工"干的活，可让我想不到的是，10 个人除了我和两个列兵外，有 7 人持刀上阵了。

我一时有点汗颜。

利用上砖上料的工夫，我一边认真观察"大工"砌墙，一边就不懂的问题问个不休。不长时间，我就知道了什么是"24墙"，什么是压茬口；为什么要先垒垛子，拉线的意义何在……了解了一些基本的常识后，我跃跃欲试，急切地想试一试。趁着副排长指挥车辆的片刻，我拿起他的瓦刀就开始了我人生的第1次砌墙。

我争取到了10块砖的长度。对于专业砌墙的人员来说，这个长度恐怕是小菜一碟，但对于门外汉的我来说，这个距离已经很不简单了。我一边仔细观察战友们娴熟的技术，一边小心翼翼地"照猫画虎"。我对忙碌的战友们说："我也是'大工'了，你们看看我砌得如何？"

一个"高"很快完成了，战友们朝我竖起了大拇指。

两个"高"也没有被战友落下，我自己得意地笑了。

可是，在砌第三个"高"时，我还是一不小心把"丁砖"砌成了"跑砖"。

问题是刘连长发现的，见我在砌墙，刘连长从老远处就赶了来。只是一圈没有转完，刘连长就发现了问题所在。那时，第3个"高"我刚砌了5块砖。

那一刻，我深悟了"骄兵必败"的道理。

对于非专业的人来说，仔细观察也能发现"5块砖"很抢眼，专业人士就更不必说了。为了记住这次教训，整面墙砌好后，我特意对墙面进行了拍照。

也许是最后一次在3连看新闻了，听见哨声，我提上凳子就朝电视房出发了。

因为是临时居住，条件自然也就简陋了许多。不大的电视房里，人满为患，不大会儿就出现了难闻的气味。

《新闻联播》结束后，刘连长组织学习了《关于做好"六四"敏感期维护部队稳定的通知》。此后，刘连长向全连官兵通报了我下连当兵即将结束的消息，并邀请我给大家讲几句。

说实在话，我不是不敢讲，也不是不愿讲，真的是与战友们在一起无话可讲。与他们在一起的日日夜夜里，我常常被他们的工作态度、工作精神所感动。他们，整天都用无声的行动给我上着生动的教育课。在他们面前，我是学生，我是真正的新兵。

除却感激、感谢、感动外，我真的无语。

2013年6月4日　星期二　晴

接到部里通知，说是12∶00后有车来接。

营部梁教导员也通知我，团里一上班组织召开蹲连住班、下连当兵座谈会，要求我们谈一谈这段时间的见闻、感受及对团队建设与发展有什么好的意见建议。

其实，昨天晚上在营里组织的恳谈会上，我们已经谈了自己的当兵感受，相比较而言，只是这次座谈的地点和人员不同而已。还是那句话，不是不想谈，是真的无话可谈。

在我下连当兵的半个月里，一排的战友先后"受伤"了不少。先是一班长黄锐崴了脚，然后是三班副刘涛的脚被钉子扎了，而后朱鑫和李明明的脚上起了水泡，还有谢辉的脚被砖头砸了，杨时展的背上被刮了一道长约7厘米、宽约4厘米的伤口，红渗渗的，甚是吓人……然而，即使如此，除却黄锐实在不能参加工作外，其他人员一刻也不曾休息，坚持每天参加工作。毒辣辣的日头下，他们或挥动着铁锹，或舞动着镐头，甚至依旧坚持在浇筑的第一线，真真应了"轻伤不下火线"的话语。

与战士们实行"五同"的15天里，他们的工作方式，他们的点点滴滴，我观察到了，感受到了。从他们身上，我重温了兵味，磨炼了意志，学到了坚强；这不仅锤炼了我的思想，强健了我的体魄，也让我收获了友谊。在与他们的交往中，我感受到他们一日生活制度的落实，感知到他们生活的充实，感触到他们在施工任务中的求实，一张张鲜活的面孔给我留下了深刻印象，许多发生在我视线中的事情，许多发生在他们身上的故事，观后听后，让我唏嘘不已，如鲠在喉，我深深地为他们的言语和行为感动着。

没有相逢，就没有感动；没有相遇，就没有震撼。

刘鹏、郭江峰、田建军、朱鑫、黄锐、仲涛、谢辉、杜一峰、谢军、廖骏、李明明、王瑜涛、任鹏、刘涛、杨时展、牛子龙、薛红蕾、杨敬磊、赵智康……从他们身上，我体味到了工程兵的平凡与伟大；他们的名字，将永远留在我的记忆里。

我将永远是2营3连的一兵。

45 只柳环的心灵寄托

4月的新疆，风的怒吼撕破了窗台的宁静；清明前夕的马兰，一场大雪带来了料峭的春寒。清明节当天，马兰烈士陵园内，一个身着军装的青年军官正在轻轻地吟诵一首诗。在他面前的一只纸箱里，有45只柳环正在倾听他的心灵寄托。

这个青年军官就是我！

枝条青青柳色新

清晨，当第一缕阳光透过窗户照进我的房间，洒在那棵怒放的绿色植物上时，睡意蒙眬的我随手摁开了手机。手机屏幕闪亮的那一刻，显示出的日期和文字清晰地告诉我：4月5日，清明节！几个极其简单的字眼，让刚刚还游荡在梦中的我倏地从床上坐了起来。

清明节，我应该去祭奠英烈啊！

"清明时节雨纷纷，路上行人欲断魂。借问酒家何处有，牧童遥指杏花村。"千百年来，杜老夫子的一首《清明》，让多少文人在这个特殊的日子里吟诵不止，又让多少墨客在这天感慨万千，泪流成行。

每年的这个日子，我也会想起老夫子这首在我看来算不上是哀怨与思念的诗，也会在心里轻轻地吟唱。只是又到了这个时节，现在的我该用一种什么样的方式祭奠这个特殊的日子呢？

窗外，被微风吹动的柳条来来回回飘荡个不停，就像春姑娘婀娜的舞姿，在我眼前晃来晃去，令我眼花缭乱，目不暇接。

"有了！"用柳环——刚刚绽放出新芽的柳枝编织成的花环来祭奠英烈。

"渭城朝雨浥轻尘，客舍青青柳色新……"在乍暖还寒、柳条青青的季节，古人能用一杯薄酒略表心意，在凉亭中与即将西行的好友话别，我为什么就不能用含苞待放的柳条代表我的心来祭奠英烈，更何况在我的家乡本来就有清明用柳条编织柳环、在门上插柳等方式以寄哀思之风俗。主意拿定，我从床上一跃而起。

为表达心中对英烈的钦佩之情，我特意穿上了笔直的崭新军装。只是，我实在不知道哪里的柳枝最好，驱车环绕马兰城东部转了一大圈，最终我还是选择了汽车团——一个我曾经工作过10年的地方。在教研室的教学楼前，在那棵高大的垂柳下，身穿常服的我折了许多枝条，并一股脑地装进了车的后备厢。

尽管军装上被弄得都是尘土，沾在上面挥之不去，也拍打不掉，但我已顾不上这些。已快10:00了，我要以最快的速度赶到陵园。

到烈士陵园的路不算远，但就是这点距离，却让我感觉到非常漫长。在西门口接受检查时，不知道是因为我穿着军装的缘故，还是因为当天是清明节的日子，哨兵仅看了我的车辆出入证就放行了。虽然没有了往日的例行检查及后备厢门重重的关闭声，但我却没有一丝一毫的喜悦。因为，我的心早就由清晨的激动变为了当前的哀伤。

公路两侧，成行的白杨就像一群忠于职守的士兵，排列整齐地在守护着陵园内的英烈。只是白杨裸露的皮肤已开始泛青，光秃秃的躯干和枝条愈发显出白杨的伟岸。

将爱车徐徐停在烈士陵园门前的车场内，我准备用青青的柳枝开始编织柳环。

"编多少呢?"一边细细整理后备厢里的柳枝，我一边在心里暗暗地问自己。

没有事先详细的考察，没有经过周密的计划，只因为是清明节，所有的一切都源于当时心头的震动。无须刻意，也不用造作。今天是4月5日，那就编织45只柳环，让这个没有任何刻意做作的数字表达我的哀思与怀念吧!

死者长已矣

将柳条一枝枝、一条条地细细整理好，我开始着手编织柳环。

1、2、3……就在我编织还不到10个柳环时，突然，一辆小轿车悄无声息地在我身边停了下来。车上先下来的是一位中年女性，随后驾驶员也下来了。仔细一看，虽然叫不上姓甚名谁，但我知道他是基地机关的某处长。每天上班下班，几乎都要碰到，只是一次也没有打过招呼。还有人在下车，是一位老者和一个十几岁的孩子。

这很明显是一个家庭!只是我不明白，他们要祭奠的是何人。听某处长与老者的对话，似乎他们要祭奠的是老者的战友。难不成老人也是我国核试验事业的前辈?

看着白发苍苍、步履蹒跚的老人，一种发自内心的崇敬之情在我的心底油然而生!

向着他们一家四口远去的背影，我停下手中的"工作"，向他们行了一个庄严的注目礼——足足有两分钟的注目礼。是为老者在清明时节来祭奠他早逝的战友，还是为一家四口发自内心对英烈的钦佩之情，抑或两者兼而有之，我自己也不得而知。

某处长一家四口刚刚远去，"突突突"一阵摩托车的声音由远及近而来，迅速地停靠在我的一侧。一个衣衫褴褛、长发飘飘的中年男子一抬腿从车上下来了。

看了我一眼后，中年男子没有拿摩托车后座上的祭祀物品，而是直接走进了烈士陵园。

这是什么情况？

难不成是不知道祭奠哪个？还是不知道要祭奠的人葬在何处？

大约20分钟后，中年男子疾步从陵园内走出，顺手拿起后座上绑着的祭祀物品，扭身再次进了陵园。又过了20分钟后，中年男子一脸悲戚、两道泪痕从陵园内走出，抬腿跨车疾驰而去。

看来，他是属于不知道要祭奠的人葬在何处的那种！在找到了要祭奠的人后，终于凄凄惨惨、悲悲切切地哭了一回。

只是让我想不明白的是，在一个以军人为主的烈士陵园内，缘何会有这样一个衣衫褴褛、长发飘飘的中年男子，他有什么样的亲人在此安息？他的亲人是谁？又是一位怎么样的人？他的亲人缘何会葬在烈士陵园内？缘何他又会哭得如此伤悲？

一连串的问题让我百思不得其解！

41、42、43……就在我即将编织好45只柳环时，又有三三两两的人从陵园内走出。他们，满脸都是凄切与悲伤。从他们的脸上，我不但看到了慎终追远的悲酸泪，还看到了生离死别的感伤情。

　　其实，我知道，在2006年5月20日"清明节"被国务院批准列入国家级非物质文化遗产名录，成为法定节日前，清明节早已成为炎黄子孙扫墓祭祖、缅怀亲人，表达对已故者哀思的重要节日了。平时，他们或忙忙碌碌，或无暇顾及；现在，他们终于可以将食物供奉在亲人墓前，或在坟墓上培一抔新土，或折几枝柳枝插在坟头，长歌当哭一场，借以表达对亲人的无限哀思。

　　看着不断出入陵园的人们，我突然想起两句话：一句是"死去何所道，托体同山阿"，另一句是"存者且偷生，死者长已矣"！

柳环的倾诉

　　缓缓地来到烈士纪念碑前，我将最大的一只柳环双手奉在了摆放着诸多花圈与鲜花的碑座前。转身回到原地，凝视碑座前诸多的花圈、鲜花和我刚刚奉在那里的柳环，我发现我的柳环是那么的新颖、那么的清新，那么的与众不同……

　　一鞠躬！

　　再鞠躬！

　　三鞠躬！

　　默默地数数，缓缓地行礼！

　　随后，掏出来刚刚准备的纸条，我开始对亲人深情地祭奠。

　　清明节／这个春天里特别的节日／于微冷的春风中踽踽而行／柳芽吐绿　阴雨霏霏／冷冷的清风　默默的杏花／不同的岁月／相同的怀念

　　睹物思人／记忆犹新间／又平添几多哀伤／那些走远的亲人／再也回不来的身影／如刀似剑般切割着／我喷涌的悲伤／流淌和弥漫于我的天空

就让我的缅怀与哀思／驱逐丛丛的孤独／为逝去的亲人／献上我满满的怀念与感恩

这是一个文友发给我的一首组诗中的一节，借用她的言语，我将对亲人的追思与怀念深深融入其中，在亲人面前大声地吟诵给他们听。只是让我自己都没有想到的是，不等朗诵完毕，我早已泪水涟涟了。

不知是我的举动惊吓了空军场站正在练习敬献花圈彩排步伐的礼兵，还是我的哀声与泪眼感动了他们脆弱的神经。那一刻，礼兵停止了练习的步伐，指挥员缄默了指挥的号令！

庄严肃穆的马兰烈士陵园内，风停了，树也静了！

亲人们，安息吧！

再拜首任核司令

漫步走过马兰烈士纪念碑，我缓缓地来到基地首任司令员张蕴钰将军的墓碑前。自从马兰烈士陵园建成后，我曾多次前来拜谒张司令员。今天，再次来到老将军的墓碑前，将第二只柳环奉在老将军碑前后，我深深地鞠了三躬。

因为不甘心吃别人嚼过的馒头，面对苏联专家选定的敦煌场址，将军提出了质疑。在经过实地勘察后，将军不但否定了敦煌场址，还带领人员到罗布泊进行实地勘察，上报"罗布泊是核试验的风水宝地"，并最终获得批准。

基地组建之初，将军带领大家搭帐篷、挖地窖，硬是在营房周围用麻黄草扎成了一棵棵人造树，给荒凉的罗布泊带来了"枝繁叶茂"的春天。就是在这样艰难困苦的条件下，将军带领5万大军历尽千难万险，终于在1963年12月底完成了核试验场的所有建设。

当102米高的铁塔庄严地矗立在戈壁之中，等着与原子弹拥抱时，当将军在塔架下庄重地签下自己的名字时，将军绷紧了多日的神经终于缓缓地放松了。

1964年10月16日下午3时整，随着"10、9、8 …… 4、3、2、1，起爆！"口令的结束，一道强烈的闪电瞬间划破天空，紧接着是一阵雷鸣般的巨响。腾空而起的巨大火球映入眼帘，防护墨镜后，将军的双眼涌出了两行滚烫的热泪。

火球腾空起，巨响震苍穹。泪流满面的将军当即吟诗一首：

光巨明，声巨隆，无垠戈壁腾巨龙，飞笑融山崩。 呼成功，欢成功，一剂量知数年功，敲响五更钟！（《长相思·首次核试验当日夜》）

戎马倥偬之余，将军还写下了许多意境深远、朴实无华的诗篇。

朝来西山望雪，晚近东谷眺虹。入夜湖高水月明，四夜然然安静。极景不负时光，勤业巨细惟恭。马兰村小可牧鸿，天叫风云成画。（《西江月·马兰村好》）

"一三五洗脸，二四六刷牙，星期天干擦 …… "在别人眼里，基地初建时期异常艰苦。可在将军的笔下，一首词却道出了马兰村的无限美景：西山望雪，东谷眺虹，湖高月明，村小可牧鸿 …… 大自然的鬼斧神工，在将军眼里就是一幅大美的山水画。

从"求地此处好，天授新桃园"到"陶潜未作，渔郎难寻，罗布泊自演冬春"，从"原子天骄今世生"到"无垠戈壁腾立龙"，从"东来火箭裂长空，万籁不敌核弹鸣"到"扬尘报惊雷，龙行九泉下。阴阳骤合春，人为成造化"…… 将军"自然之景入眼，心血之涌成言，实时记事，乘兴抒情"，将所见所闻记录下来，描绘了基地核试验事业发展壮大的过程，留下了一笔宝贵的精神财富。

忆往昔，为我国核试验基地的建立和发展，将军立下了不可磨灭的功勋。看明朝，将军的名字将永远与日月同辉，与天地同在！

张司令，我们永远缅怀您！

院士，我来看您了

来到林俊德院士墓前，我轻轻地将第三只柳环放下。那一瞬间，我的眼泪不由自主地从脸颊上滑落下来。

望着墓碑上林院士慈祥的面容，我紧咬着嘴唇，一时间默默无语，任情感决堤，任涕泗交流。

我在心里默默地对着林院士的墓碑说：2014年7月31日您长眠于这块热土的那天，我没有来看您，之后的日子里，我也一直没来看您。院士，今天我来了！我来看您了！

时光如白驹过隙，林院士，一晃您离开我们已近3个年头了。3年里，我们无时无刻不在想念您。虽然从未与您谋面，但在很多人描写您的文字里，我却多次聆听您的教诲。尤其是看了基地电视台拍摄的《共和国的功臣院士》，您的音容笑貌，您的一举一动，至今还时刻映现在我的脑海里。

为了研制钟表式压力自计仪，您抛家离子，转战南北，上高山，下深洞，爬上海拔近3000米的山顶，在零下20多度的山上待了不知多少个日夜；在您的留言本上，记载最多的是您有关科研成果的思路和想法，而留给家人的却是一片空白，没有只言片语。75载光辉岁月，52年奋斗历程，核试验场区的每一寸土地上，都留下了您的足迹。我不知道有多

少人参加了我国全部的45次核试验，但您是我知道的人中参加了我国全部核试验的第一人！

"一个人的成功，一靠机遇，二靠发狂。一旦抓住机遇，就要发狂工作，效率就会特别高，看似不可能的事就可能了。"您是这样说的，也是这样做的。52个春夏秋冬，您像胡杨一样坚守大漠，屹立不倒，默默耕耘，无私奉献；45次春雷炸响，您每次都像万钧雷霆一样，把生命融入祖国的核试验事业，让蘑菇之花开在自己的生命里，也炸响在浩瀚无边的"死亡之海"；32项科研成果，是您"生为祖国生，死为使命死"的豪迈誓言，是您"活得有意义，走得无遗憾"的庄严宣告。

临终前，您给老伴说："一是一切从简，不收礼金；二是不向任何组织提任何要求；三是把我埋在马兰。"是的，在您走后，您的老伴，我们尊敬的黄建琴阿姨按照您的要求一件件地抓了落实，不仅没向组织提出任何要求，还把总政发放的10万元慰问金作为您的最后一笔党费全部交给了组织。在又一个八一建军节来临之际，您终于如愿以偿，又回到了您工作和生活了半个多世纪的这块热土，来陪伴您一生成就的伟大的核试验事业。

一年一度春来早，又是清明祭君时。林院士，您的离去，虽然让我至今依然无法释然，但我不得不承认，您已离我们远去！站在您的墓前，我在心里默默祈祷：院士，请您放心，我们一定会沿着您的足迹前行！

走近"雷锋式好战士"易建国

清明节前夕，创作室一名老同志转来一首词。词的内容很好，但作者段国庆的名字却很陌生。

回望西域，雪映天山，风扬疆南。俯戈壁绿洲，军营马兰；鏖战大漠，踏遍楼兰。孔雀河畔，落日炊烟，博湖渔歌犹唱晚。筑长城，看蘑云乍起，腾啸九天。　昆仑苍茫如烟，莫英雄拭泪挽花环。忆建国同学，尚德志坚；学习雷锋，助人模范；舍生救火，青春礼赞，风流男儿彩云端。光璀璨，照耀人生路，引尔阅远。(《沁园春·忆建国同学》)

这首《沁园春·忆建国同学》中的建国，名叫易建国，原是基地某站的一名战士。

1981年8月8日，回家乡阿克苏探亲的易建国和孙桥赞坐车走到库尔勒西面一个叫梧桐岭的地方时，突然发现前方有辆汽车起火。易建国当即大喊："司机同志，快停车！"未等汽车停稳，他和战友孙桥赞就跳下车，投入了扑灭烈火的战斗中。

在被火烧得滚烫的车厢上，易建国忍着烟熏火燎，奋力搬动着油桶。一桶，两桶，三桶……这时，有人大喊："危险，油桶要爆炸！"话音刚落，只听"轰隆"一声闷响，大家看到油气带着火焰喷出十几米远，易建国被浓烈的烟火吞没，倒在离车十几米远的地方……

由于伤势过重，23岁的易建国光荣牺牲。易建国牺牲后，基地党委给他追记一等功，追认他为中共党员；国防科委授予他"雷锋式好战士"荣誉称号；国防科委、基地党委、新疆维吾尔自治区商业局运输公司分别做出决定，号召所属人员广泛开展向易建国同志学习的活动。

收到老同志转来的这首词时，我曾问老同志，你是怎么和作者段国庆联系的，老同志告诉我，他并不认识段国庆，也不知道段国庆是如何联系上他的。我又问老同志，段国庆今年清明节来马兰了吗，老同志说没有。

这就奇怪了。段国庆是谁？这么多年了，他怎么突然想起易建国烈

士了呢？

与段国庆联系后得知，作为易建国烈士的发小兼同桌，作为同年同月同日出生的两个人（俩人都是1958年10月1日出生），段国庆和易建国原都是新疆生产建设兵团的孩子。当年，易建国来到基地当了一名光荣的中国人民解放军战士，段国庆成了新疆银行学校的一名学生。易建国入伍前曾到段国庆家里去找他，但俩人彼此没有见面。1981年8月中旬，易建国牺牲一周后，毕业分配到马兰的段国庆要做的第一件事，就是找到易建国。可让他意想不到的是，发小易建国牺牲了。痛苦万分的段国庆忍着巨大悲痛送走了易建国。

段国庆还说，比易建国多活了30多年的他很想为发小易建国写点东西，于是就有了这首《沁园春·忆建国同学》。

其实，这几年，每次到烈士陵园来祭奠，我都会来到易建国烈士墓前，静静地伫立，默默地哀悼。因为在这里长眠的400多位英烈中，我真正"认识"的并不多，与之交流过的更是少之又少，但易建国却是我每次来烈士陵园时都要拜谒的其中一位。今年清明节，我把第45只柳环奉在了"雷锋式好战士"——易建国墓前，借以表达我对烈士的哀思与追悼。

向段国庆致敬！

向易建国致敬！

向为了我国核试验事业做出牺牲和奉献的千千万万的人们致敬！

春暖花开乍还寒，清明时节亦伤感。清明节，一个与寒食节相连并融为一体的日子，一个怀念亲人、令人感伤的日子，一个原本就用柳环寄托哀思、祭奠亡人的日子，虽然阳光明媚，可我的心里却多了一份伤感与怀念。

探寻我国第一颗原子弹爆心

一

天上无飞鸟，地上不长草。千里无人烟，风吹石头跑。

我在基地官兵撰写的或其他人撰写基地组建时期的稿件或书籍中，多次读到这句话，多次仔细品读这句话中所描述的情景，只是没有真正地亲自体验过。

我曾多次想象，那该是一种何等的凄凉与荒寂。但是，对于从来没有到过这种地方的我来说，什么想象都不如到这种地方走一遭、看一眼，让人感受得深、感受得真。

之所以这样说，是因为在到了第一颗原子弹爆炸现场后，我才有了这样的感受。之所以有这样的感受，是因为在我看来，我和他人经常看到的场区，尤其是很多官兵长时间生活的"六公里"，不是这个样子的。

在没有到过第一颗原子弹爆炸现场前，多次读到有关"天上无飞鸟，地上不长草。千里无人烟，风吹石头跑"的文字时，我曾经一度认为时常值班的地方——场区驻地处，就已经是书中描述的那样了。但真正到过第一颗原子弹爆炸现场后，我的这种印象被彻底颠覆了。

很多人告诉我说，场区飞的乌鸦都是公的。这句话告诉了我们一个

事实：在场区是可以看到乌鸦的。只是这里的乌鸦比在马兰，比在场区以外的地方见到的乌鸦要大许多。

但是我想，到过第一颗原子弹爆炸现场的我此时应该站出来更正一下，在场区驻地可以看到乌鸦，在第一颗原子弹爆炸现场是看不到乌鸦的。

一望无垠的戈壁滩上，大概是因为有了人的居住，才有了生命的气息。在场区驻地周围，除却身穿迷彩、来来往往的军人外，还有一些展翅翱翔的鸟儿——乌鸦。最初的时候，我还以为那是一群雏鹰，可后来才知道它根本就和雏鹰没有一点关系，那是地地道道的乌鸦。

我不知是什么缘故导致了场区的乌鸦竟然比其他地方同类同族的乌鸦大许多。

在场区驻地，除却身穿迷彩、来来往往的军人和展翅翱翔的鸟儿——乌鸦外，似乎有生命的就应该是那些在场区难得一见的绿色植物了。

这几年，为了营造场区拴心留人的环境，场区广大官兵不辞辛苦，在道路两旁栽下了一些花草树木：算不上成片的数十棵沙枣、稀稀疏疏的十几棵白杨……

让人没有想到的是，甚至连"生而千年不死、死而千年不倒、倒而千年不朽"的胡杨也被执行任务的战友们抬到了门前的场地上，并摆放成不同的或人物或动物的造型，向来来往往的行人讲述着一个个3000年不朽背后的伟大故事……

这些，让生活在场区驻地的官兵心里多多少少平添了几分心灵慰藉。

二

一个深秋的凌晨，天刚蒙蒙亮。一名三级军士长陪同我踏上了去往第一颗原子弹爆炸现场的漫漫长路。

三级军士长是个老场区工作人员，一个被官兵称为"场区活地图"的老兵。

能够与这样的人一同前往，我感觉是一种幸福，一种能够感受场区知识魅力的幸福，一种能够感触基地历史真面目的幸福，一种能够感知核试验沧桑岁月的幸福。

"出去跑步就是散心！"

这是老兵与我谈话中不经意间说出的一句话。这句话让我很是不解。

查阅字典："按照规定的姿势向前跑"为跑步，而散心意为"消除烦闷，使心情舒畅"。

看两者之意，跑步就是跑步，与散心没有一点关系。两者分明就是风马牛不相及！可老兵却硬生生地把两者拉扯到了一起。

究其原因我才明白，这分明是一线官兵的生活写照。如果没有切身感受，就不会如此逼真。之所以如此，是他们把跑步与散心有机地结合在了一起，创造了一份激情与闲适的融洽，一份人生与岁月的写意，一份骚动与静谧的和煦……

这里是向阳泉……

这里是清风岗……

牧民对传统牧场的划分以这条公路为界，这边是……那边是……

一路上，老兵不停地向我讲述着当年发生在这些地方的故事，并让我开始想象昔日曾经发生在这里的故事与辉煌。

绕过一个山口，脚下异常平整，眼前一片开阔地，一条公路曲曲折折望不到边。

路旁硕大的石碾子，向我倾诉着当年众志成城、喊出响彻云天号子的热闹场景。

我不禁在想，基地历史展览馆里的那个石碾子，是它一奶同胞的双胞胎兄弟，抑或是它儿时一同玩耍的伙伴郎……

我无法得知它们之间的真相。

久经风雨侵蚀的房屋早已破烂不堪，没有了昔日发生在这里的天翻地覆的热闹景象。

……

哦，我懂了，是烈日炎炎的热风，是漫漫长夜的细雨，把石碾子浸透，把房屋碾平……

三

11时，在一块写着"永久性沾染区 珍惜生命 切勿进入"的大牌子下，车辆缓缓地停了下来。

仔细端详这片土地，仔细打量这块牌子，我记起来了：这个地方，我曾经到过。

13年前，还是连队基层排长的我曾经带车队到过这里。那次，在那块"永久性沾染区"的石碑前，我还依着它把青春的印痕镌刻在了这里。时光荏苒，怎么一晃就13年了呢？

我禁不住问："时间都去哪儿了？"

一望无垠的戈壁滩上，没有一株绿色，也让车内的我没有感觉到戈壁滩上有一丝一毫的风。

不料，在下车查看石碑的字迹时，我才发现车外却是"寒风瑟瑟可割耳，呼啸之声尽是冬"。

站在原地，我一时忘记了老兵的问话，只是望着那块石碑，呆呆地望着，傻傻地望着。直至驾驶员将车门"砰"的一声关上，才将我从沉思拉回到现实中。

我不善于照相，无论是照还是被照。

抑或是曾经把青春的印痕镌刻在了这里，所以，这次我也选择了悄无声息。

只是不到5分钟，不待老兵招呼，凛冽的寒风已让我猫腰钻进了车。

黄沙漫漫，人鸟俱绝。

我真正走进了"死亡之海"，来到了不毛之地。

除却遍地的沙砾，地上没有一丁点绿色。满目的苍凉，让人感受不到生命的存在。

此时此刻，不管什么言语，也不管什么辞藻，就是微微地窃窃私语，在遍地的沙砾面前都是一种莽撞，更是一种亵渎。

"我们战斗在戈壁滩上，不怕艰难，不畏强梁⋯⋯"

"风不要说，云不要说，我们在大漠默默地生活⋯⋯"

说来也怪，很多人看到这种情景都禁不住掉转车头，疾驰而去。而我，却像是在万里他乡遇到了知音，失散多年的孩子找到了爹娘。

我的手在颤抖，我的心要发狂。

四

在被瑞典探险家斯文·赫定称作"如同月球表面一样荒凉"的生命禁区，在彭加木、余纯顺等献身科学的最后之地，在一个被叫作"孔雀新村"的不毛之地，有一面五星红旗在高高飘扬。

这里，"天上无飞鸟，地上不长草"；

这里，一年一场风，从春刮到冬"；

这里，气候干燥，雨水稀少（年降水量25毫米）；

这里，春秋极短，夏冬偏长，夏季酷热，冬季凄寒（气温最低-24.6℃，最高42℃）。

这里，还有一群人：

他们，以戈壁为邻，以风沙为伴，以新村为家；

他们，忍常人难忍之难，吃常人难吃之苦；

他们，"白天兵看兵，夜晚数星星"；

他们，在"戈壁新村聚英雄铸山煮海，楼兰河畔邀明月谈笑风生"；

他们，"身伴楼兰写忠诚，身系国防为打赢"；

他们，在死亡之海，用忠诚，用青春，用拼搏，用汗水，迎接共和国每一轮初升的太阳。

在孔雀新村不远处，我还看到一眼泉水。

远远望去，一垒方台，几米白管。方台中，一根塑管竖立其中。走近观之，塑管竖插泉眼正中。

方台之内，塑管虽竖插泉眼正中，但泉水汩汩之流不绝于耳，层层水晕似激滟波光熠熠生辉。台内四周虽多有水藻相伴，但水清却至无鱼。然而，汩汩流出的泉水，在方台四周留下了深刻的印痕。

此处的地质本为砂石，但在泉水的"滋润"下，却泛起了厚厚的碱末。一脚踏上去，几乎淹没了整个脚掌。

你还敢小觑水的力量吗？

反正我是不敢的！

从方台溢出的泉水，经过风吹日晒的洗礼，终于变成了厚厚的碱，赤裸裸地向我昭示着水质的强度。可令我诧异的是，在强度如此大的泉水四周，竟然还生长着一片片、一簇簇青春靓丽的红柳。看那红柳生长的势头，真的好比"四十一枝花"的男性，又恰如二八女子的芳华。

我不愿做惺惺之态，但我还是真的要褒奖这些红柳的茁壮与勃发。

因为从它们身上，我看到了马兰人的身影，读懂了科技人的忠诚，理解了警卫人的奉献。尽管我不愿意，但我不得不向它们表示我最最崇高的敬意——致以军人崇高的军礼。

五

驾驶员的一个急刹车，让沉思中的我猛地坐直了身躯，我看到一条两三米宽、有着凸起和洼地的"阻隔带"横亘在我们面前。

"阻隔带"虽然称不上宽阔，但它最终还是迫使我们都下了车。

老兵忙着跑前跑后指挥车辆，驾驶员小心翼翼地打着方向盘。

戈壁滩上，我孤孤单单地望着俩人一车，极不情愿地把心放在了嗓子眼处，两手更是不自觉地做出了一副惊世骇俗的窘相。

突然，随着车辆的一个侧斜，我的身躯也不由自主地随车摆动起来。那一刻，我注意到自己的身躯与地面形成了45度夹角。

我不信仰任何宗教，但车辆侧斜的一瞬间，我却顺口说出了"我

的神"！

回到车内，老兵告诉我，两年前，他们有次执行巡逻任务，远远地看到乌云黑压压地一片，瞬间就压了过来，像一堵密不透风的墙，让人感到窒息。

那次，像密不透风的墙的乌云就像恶魔一般，带来了狂风暴雨，瞬间就让茫茫戈壁感受到了它的力量与魅力。

与茫茫戈壁相比，人总是显得十分渺小。短暂的几分钟过后，带给大家的是房倒屋塌与人仰马翻。

也是那次，中央7套的摄影组正在现场拍摄。他们暂时居住的房屋被掀起，设备被打湿，几人只有相拥才能站立。

雨过天晴，摄影师一边收拾装备，一边啧啧称奇：惊天动地、惊世骇俗、惊心动魄……

当晚，当再次谈起白天的"壮观"时，摄影师双手竖起了大拇指，把微笑和敬意送给了陪伴他"东奔西跑"的绿军装兄弟。

六

随着车辆戛然而止，在历经4个小时的"跋涉"后，我终于伫立在了第一颗原子弹爆炸现场。

我不是诗人，也几乎没有做过诗。但是，伫立在第一颗原子弹爆炸现场，我情不自禁地诗兴大发，轻轻地吟唱：

我伫立在第一颗原子弹爆炸现场

时光如白驹过隙

转眼已半个世纪

那是一九六四年十月十六日下午三时

随着一声惊雷炸响

大地在颤抖

笑声在荡漾

滚滚惊雷打破世界的宁静

黄沙漫卷直逼湛蓝的天空

飞机、坦克、大炮等效应物变得残破不堪

只有那肆虐的戈壁风

在怒吼

在歇斯底里地哀鸣

马兰村小可牧鸿

天叫风云成画

至此

你有了一个响亮的名字 —— 春雷

你的英姿让西方列强睁大了眼睛

从那一天起

你的名字和罗布淖尔一起

震惊世界

响彻寰宇

在不同人种的口中吟唱不停

伫立在第一颗原子弹爆炸现场

凝视大片黑色的沙石

我看到巨大火球的光亮

我触摸到高温气体灼伤的力量

我窥探到西方宵小窃窃私语的伎俩

伫立在第一颗原子弹爆炸现场

我为你昔日的雷声欢呼、雀跃

是你

让整个地球一片哗然

让昨天的"东亚病夫"挺直佝偻已久的脊梁

我骄傲呀

骄傲能成为你伟大的公民

骄傲能在有生之年来到这里

骄傲能与你面对面共诉衷肠

骄傲能伫立在第一颗原子弹爆炸现场

在这炎黄子孙世代敬仰的地方

我以一个共和国士兵的名义

代表你

代表他

代表曾经工作生活在这里的人们

一千次敬礼

一万次礼敬

将炽热的目光永远镌刻在第一颗原子弹爆炸现场

轻轻吟唱之后，我缓步来到爆心中央。

站在第一颗原子弹爆炸现场，与镌刻有"中国首次核试验爆心"的石碑零距离接触后，我为它轻轻拭去身上的尘土，轻轻地抚摸岁月在它身上刻就的印痕……

突然，老兵惊奇地望着我，问："你怎么了？"

"我没怎么呀！"我漫不经心地说。

"你的手……你的手一直在抖个不停……"

听了老兵的话语，我笑了。

我轻轻地告诉老兵："我的手在颤抖，我的心要发狂……"

后记
——怀念那段逝去的岁月

　　与生我养我的故乡相比，在我的心目中，让我安家立业的军营——马兰，当之无愧就是我的第二故乡了。与无数的寻梦人一样，高中毕业后，名落孙山的我直奔马兰而来。

　　每次探亲或偶遇同行，总有人在不断地问我："在哪儿当兵？"看着他们询问的眼神，听着他们询问的话语，每次我都自豪地告诉他们，在马兰，在中国唯一的核试验基地。这时候，问话的人就会用羡慕而敬仰的口吻对我说，你真幸福，那可是让每个炎黄子孙扬眉吐气的地方。作为马兰的一分子，每当听到他们说出如是的言语，我就会从内心深处生出无比的骄傲与自豪。如今，惬意地生活在这片美丽的土地上，一种温暖的幸福常常从心底悄然流出，并且我还时常被这种幸福团团包围着。

　　骄傲也好，自豪也罢。只是在幸福之余，我时常会想起马兰，想起她留给我的印痕，想起她留给我的点点滴滴。

　　至今还清楚地记得第一次走进马兰的情景。下午3时多，我们一行近300人坐上了从大河沿办事处开往马兰的班车。车一驶出大河沿，便进入了茫茫的戈壁。车走了近一个小时，也没有看到一点绿色。一望无垠的戈壁滩上，稀稀拉拉地散布着一些干枯的荆棘，没有一点生机，不但让人感觉如同到了另外一个世界，更给人一种头晕目眩的感觉。不大会儿的工夫，我就"酣然入梦"了。醒来的时候，车窗外已是漆黑一片。借着微弱的光亮看了一下手表，已是大约凌晨两点钟。坐在班车里，车外黑乎乎的什么都看不到，肆虐的寒风吹得呜呜直响，好像一群猫头鹰在哭号，此起彼伏的叫声很是吓人。那时候的车，不像现在密封效果特别好，从车厢缝隙处蹿进来的风冷飕飕的，一刻也不消停地抽打着我们的脸，让我们时不时地打着寒战；可这还不是最可怕的，最可怕的是猫头鹰那此起彼伏的似哭号的叫声在黑夜中弥漫开来，让人毛骨悚然、不寒而栗……

　　如今再来马兰，从乌鲁木齐一出来，就直接上高速公路了。翻越了天山，穿过了榆树沟，再经过一片长满骆驼刺的戈壁后，呈现在眼前的一片绿洲就是马兰了。经过半个多世纪的建设，现在的马兰已俨然成了一座微型的现代化都市，医院、超市、银行、邮局……各种生活设施一应俱全。

　　"男女衣着，悉如外人。黄发垂髫，并怡然自乐……"进入马兰，每个第一次来到这里的人的第一感觉就如同走进了陶渊明笔下的世外桃源。这里既没有城市的喧哗，又没有都市的拥挤，放眼望去，到处都充满了绿色，平旷的土地上整齐地排列着一座座井然有序的屋舍，就像是一排排正在操练的士兵……如果不是抬头就能看到不远处连绵起伏的天山山脉，真的很难相信自己就站在一望无垠的戈壁大漠上。

　　查阅资料显示，马兰，多年生草本植物，高60—100厘米，生长在山坡、灌丛和田边。《新华本草纲要》论述，草及根有清热解毒、散瘀止血功能，主要用于感冒、咳嗽、咽喉痛、痈疖肿毒……

　　1964年10月16日，我国第一颗原子弹在罗布泊试验成功；1967年6月17日，我国第一颗氢弹又在这里成功爆炸……其实，作为中国唯一的核武器试验基地，在一代又一代官兵心里，马兰更多的是一个地名，一个符号，一个象征。虽说时至今日在地图上仍然无法找到，对很多人来说还是比较神秘的地方，但在一些重大节日、重要的外事活动中，一提起让中国人民，让炎黄子孙扬眉吐气的大事时，大家还会自觉不自觉地想到这个盛开着簇簇马兰花、炸响一声声春雷的地方。

有幸在马兰生活了20多年，这不能不让我引以骄傲和自豪，但现在的马兰与初来时留给我的印痕却大不一样。

新兵下连后，我分到了一个几百人混编的单位。因为军民混岗，相对正规团站的官兵来说，我们就多了些许自由。记得有次领导在大会上说："马兰有多大，你们就能跑多远，这样可不行啊……"听到领导这样的话，台下的与会人员，尤其是我们几个第一年和第二年的新兵都在下面"呵呵"地笑了。其实，那时候我们出去得相对多了一些。只是他们哪里知道，那时候即使每天都在营区内转悠，也没有什么东西可看。不像现在，有遒劲有力的两只大手构成的"军民共创新辉煌"雕塑，有熠熠生辉的《孙子兵法》文化墙，有获得吉尼斯世界纪录的中国沙盘地图，有很多首长和领导题词的和平园。在马兰路上，还有供官兵汲取精神食粮的图书馆，有记录基地半个多世纪辉煌历史的核试验基地历史展览馆，有供官兵闲暇之余娱乐休闲的保龄球馆，有容纳2000余人、集各项运动于一体的综合体育馆……

刚当兵的那个时候，连队生活很枯燥，除却上级部门配发订阅的书籍外，在当时很难看到其他类的刊物。业余时间，除了抱着电视机，剩余的就是一群战友大呼小叫地围坐在一起打"够级"了。那时候，"够级"在连队打得很凶。周末的时候，战友们打起扑克来经常连饭都懒得到饭堂去吃。军校毕业那年，回到连队的我因不会打"够级"，竟然被领导训斥为无法和官兵进行沟通。痛定思痛，不会玩这种扑克的我用了20多天的时间学打"够级"。如今，一个月不打上一次，手还真有点痒痒。

在单调的生活中，我总想给自己找点事干。记得有一次电视实在看不下去了，不知从哪里弄到了一本《人之初》。正看得津津有味时，突然被教导员叫了去，结果被训斥了一顿不说，最后还将书也给没收了。那时，真有一种心灰意冷的感觉……2007年，随着官兵要求读书的呼声不断高涨，基地在组织调研后修建了功能齐全的图书馆。闲暇之余，很多官兵、职工和家属来到图书馆借阅书籍。即使在科研试验任务忙得如火如荼的日子里，很多人还挤出时间，把自己扔进图书馆，扔进码得整整齐齐的一摞摞图书里。一时间，图书馆内熙熙攘攘，一股浓浓的书香开始弥漫在大大小小的角落里。

在我的印象中，像马兰这样的地方，即使物质条件再好，毕竟地处戈壁，是没有人愿意到这里来的。然而，在基地组建的半个多世纪里，在基地各单位或很多同志出版的书籍中我发现，事情并不像我想象的那样。这期间，一个个热血男儿和巾帼英雄一旦选择了这里，他们中的许多人一待就是十几年、几十年，在这里献了青春献终身，献了终身献子孙，就像听了很多遍的"核大姐"、夫妻树以及八千里路云和月的故事里描述的那样，每每让人备受感动，每每让人心绪难平。

一次政治教育中，我再次温习了"艰苦奋斗、无私奉献"的马兰精神，并和多位同事共同解读这8个字的深刻内涵。在进行了热烈讨论，特别是阅读了基地原政治委员王振荣将军的《我对马兰精神的一点理解》这本小册子后，我对"怎样理解马兰精神""马兰精神的深刻内涵是什么"等问题有了大致的了解。现在，基地官兵又赋予了马兰精神新的内涵，马兰人正在用"艰苦奋斗干惊天动地事，无私奉献做隐姓埋名人"的铮铮誓言向世人展示着他们的忠诚信仰，用"奠定大国地位的战略高地、捍卫国家利益的制胜高地、提升国防实力的科技高地、集聚高端精英的人才高地、孕育优良传统的精神高地"的无悔誓言诠释着他们的忠贞不渝。

如今，经过一代又一代官兵的建设，马兰已发生了天翻地覆的变化。走进马兰，给人的第一感觉就是这里充满了绿色，在错落有致的房屋建筑旁，在笔直宽阔的柏油马路两边，在造型迥异的单位景点周围，在休闲娱乐的公园广场里，一棵棵白杨挺拔屹立，向行人或热情地招手，或热烈地鼓掌；还有个子不高的馒头榆，婀娜多姿随风摇摆的垂柳，阵阵飘香的梨树以及繁花似锦鸟语花香的单位营区……美轮美奂的环境，遮天蔽日的树木，绿荫笼盖的建筑，都将自己的妖媚尽情地呈现在人们眼前，让人把路途中的灰暗与疲惫一扫而光，有如走进了陶老先生笔下的世外桃源。在营区内转上一圈，每个来到这里的人很容易就被马兰的魅力所折服，更容易发出"生活在这样美的地方，是多么令人心旷神怡"的感叹。

每次回家探亲待不了几天，我就开始想念马兰，想念马兰的战友，想念马兰的一草一木，想念马兰的一枝一叶，仿佛这里才是生我养我的故乡。想念之余，我总是暗暗告诉自己：大概是在这里生活了太久而产生的所谓的一枝一叶总关情的缘故吧！

记忆深处，马兰早已脱去灰色的冬装，正款款地向我走来。在我的印痕里，她就像一位大家闺秀，不仅有着美丽的外表，还有着丰富的内涵……

在今天这个特殊的日子里，我越来越怀念那段逝去的岁月……

孟凡号

2014年10月16日